Scherz Krimi

Spannung mit Niveau

Isaac Asimov

Die letzte Pointe schreibt der Tod

Scherz
Bern – München – Wien

Einzig berechtigte Übertragung aus dem Amerikanischen
von Margret Schulz-Wenzel
Titel des Originals: »Murder at the ABA«
Schutzumschlag von Heinz Looser
Foto: Thomas Cugini

2. Auflage 1986, ISBN 3-502-51065-2

Gesamtherstellung: Ebner Ulm

1

Versuchen Sie mal, den gewaltsamen Tod eines Freundes zurückzuverfolgen und herauszufinden, wie es passiert ist.
Es wäre niemals passiert, wenn A nicht passiert wäre, und A wäre nicht passiert, wenn nicht B passiert wäre, und so weiter bis in die graue Vorzeit.
In diesem speziellen Fall, in den ich verwickelt war, lassen sich die Gründe jedoch auf eine ganz bestimmte Folge von Ereignissen begrenzen, die alle passieren mußten, damit ein gewaltsamer Tod überhaupt möglich wurde. Hätte auch nur eines davon gefehlt, dann wäre ein Mensch, der jetzt tot ist, noch am Leben.
Es begann mit Sonntag, dem 25. Mai, dem ersten Tag der Buchmesse, die vom Amerikanischen Buchhändlerverband alljährlich in einigen Hotels der City veranstaltet wird – und damit, daß eine Frau auf einer Pressekonferenz ihr Buch vorstellen sollte.
Sie hatte um vier Uhr nachmittags vor die Presse zu treten und mußte sich entscheiden, was sie zu diesem Anlaß anziehen sollte. Und da, so scheint mir, wenn ich versuche, ihre Motive zu rekonstruieren, befand sie sich in einem Zwiespalt. Einerseits war sie jung und hübsch, hatte einen Körper, an dem alles wohl an seinem Platz war, und daher den natürlichen Wunsch, diesen Körper auch zu zeigen. Andererseits war sie Feministin, und das Buch, das sie geschrieben hatte, war ebenfalls feministisch, und es stand zu befürchten, daß die Verwendung ihrer körperlichen Reize zu Werbezwecken für ihr Buch ganz und gar unfeministisch war.
Ausschlaggebend ist, daß sie sich schließlich für ein weißes Kleid entschied, dessen Oberteil zur Hauptsache aus einem grobmaschigen Netzmuster bestand und unter dem sie oberhalb der Taille nichts als ihren verführerischen Körper trug. Wenn sie sich nicht bewegte, blieben ihre Brüste wohlverborgen hinter zwei strategisch plazierten undurchsichtigen Stellen des Musters.
Hob sie jedoch einen Arm, dann zog sich das Kleid in die Höhe und eine Brustwarze lugte hervor.
Das alles habe ich natürlich erst später rekonstruiert, denn ich war nicht dort, als es geschah. Ich hatte nichts direkt damit zu tun, und auch das ist ein Glied in der Kette der Ereignisse.
Als unsere feministische Freundin sich entschloß, ihre Brustwarzen

der Öffentlichkeit zu zeigen, legte sie den ersten Pflasterstein auf dem Weg zum Tod. Und damit, daß ich um jene Zeit nicht im Pressesaal war, fügte ich den nächsten hinzu.
Wo ich mich dann aufhielt?
Ich war auf dem Weg. Ich war seit halb zwei Uhr mittags zur Buchmesse unterwegs.
Mein Verleger hatte gemeint, es wäre gut für mich (einen nicht gerade überwältigend erfolgreichen Schriftsteller), mich dort sehen zu lassen und für etwas Publicity zu sorgen.
Ursprünglich hatte ich erst am Montag, dem 26., am *Memorial Day*, hinfahren und mir den ersten Tag schenken wollen. Einige Monate vorher hatte ich nämlich zugesagt, in einem mehrere hundert Meilen entfernten Ort am Morgen des 25. eine Lesung zu halten, und ich sah keinen Grund, weshalb ich mir von den Leuten dort nicht anschließend etwas zu essen vorsetzen lassen und den Tag dort verbringen sollte. Der nächste Tag war für die Buchmesse noch früh genug.
Aber dann rief mich eine Woche vorher ein Freund an, Martin Walters, ein Historiker, und bat mich, ihm auf der Buchmesse behilflich zu sein. Er stand unter dem Eindruck, ich sei ein Freund gelehrter Schriften, und hatte dazu noch die seltsame Idee, mein Name habe in der wissenschaftlichen Welt einen Klang und könne ihm nützlich sein.
Beide Annahmen schienen mir im höchsten Grade unzutreffend, aber er war ein Freund, und Freunden muß man helfen.
»Wann würdest du mich brauchen?«
»Die Pressekonferenz ist auf vier Uhr zwanzig am Sonntag angesetzt.«
Ich stellte rasch ein paar Berechnungen an und entschied, daß ich essen und es trotzdem noch schaffen könnte.
»Ich werde dort sein«, sagte ich und fügte, vorsichtig wie immer, aus einem Funken Irrationalität hinzu: »So Gott will!«
Aber Gott hatte bereits anders entschieden, und da die Bitte um meine Anwesenheit eine Woche vor dem Zeitpunkt geäußert wurde, zu dem unsere feministische Freundin sich in ihrem Hotelzimmer vor dem Spiegel drehte, könnte man meine Antwort: »Ich werde dort sein«, auch als den eigentlichen Anfang betrachten.
Ich hielt also meine Lesung, erklärte den Leuten dann höflich, ich

müsse gleich nach dem Essen wieder weg, und fuhr gegen halb zwei mit mäßiger Geschwindigkeit nach New York. Ich zweifelte nicht daran, daß ich es schaffen würde, und änderte meine Meinung erst, als ich über den Cross-North-Highway fuhr. Es war der mittlere Tag eines dreitägigen Wochenendes. Jeder, der irgendwo hinfahren wollte, war sicher schon dort, und wer zurückfahren wollte, war noch nicht abgefahren. Das Dumme ist nur, daß es keinen Zeitpunkt eines Tages oder Jahres gibt, an dem nicht ein oder zwei Wagen auf dem Cross-North ihren Geist aushauchen. Es muß Millionen von Autofahrern geben, die aus Mangel an anderer Abwechslung mit ihren Schrottkisten auf den Cross-North fahren, um diese dort abzuwürgen.

Und damit nahm meine schlechte Laune, die mich den ganzen Tag nicht mehr verlassen sollte, ihren Anfang. Ich bin nicht gerade für meinen Gleichmut bekannt und war entsprechend gereizt, während ich hinter einer dreispurigen Autoschlange dahinkroch, die sich im Schneckentempo vorwärts bewegte. Hin und wieder, wenn ich auf meine Armbanduhr schaute, wurde ich vollends rasend.

Aber ich schaffte es!

Ich schaffte es zu meiner Wohnung, die nur etwas über eine Meile von dem Hotel entfernt ist, wo ich erwartet wurde, ich schaffte es, den Wagen zu parken, mich ein bißchen zu waschen, mich umzuziehen, mir ein Taxi zu schnappen, das Hotel zu erreichen, in den fünften Stock zu gelangen, den Pressesaal zu finden und Punkt vier Uhr zwanzig hineinzumarschieren.

Ich war pünktlich um vier Uhr zwanzig dort.

Wäre ich nur zwanzig Minuten früher erschienen, wäre alles anders gekommen. Alles wäre in Ordnung gewesen — und genau diese zwanzig Minuten hatte ich auf dem Cross-North verloren.

Aber ich freute mich, daß ich Punkt vier Uhr zwanzig zur Stelle war. Ich fühlte mich wie Phileas Fogg, der nach einer Reise um die Welt zur vereinbarten Sekunde in seinem Klub eintraf.

Ich wartete die üblichen fünfzehn Sekunden, daß jemand Notiz von mir nahm, was jedoch nicht geschah. Der Raum glich einem Irrenhaus. Angehörige des Messepersonals bemühten sich, die Journalisten zusammenzutreiben, und die Journalisten zerbrachen sich wahrscheinlich den Kopf darüber, wie sie einen Artikel zusammenbringen sollten.

Übrigens habe ich es bis jetzt vermieden zu erwähnen, daß ich genau einen Meter achtundfünfzig groß bin.
Leute, die mich nicht kennen, neigen dazu, mich zu übersehen. Daher ließ ich die Anwesenden nach fünfzehn Sekunden wissen, ich sei da. Ich habe eine kräftige Stimme und keine Hemmungen, diese zu gebrauchen.
Also sagte ich ziemlich vernehmlich: »Ich bin Darius Just und gebe mit Martin Walters zusammen die Pressekonferenz zu *Die Friedensunterhändler*.«
Es schien keinen großen Eindruck zu machen, denn die meisten Anwesenden fuhren in ihrer Unterhaltung fort, als interessiere es sie nicht im geringsten, ob ich Darius Just oder eine Null war.
Ich wollte mich schon wiederholen, als ein Frau irritiert auf mich zutrat und fragte: »Meinen Sie die Pressekonferenz von Mr. Walters?«
Später erfuhr ich, daß sie auf der Buchmesse für die Organisation von Pressekonferenzen zuständig war. Sie hieß Henrietta Corvass, war ein bißchen zu pummelig für das Kleid, das sie trug, und sah unangenehm tüchtig aus.
»Ich habe es eben noch geschafft«, sagte ich.
»Leider nicht. Sie ist gerade zu Ende.«
Ich stierte sie einen Moment lang an, und ein entsetzlicher Gedanke durchfuhr mich. »Wie spät ist es denn?« Ich sah auf meine Uhr.
»Vier Uhr zweiundzwanzig«, sagte sie.
Meine Uhr ging auf die Minute genau. »Na also, und um vier Uhr zwanzig sollte sie stattfinden . . .«
In diesem Moment kam Martin aus dem Nebenzimmer. Er stand in voller Größe vor mir (er ist etwas über einsneunzig), mit freundlich lächelndem Gesicht, dem der altmodische Kneifer zusammen mit dem weißen Haarbüschel am Kinn und dem weißen Schnurrbart Ähnlichkeit mit dem eines Helden aus der Literatur des neunzehnten Jahrhunderts verlieh.
Er ist ein Gentleman, womit ich meine, daß er nie und unter gar keinen Umständen jemals auf meine Größe anspielt. Sie wären erstaunt, wenn Sie wüßten, wie wenige solche Menschen es gibt.
Er grinste mich ein wenig unsicher an und sagte: »Ah, Darius! Nett, daß du gekommen bist. Du bist wirklich ein Freund.«
»Ein Trottel willst du sagen«, erwiderte ich wütend. »Du lebst so

sehr in der Vergangenheit, daß du in der Gegenwart nicht mal fähig bist, mir die richtige Uhrzeit zu nennen. Du sagtest um vier Uhr zwanzig, und ich quäle mich über verstopfte Straßen, und du wartest nicht mal auf mich.«
An dieser Stelle hätte Martin die Kette der Ereignisse unterbrechen können, wenn er demütiger gewesen wäre. Ich wäre nicht unbescheiden gewesen. Eine Kleinigkeit, wie mit dem Kopf gegen die Wand rennen oder mir die Hand lecken, hätte genügt.
Statt dessen brach er in Gelächter aus. Wie ein guter alter Nikolaus legte er mir die Hand auf die Schulter und sagte: »Also Darius, das war so. Die Frau, die vor uns dran war und irgend so ein feministisches Buch vorstellen sollte — also die kam in einem praktisch durchsichtigen Kleid mit praktisch nichts darunter hier an, wenn du verstehst, was ich meine.«
Ich verstand, was er meinte. »Na und?«
»Ihr Agent war der Ansicht, das wäre nicht die richtige Art, sich den Journalisten zu zeigen. Sie würden über ihr Kleid und nicht über ihr Buch schreiben. Er schickte sie weg, damit sie sich umzog. Das hätte natürlich bedeutet, daß die Presse abgezogen wäre, wenn man ihr nicht sofort etwas anderes vorgesetzt hätte. Und da ich schon hier war, hat man mich gebeten, zwanzig Minuten früher anzutreten. Es war nicht zu ändern, Darius, aber«, seine Stimme wurde vertraulich, »diese Pressekonferenzen sind ja ohnehin nicht wichtig.«
Es war keine Katastrophe, zugegeben. Mir war nichts wirklich Schlimmes passiert. Ich hatte eine zwanzig Minuten lange Sitzung verpaßt, die unwichtig war, die nichts mit meinen eigenen Büchern zu tun hatte und die mich gelangweilt hätte.
Aber ich hatte mich vor mir selbst lächerlich gemacht, und ich konnte mich nicht mal damit trösten, daß ich jemand anderem die Schuld daran gab. Eine Frau hatte ein unpassendes Kleid gewählt, ein Buchagent hatte dagegen Einspruch erhoben, eine Pressereferentin hatte das Nächstliegende veranlaßt, ein Freund von mir hatte sich kooperativ gezeigt — und was mich betraf, so war ich genauso lange durch den Verkehr aufgehalten worden, um mich lächerlich zu fühlen. Ich hatte auch nicht das Herz, auf Martin böse zu sein, der offensichtlich nichts dafür konnte, also sagte ich: »Ist schon gut«, und lächelte wenig überzeugend.
Wütend und voll Selbstmitleid ging ich weg und war um so wüten-

der, als ich wußte, wie kindisch ich war. Ich war verletzt und wartete förmlich darauf, daß jemand mir einen Grund geben würde, meine Wut an ihm auszulassen.
Und damit legte ich den größten Stein und wurde in einem solchen Maße für den Mord verantwortlich wie niemand sonst – nicht einmal der Mörder selbst.
Ich war derart verärgert und gekränkt, daß ich nach Hause gehen und die ganze Messe hätte vergessen können.
Ich tat es nicht. Es war immerhin möglich, daß ich eine interessante Frau traf, wie es häufig bei solchen Anlässen geschah. Ich hatte zwar kein Hotelzimmer genommen, da ich nahe genug wohnte, um hin und her zu fahren oder sogar zu Fuß zu gehen. Aber die betreffende Frau würde vielleicht ein Zimmer hier haben, und das wäre bequem.
Außerdem wollte ich mir die Messestände ansehen, die sich fast alle im zweiten Stock dieses Hotels befanden. Laut Messekatalog gab es etwa sechshundert Stände von rund dreihundertfünfzig verschiedenen Ausstellern – ein Rekord. Man rechnete mit zwölftausend Besuchern, was ebenfalls ein Rekord war.
Ich freute mich über die vielen Teilnehmer, hauptsächlich Buchhändler. Trotz der zahlreichen Bibliotheken und Buch-Klubs bleiben Buchhändler die wichtigsten Vermittler zwischen Autoren und Verlegern, die ein Buch produzieren, und dem Publikum, das es liest.
Das Geschäft ist für Verleger wie Autoren gleichermaßen hart. Ein Verleger bestreitet sein Programm aus Erfolgen der Vergangenheit und (so hofft er wenigstens) zukünftigen Bestsellern. Nicht alle Werbemaßnahmen sind besonders geschmackvoll, aber die Autoren können es sich nicht leisten, über ein bißchen Kitsch erhaben zu sein. Da sind zum Beispiel die T-shirts mit aufgedrucktem Buchtitel, die von jungen Damen zur Schau gestellt werden, deren Oberweite dafür eine Nummer zu groß ist. Der Titel beschreibt dann recht hübsche Kurven, und man hofft, daß der Betrachter ihn nebenbei auch registriert.
Auf dieser Messe lief ferner ein Mann als Engel verkleidet herum und machte für ein Buch Reklame, dessen Titel ich nie ganz mitbekam. Die Zeitungen brachten ihn auf den ersten Seiten, aber der Titel des Buches stand nicht dabei.
Natürlich gibt es daneben noch die Pressekonferenzen wie die, auf

der ich eine so unrühmliche Rolle gespielt hatte, und die Autogrammstunden, bei denen ein berühmter Autor für das Publikum Bücher signiert. (Die Bücher sind selbstverständlich Freiexemplare. Wenn man einem Buchhändler schon nichts verkauft, ist man wenigstens nett zu ihm.)

In Kürze sollte bei Prisma Press mein fünftes Buch herauskommen, und ich hoffte inständig, daß es sich besser verkaufen würde als die ersten vier und mich damit der Notwendigkeit enthob, von der Hand in den Mund zu leben.

Meine ersten vier Bücher waren zwar Anerkennungserfolge gewesen, was bedeutet, daß sie den kritischen Ansprüchen einer kleinen Minderheit genügten, die jedoch nicht ausreichte, um einen guten Verkauf zu garantieren.

Wie tröstlich zu wissen, daß meine Bücher den ganzen Bestsellerschund mit Sicherheit überleben werden (Schund ist übrigens ein Modewort von Autoren, die nicht auf der Bestsellerliste stehen) und daß man mich nach meinem Tode schätzen wird. Trotzdem hasse ich den Gedanken, daß dieser Tod ein früher Hungertod sein könnte.

Ich wollte eben den Raum mit den Messeständen betreten, als mich jemand in entschuldigendem Ton fragte: »Haben Sie eine Plakette, Sir?«

Automatisch griff ich an meine Brusttasche, aber vergebens. Mein Verleger hatte mir eine Plakette geschickt, und ich wußte, daß ich sie bei mir hatte. Ich wühlte in allen Taschen herum und sah dabei den Mann, der mich gefragt hatte, an.

Offenbar gehörte er zum Sicherheitsstab des Hotels. Er trug eine bräunliche Uniform: Hose, Hemd und eine leichte Jacke, alles in der gleichen Farbe, dazu eine Mütze mit einem Schirm.

Er war ziemlich groß, so um einsneunzig, hatte muskulöse Oberarme, dünnes helles Haar und so helle Augenbrauen, daß sie nicht zu sehen waren. Das gab seinen rotgeränderten Augen einen schutzlosen Ausdruck. Er hatte ein fliehendes Kinn und Sommersprossen und blickte besorgt.

»Da ist sie ja«, sagte ich schließlich, hielt ihm die Plakette hin, damit er sie sich ansehen konnte, und heftete sie dann sorgfältig an meine Brust.

»Darius Just«, sagte er nachdenklich. »Sind Sie nicht Schriftsteller?«

»Ja, ich bin Schriftsteller.«
»Ich kenne Sie«, fuhr er fort. »Warten Sie mal.« Er schnippte mit den Fingern. »Haben Sie nicht Giles Devore protegiert?«
»Ich war ihm vor einigen Jahren bei seinem Start behilflich«, stimmte ich zu.
»Er ist ein großartiger Schriftsteller. Sie müssen stolz auf ihn sein. Ich liebe sein Buch.«
»Er wird sich freuen, das zu hören«, sagte ich ohne Begeisterung. Mir war klar, daß für diesen aufrichtigen, jedoch einfältigen Angestellten mein Ruhm darin begründet lag, daß ich Giles gefördert hatte, was nicht gerade das war, wodurch ich in die Literaturgeschichte einzugehen hoffte.
Er nahm vom Schreibtisch nebenan ein Blatt aus einem Wust von Papieren. »Würden Sie mir wohl ein Autogramm geben?«
Ich ergriff das Blatt und wollte meinen Kugelschreiber herausholen, aber er kam mir zuvor, öffnete seine Jacke und wählte unter drei Kugelschreibern in der Innentasche den vermutlich würdigsten aus. Während er ihn mir reichte, sagte er: »Mein Name ist Michael Strong. Michael P. Strong. Würden Sie bitte schreiben: für Michael P. Strong. Oder für Mike. Das würde auch genügen.«
Ich schrieb: für Mike, weil es weniger anstrengend war, und verzichtete darauf, ihn zu fragen, ob das P für Patrick stand, aber ich wettete, daß es zutraf.
»Soll ich noch beifügen: Förderer von Giles Devore?« fragte ich und versuchte nicht allzu sarkastisch zu klingen.
»Nein, nur Ihren Namen«, erwiderte er unschuldig. »Ich werde mir von Mr. Devore später persönlich ein Exemplar signieren lassen.«
Also nicht bloß ein simpler Zettel für Giles, auch in solchen Dingen gibt es Hierarchien. »Kann ich jetzt hineingehen?«
»Natürlich. Und vielen Dank, Mr. Just.« Er winkte mich freundlich hinein.
Diese Wächter sind für die Messen sehr wichtig, wenn man Diebstähle vermeiden will. Obwohl vor jeder Türe einer steht, werden dennoch eine erstaunliche Menge Bücher und anderer Kram gestohlen. Wer weiß, wie viele Unbefugte ohne Namensschild sich unbemerkt hineingeschlichen hatten, während Michael Strong versucht hatte, das Beste daraus zu machen, daß ich nicht Giles Devore war. Aber es war nicht meine Sache, mich über Spitzbuben aufzuregen

oder mir den Kopf darüber zu zerbrechen, ob die Sicherheitsvorkehrungen genügten oder nicht. Dagegen hatte dieser Wächter erreicht, daß sich mein schwelender und bisher zielloser Zorn jetzt ein wenig gegen meinen alten Freund Giles Devore richtete.

Ich hätte in dem umfangreichen Messekatalog, den ich aus dem Pressesaal mitgebracht hatte, nachsehen können, wo sich der Stand von Prisma Press befand, aber ich hatte keine Lust. Grimmig stellte ich innerlich Vermutungen darüber an, was für einen schlechten Platz die Valiers wohl wieder erwischt haben mochten und wie sich das auf den Verkauf meiner Bücher auswirken würde.

Zu diesem Zeitpunkt wußte ich noch nicht, daß das Leben eines Menschen auf dem Spiel stand und alles Weitere vom Stärkegrad meiner gereizten Stimmung abhing. Es hätte nur irgend etwas passieren müssen, das meine schlechte Laune hob, und alles wäre gut gewesen.

Der Stand von Prisma Press hätte nur an einem günstigen Platz stehen und mein Buch dort ausgestellt sein müssen, und die Sense wäre nicht niedergesaust.

Selbst etwas Belangloseres hätte genügt, um mich abzukühlen, zum Beispiel das, was soeben geschah: mein Gang zwischen endlosen Reihen ausgestellter Bücher. So sehr ich harte Geschäfte und marktschreierischen Kommerz im Prinzip verachte, hier wurden Bücher verkauft. Und ich liebe Bücher.

Ich war gerade dabei mich langsam zu entspannen, als mir jemand auf den Fuß trat.

Kann sein, daß ich selber schuld war. Ich hatte nicht auf meine Füße geachtet, und getreten zu werden, gehört schließlich zum Leben. Aber für mich verbindet sich noch etwas anderes damit: der ungläubige Blick von oben herunter, der zu besagen scheint: »Ach, dort unten bist du!«

Mein ganzes Leben bin ich auf die Füße getreten worden, und ich trete stets sofort zurück.

Ich habe einen großen Teil meiner Jugend in Sportklubs zugebracht, wo ich lernte, stärkeren Muskeln mit allen möglichen Mitteln zu begegnen und die Tretenden gewaltsam am Treten zu hindern.

Und da sich so etwas herumspricht, werde ich nur noch selten getreten und nur aus Versehen.

Ich rammte dem Treter mit beträchtlicher Kraft meinen Ellbogen in die Seite und sagte: »Paß auf deine Füße auf, Dicker.«
Der Betreffende taumelte zur Seite, gewann die Balance zurück, blickte mich an und sagte: »Tut mir leid, mein Junge« und ging weiter.
Mein Junge!
Ich bin zweiundvierzig. Zugegeben, ich sehe jünger aus, aber — mein Junge!
Der besänftigende Einfluß meiner Umgebung war schlagartig dahin. Ich war wieder wütend auf Gott und die Welt.
Schließlich entdeckte ich den Stand von Prisma Press. Er befand sich zwischen einem Stand, der Wörterbücher und einem, der religiöse Schriften ausstellte. Thomas Valier war selber dort, elegant wie immer. Er ist etwas über Mittelgröße, und sein stets sorgfältig gewelltes Haar zeigt noch keine Spur von Grau.
Prisma Press ist ein privater Verlag, der Thomas Valier und seiner Frau gehört. Das hat seine Vorteile. Bei Prisma Press hat man es nicht mit unselbständigen Lektoren zu tun, die ihre Anweisungen von gesichtslosen Komitees oder den Höhen eines fernen Olymps herab erhalten. Andererseits ist es bei den großen Verlagen natürlich so, daß den, der die Aufmerksamkeit des Olymps erst einmal auf sich gelenkt hat, Geld und Ruhm erwarten. Valier konnte einem soviel Aufmerksamkeit schenken, wie man wollte, die finanziellen Möglichkeiten seines Verlages blieben äußerst begrenzt.
Aber er war nett, und ich mochte ihn gern — außer gerade jetzt. In diesem Augenblick haßte ich ihn sogar, denn es war kein einziges Vorexemplar meines neuen Buches zu sehen. Nur ein kleines Plakat kündigte an, daß es in Kürze erscheinen würde. Ganz anders verhielt es sich mit Giles neuem Buch *Evergone*. Mindestens zwanzig Exemplare von *Evergone* lagen aus, die zweifellos dazu bestimmt waren, an strategisch günstig plazierte Buchhändler verschenkt zu werden.
»Wie geht's, Tom?« sagte ich schroff.
»Darius!« Thomas Valier schien mich jetzt erst zu sehen. Das geht mir mit vielen Leuten so. Sie scheinen eine gewisse Zeit zu brauchen, um sich mit etwas zu befassen, das sich nicht in Augenhöhe befindet.
»Gut, gut. Das Interesse für *Evergone* scheint groß zu sein.«

Er sah nicht besonders glücklich aus, eher abgespannt, aber das bekümmerte mich nicht. Ich war ja auch nicht gerade glücklich. »Was, zum Teufel, geht mich *Evergone* an? Was macht mein eigenes Buch?« fragte ich.
»Schwer zu sagen. Wir haben ja nicht mal ein Exemplar zum Vorzeigen da.«
»Hattet ihr mein Manuskript nicht schon eher als das von Giles?«
»Ja, aber du darfst nicht vergessen, daß es da noch Unstimmigkeiten wegen der Überarbeitung des . . .«
»Ja, ich weiß schon«, winkte ich ab. Ich hatte keine Lust, das Ganze noch mal durchzukauen.

Ich hatte Giles Devore vor acht Jahren kennengelernt. Damals war er einundzwanzig. Ich war vierunddreißig und hatte zwei Bücher vorzuweisen (und nicht viel sonst), was immerhin bedeutete, daß ich ein etablierter, wenn nicht gar ein erfolgreicher Schriftsteller war. Daher fand der junge Giles, es sei am besten, mit einem Manuskript zu mir zu kommen.
Wie andere Autoren leide ich darunter, daß hoffnungsvolle junge Talente mir unaufgefordert ihre Manuskripte zusenden, und im allgemeinen schicke ich diese ungelesen zurück. Giles jedoch war zu naiv, um mir seins mit der Post zuzuschicken. Er gestand mir sogar, er wäre immer wieder vorbeigekommen, wenn er mich nicht angetroffen hätte, bis ich einmal zu Hause gewesen wäre. Das nötigte mir wider Willen eine gewisse Teilnahme ab.
Er ist einen Meter sechsundachtzig groß und entsprechend breit, aber damals war er dünn und ging immer etwas gebückt, so als wolle er sich für seine Größe entschuldigen.
Er stand also vor mir, in der Hand eine Schreibpapierschachtel mit seinem Manuskript, und sah mit einem Gesichtsausdruck auf mich hinunter, als blicke er zu mir auf. Und vielleicht war das der Grund, weshalb ich mich plötzlich sagen hörte: »Also gut. Setzen Sie sich. Ich werde es mir mal ansehen.«
Drei Stunden später las ich immer noch. Es war inzwischen sieben Uhr abends geworden. Ich lud ihn in eine Imbißstube gegenüber ein und spendierte ihm einen Sandwich. Dann las ich weiter.
Ich hatte nicht etwa den Eindruck, ich hätte ein Genie entdeckt. Ganz ehrlich gesagt war das Buch einfach gräßlich. Überraschenderweise

las ich trotzdem weiter. Er beherrschte nämlich den Trick, daß es einem unmöglich war zu erraten, wie es wohl weiterging, und man es doch unbedingt wissen wollte.
Zum ersten und einzigen Mal in meinem Leben – und niemals wieder, das schwöre ich Ihnen – habe ich mich damals persönlich eines Menschen und seines Buches angenommen. Er schrieb sein Buch zweimal unter meiner Anleitung um, und das Ganze dauerte zwei Jahre.
Es waren nicht gerade angenehme zwei Jahre. Abgesehen von einer kleinen Unterstützung durch seinen Vater war er ohne nennenswerte Einkünfte, und meine eigenen litten darunter, daß ich verdammt zuviel Zeit an ihn verschwendete. Als es auf den Schluß zuging, während der letzten zwei Monate und fünf Tage, ließ ich ihn sogar bei mir wohnen.
Ich weiß die Dauer noch so genau, weil er einfach unerträglich war. Nicht, daß er laut war. Weder trank noch rauchte er. Er achtete sorgfältig darauf, mich nur ja nicht zu stören. Er war ausgesprochen höflich und bescheiden. Er war peinlich sauber. Und das war der springende Punkt, seine peinliche Sauberkeit.
Natürlich habe ich nichts dagegen, daß jemand sauber ist. Ich gebe mir selber diesbezüglich einige Mühe.
Aber daß er sich jedesmal sorgfältig die Hände wusch, wenn er sich von der Schreibmaschine erhob. Daß er seine Kleidungsstücke jedesmal aufs ordentlichste zusammenfaltete, wenn er sie nicht am Leibe hatte, und daß er seinen Arbeitsplatz und dessen unmittelbare Umgebung aufs penibelste wienerte und schrubbte, so daß sie sich in meiner übrigen Wohnung ausnahmen wie ein Juwel in einer rostigen Fassung!
Die einzige unordentliche Angewohnheit hatte er in bezug auf seine Kugelschreiber. Fast alle Autoren, die ich kenne, haben einen Tick mit Kugelschreibern. Sie horten sie, sie beißen darauf herum und so weiter. Giles schraubte sie auseinander. Wann immer er sich in den Gefilden aufhielt, wo alle guten Schriftsteller ihre Dialoge und Handlungen ersinnen, begann er sie auseinanderzuschrauben, und häufig sprang dabei die kleine Spirale heraus und landete auf dem Boden. Ich muß ihm Dutzende von Malen geholfen haben, sie wiederzufinden. Ich mußte es tun, sonst hätte er nicht weitergeschrieben. Später ging er dazu über, Kugelschreiber zu benutzen, die man

nicht aufschrauben konnte und die keine Spirale im Innern hatten.
Endlich war das Buch fertig, und ich brachte das Manuskript persönlich zu Prisma Press. Ich fühlte, daß ich Valier dazu überreden konnte, es herauszubringen, selbst, wenn er es eigentlich gar nicht wollte.
Das Buch wurde veröffentlicht und ging zunächst nicht besonders gut. Von der gebundenen Ausgabe wurden etwa viertausend Exemplare verkauft, was allerdings für ein erstes Buch auch nicht schlecht ist.
Es mag Sie überraschen, wenn ich Ihnen sage, daß es sich bei diesem Buch um *Crossover* handelt, mit dem heute geradezu ein Kult getrieben wird.
Erst als es Prisma Press drei Jahre später gelang, einen Taschenbuchverlag dafür zu gewinnen, kam der Aufschwung. *Crossover* fand seine Leser unter der Jugend und wurde über Nacht zu einem Erfolg. Die Handlung wechselt etwa ein halbes dutzendmal zwischen Traumwelt und Wirklichkeit. Zum Schluß weiß man nicht mehr, was Traum und was Wirklichkeit ist.
Der plötzliche Erfolg kam für Giles ebenso unerwartet wie für alle andern. Sobald Valier das Buch angenommen und Giles seine zweitausend Dollar Vorschuß bekommen hatte, schmiß ich ihn raus. Giles wollte mir die Hälfte des Vorschusses abgeben, aber natürlich nahm ich das Geld nicht an. Immerhin bereitet es mir noch heute ein fast grimmiges Vergnügen, wenn ich daran denke, wie dankbar er mir — damals — war.
Er zog in irgendeinen Ort in New Jersey, heiratete dort eine ältere Frau und begann einen neuen Roman. Ich traf ihn hin und wieder, wenn er sich hier in New York aufhielt, und stets war er ausgesprochen höflich zu mir, fast demütig, aber nie bot er mir an, mir seinen neuen Roman zu zeigen, und Sie können versichert sein, daß ich ihn auch nie danach fragte.
Inzwischen war er dreißig, und hier lag sein zweiter Roman, in Leinen gebunden — ohne daß ich ihn vorher gelesen hatte.
Ich nahm ein Exemplar in die Hand. »Ist eins für mich dabei?« fragte ich betont beiläufig.
»Nein«, erwiderte Tom. »Das hier sind signierte Werbeexemplare. Giles wird morgen neue Ausgaben von *Crossover* signieren. Jedes Buch wird dann numeriert und . . .«

»Und dann gibt es eine Verlosung, und die glücklichen Gewinner erhalten signierte Ausgaben von *Evergone.* Ich verstehe.«
Ich öffnete das Buch und überflog den Klappentext. Auf den ersten Blick war mir klar, daß das Buch auf der gleichen Welle wie *Crossover* ritt. Ich nahm es Giles nicht übel, aber ich hätte wetten mögen, daß es schwächer war als das erste und ein Reinfall würde (wobei ich zugebe, daß Neid bei meinem Urteil eine gewisse Rolle spielte). Hinten auf dem Schutzumschlag war ein Foto von Giles. Er sah darauf ausnehmend trübsinnig aus.
Das Buch hatte eine Widmung: Für meine Frau.
Ich legte es wieder hin und sagte widerwillig: »Das läßt sich vermutlich gut verkaufen.«
»Hoffentlich«, gab Tom bedrückt zurück. »Ich habe ihm zehntausend Vorschuß gegeben.«
»Was?«
Ich selbst hatte dreitausend für mein neues Buch bekommen, und Valier hatte sich dabei aufgeführt, als zöge ich ihm das Fell vom Leibe.
»Andernfalls hätte ich die Taschenbuchrechte nicht bekommen«, fügte Valier hinzu.
»Na, dann hast du doch ein Geschäft gemacht. Das Taschenbuch bringt mindestens hunderttausend, und du kriegst die Hälfte davon.«
»Ja, vielleicht.« Er senkte die Stimme: »Aber, das Buch hier ist nicht so gut wie *Crossover.*«
»Was macht das schon? Es wird trotzdem gekauft werden.«
»Um so schlimmer«, sagte er bedrückt, »dann werde ich nämlich sein drittes Buch nicht bekommen. Er wird fünfzigtausend Vorschuß verlangen, und wenn ich nicht soviel zahlen kann, und ich werde es nicht können, kann ihn niemand daran hindern, zu einem der großen Verlage zu wechseln.«
Valiers Bemerkung, *Evergone* sei nicht so gut wie *Crossover,* machte es mir möglich, mich zu setzen und ein bißchen in dem Buch zu blättern. Ich verbrachte etwa zwanzig oder dreißig Minuten damit, während Valier den Stand aufräumte, weil bald geschlossen wurde. Langsam hob sich meine Stimmung. Plötzlich sprach mich jemand an: »Darius!«
Es war Teresa Valier, die andere Hälfte von Prisma Press.

»Liebling!« Ich erhob mich notgedrungen, um sie zu umarmen.
Es ist nicht unangenehm, Teresa zu umarmen. Sie ist eine große, mollige, freundliche Person mit braunem, glatt zurückgekämmtem Haar und einem lauten Lachen.
Im Augenblick lachte sie jedoch nicht. Sie hakte sich bei mir ein und begann, mich wegzuziehen. »Komm, trinken wir was, bis Tom hier fertig ist.«
»Wieso ist Tom eigentlich selbst hier?«
»Heute ist Sonntag«, sagte Teresa. »Ich möchte nicht, daß die Mädchen sonntags arbeiten müssen.«
»Morgen ist *Memorial Day,* werden sie dafür morgen hier sein?«
»Nein. Morgen sind wir nochmals dran. Ich werde mich um Giles' Autogrammstunde kümmern und Tom um den Stand. Anschließend löse ich ihn ab, während er sich mit einigen Buchhändlern trifft. Weißt du, Darius, im Augenblick ist es gut, wenn er etwas beschäftigt ist. Er ist nicht besonders glücklich.«
»Das habe ich schon bemerkt«, sagte ich. »Und du scheinst mir auch nicht gerade sehr glücklich zu sein.«
Wir fuhren mit der Rolltreppe nach unten und gingen in die Bar. Teresa entdeckte am hintersten Ende zwei freie Plätze, und wir setzten uns. »Was möchtest du?«
»Du weißt doch, daß ich keinen Alkohol trinke«, sagte ich und langte nach einer Salzbrezel.
»Wie wär's mit Orangensaft? Auf Rechnung des Hauses.« Für sich selbst bestellte sie einen Wodka sauer. »Gehst du auf die Party heute abend?« fragte sie dann.
»Für siebzehn Dollar fünfzig?«
»Komm, geh hin. Wir bezahlen den Eintritt für dich.«
»Guter Gott, wozu das?«
»Weil ich weiß, daß Giles Devore dort ist, und weil ich möchte, daß du mit ihm sprichst. Du weißt vermutlich, was los ist. Tom hat es dir sicher erzählt?«
»Das hat er. Giles schielt nach dem großen Geld. Wahrscheinlich hat er einen cleveren neuen Agenten.«
»Natürlich hat er einen Agenten, aber nicht er, sondern Giles will die Kohlen. Sein Agent ist ein Freund von mir. Er hat es mir gesagt. Wir müssen Giles irgendwie dazu überreden, daß er uns nicht sitzen läßt. Und das sollst du übernehmen.«

»Warum ausgerechnet ich?«
Sie sah mir in die Augen, als wollte sie mich hypnotisieren. »Weil er Respekt vor dir hat.«
Ich zuckte die Achseln. »Ich glaube nicht, daß ich etwas ausrichten kann.«
Teresa nippte an ihrem Drink. Sie schien nachzudenken. Ich hatte mein Glas bereits ausgetrunken und kaute auf den Eiswürfeln herum.
»Du weißt, daß es nicht anständig von Giles wäre, wenn er uns jetzt verließe«, sagte sie schließlich. »Wir haben ihn gemacht, Prisma Press und du. Wenn wir sein Buch nicht herausgebracht hätten, wo wäre er jetzt? Oder wenn du ihm nicht geholfen hättest?«
Mein Groll auf Giles war nicht groß genug, als daß ich Lust gehabt hätte, mich in fruchtlose Debatten zu verlieren. Darum sagte ich schnell: »Sicher habt ihr die moralische Berechtigung, an ihm zu verdienen, weil ihr die ersten wart, die etwas von ihm verlegt haben, aber rein juristisch ist da nichts zu machen. Wenn ihr seine finanziellen Ansprüche nicht befriedigen könnt und er deswegen von euch weg will, kann ihn niemand daran hindern.«
»Aber auch für ihn wäre es nicht gut, Darius. Das weißt du doch. Wir sind ein kleiner Verlag, und er ist unser Starautor. Er ist unser bestes Pferd im Stall.«
Sie mußte meine Gefühle erraten haben, denn sie fügte hinzu: »Jedenfalls glaubt er das. Du weißt, daß wir dich immer geliebt und geschätzt haben, aber deine Bücher sind eben zu anspruchsvoll, um ...« Sie tätschelte meine Hand. »Wir können uns auf Giles konzentrieren, weil wir mit ihm stehen oder fallen. In einem großen Verlag dagegen geht er in der Menge unter. Auf längere Sicht gesehen, wird er mit uns sicher besser fahren. Könntest du ihm das nicht klarmachen, Darius? Auf dich hört er bestimmt.«
»Also gut. Wenn ich ihn sehe, werde ich mit ihm darüber reden.«
»Mehr verlange ich auch gar nicht«, sagte sie und stand auf. »Ich muß jetzt zu Tom. Ich werde ihm sagen, daß du mit Giles sprechen willst. Das hält ihn vielleicht davon ab, sich etwas anzutun. Danke, Darius. Das vergessen wir dir nie.«
Sie ging, und ich blieb allein und konnte in Ruhe über meine neue Rolle als Botenjunge nachdenken.

Auf Buchmessen ist es vermutlich dasselbe wie auf andern Messen auch. Die meisten Geschäfte spielen sich in der Bar ab. Natürlich setzen die Buchhändler offizielle Diskussionen an, bei denen über alle möglichen Themen gesprochen wird, aber ich habe nie an so was teilgenommen und kenne mich darin nicht aus. Die meisten Buchhändler nehmen ebenfalls nicht daran teil, weil der offizielle Teil der Messe vermutlich nicht der wichtigste ist.
Weil ich selber nie trinke, fühlte ich mich in der Bar fehl am Platz, während ich die Zeit bis zum Beginn der Party totschlug. Und ich hatte auch nicht die geringste Lust zu dieser Party, selbst wenn Prisma Press die Kosten übernahm.
Trotz meines Versprechens wäre ich am liebsten einfach nach Hause gegangen, und es wäre besser gewesen, ich hätte es getan. Dann hätte es nämlich auf der Welt einen Mord weniger gegeben und einen lebenden Menschen mehr. Vielleicht hätte ich es auch getan, wenn ich mich nicht dabei ertappt hätte, wie ich einem Gespräch am Nebentisch zuhörte.
Anscheinend waren die Leute am Nebentisch Lektoren, und sie unterhielten sich über ihren Job.
Ihre Lage war nicht gut. Bücher wurden zwar gekauft wie immer, eher noch mehr, und es wurden auch immer mehr Bücher verlegt. Aber die Inflation, die auf die Ölkrise gefolgt war, hatte die Preise in die Höhe getrieben, und die Ausgaben begannen die Einnahmen zu übersteigen.
Wie wird man mit rückläufigem Profit am besten fertig? Indem man das Personal reduziert. Dadurch, daß man ihm kündigt oder frei gewordene Stellen nicht neu besetzt.
Seltsam. Als ich anfing zu schreiben, waren Lektoren für mich eine Art Halbgötter gewesen. Die Herren über Leben und Tod. Wenn etwas in einem Manuskript sie ungnädig stimmte, bekam man es nebst einem vorgedruckten ablehnenden Bescheid von ihren Sekretärinnen zurückgeschickt.
Und jetzt hörte ich, daß ein Lektor auch hinausgeworfen werden kann und daß er dann kein Lektor mehr ist, sondern lediglich eine Nummer in der Arbeitslosenstatistik.
Ich war so sehr ins Zuhören und Sinnieren vertieft, daß ich die Anwesenheit von Roseann Bronstein in der Bar erst bemerkte, als es leider zu spät war und sie sich schon auf den freien Hocker neben

mir geschwungen hatte und »Hallo, Kleiner!« rief.
Wie soll ich Roseann am besten beschreiben? Sie ist nicht gerade abstoßend häßlich. Ich glaube, das Wort unattraktiv paßt am besten auf sie. Sie wirkt kein bißchen sympathisch. Ich habe noch nie jemanden gesprochen, der, wenn die Rede auf Roseann kam, nicht hätte durchblicken lassen, daß er Roseann am liebsten von weitem sah.
Sie war kurz und plump, hatte ein breites Gesicht und eine laute fröhliche Stimme. Ihre Haut war rauh. Die nackten Arme sahen aus, als hätte sie immer eine leichte Gänsehaut. Sie trug nie ein Make-up und strömte ständig einen Geruch von ungelüfteten Kleidern aus. Ihre gesamte Person wirkte ausgesprochen geschlechtslos, als stammte sie aus einer Zeit, in der es noch keine getrennten Geschlechter gegeben hatte.
Trotzdem war sie eine Frau, und wenn auch nur die Hälfte der über sie kursierenden Geschichten stimmte, faszinierten Männer sie sehr.
»Was Neues, Roseann?« fragte ich lustlos.
»Ich habe Teresa Valier in der Halle getroffen. Sie hat mir gesagt, daß du hier bist und daß du zu der Party gehst.«
Ich sah auf meine Uhr. »Ich habe noch fünfundzwanzig Minuten Zeit, um es mir anders zu überlegen.«
»Sie hat mir auch gesagt, daß du mit Giles Devore sprechen willst.«
»Falls ich ihn treffe«, sagte ich. »Ich habe nämlich nicht die Absicht, ihn zu suchen.«
»Hoffentlich triffst du ihn. Ich weiß, daß du Einfluß auf ihn hast.«
»Habe ich nicht«, sagte ich schroff. »Nicht den geringsten.«
»Ach, hör' doch auf.« Mit einem breiten Grinsen rückte sie ihren Schemel näher zu mir heran und begann meinen Arm zu kneten. Vermutlich hielt sie das für einen erotisierenden Ritus, der dazu bestimmt sein sollte, meine Libido anzuregen und mich kooperativer zu stimmen.
»Kannst du ihn nicht dazu überreden, in meinem Laden sein Buch zu signieren?«
»Wieso ich? Bitte ihn doch selbst darum.«
Eine Spur von Verlegenheit zog über ihr Gesicht, und sie ließ meinen Arm los. »Das kann ich nicht, Kleiner. Du weißt doch, Darius, ich habe ihn gemacht. Sein erstes Buch ist in Leinenausgabe nicht gegangen. Und es wäre auch als Taschenbuch nicht gegangen,

wenn ich mich nicht dafür eingesetzt hätte.«
Wir alle haben ihn gemacht, dachte ich mit einigem Zynismus. Ich habe ihn gemacht, die Valiers haben ihn mit Prisma Press gemacht, und Roseann Bronstein hat ihn gemacht. Und jetzt war er so weit, daß er auf uns alle pfeifen konnte.
Natürlich war an dem, was Roseann Bronstein sagte, etwas Wahres. Das breite Publikum liest nur Bücher, die in Mode sind. Und die Bücher, die in Mode sind, erkennt man daran, daß sie auf der Bestsellerliste stehen. Das bedeutet praktisch, daß Bestseller sich dadurch verkaufen, daß sie Bestseller sind, wodurch sie wiederum auf der Bestsellerliste bleiben.
Es besteht also die Möglichkeit, daß man ein Buch durch eine gute (manchmal teure) Werbekampagne auf die Bestsellerliste bekommt und dafür sorgt, daß es dort bleibt, damit die Investition sich auszahlt.
Eine Buchhandlung in einer günstigen Lage ist dafür wie geschaffen, und genauso eine hatte Roseann Bronstein.
Sie ist die Besitzerin von *Oriole*, einem Riesenladen in der City. Es bestand kein Zweifel daran, daß, wenn Roseann sich für ein Buch interessierte, sie die Möglichkeit hatte, auch in andern Buchläden, wo man ihr Urteil schätzte, dafür zu werben. Und das war sogar bis in weit entfernte Städte wie San Francisco der Fall. Ihr Laden lag in der Nähe der Universität, und im Universitätsviertel hatte der Erfolg von Giles' Buch tatsächlich angefangen.
Ich erinnere mich, daß das erste Mal, als Giles bei *Oriole* sein Buch signierte, ein großer Erfolg war. Giles schrieb seinen Namen in eine Unmenge Taschenbücher, während Roseann wie eine Glucke über ihn wachte. Übrigens war es das erste Mal, daß er mit diesen Wegwerfkugelschreibern signierte.
Ich erinnere mich noch, daß er mich überreden wollte, auch solche Kugelschreiber zu benutzen, weil die dreieckige Form so gut in der Hand läge. Von da an bediente sich Giles jedenfalls nur noch seiner eigenen Kugelschreiber – dreieckig und mit seinem Monogramm darauf. Woher hätte er damals wissen sollen, als wie fatal sich das einmal erweisen würde.
In Erinnerung an jene Autogrammstunde sagte ich zu Roseann: »Ich weiß, daß du viel für sein Buch getan hast. Wenn ich dich recht verstehe, zeigt Giles sich nachträglich undankbar.«

»Wir waren befreundet«, erwiderte sie. »Eng befreundet. Ich habe es aus Freundschaft für ihn getan.« Sie machte eine Pause, und ich hatte das unbehagliche Gefühl, daß sie damit sagen wollte, sie wären ein Liebespaar gewesen. Ich hatte die groteske Vision von einem Giles, der seinen Körper dafür verkaufte, daß Roseann sein Buch verkaufte.

Sie massierte wieder meinen Arm. »Du weißt doch, die Zeiten sind hart. Mein Laden ist völlig veraltet. Ich muß umbauen oder umziehen, wenn ich überleben will.«

»Na komm«, sagte ich. »Dein Laden wird ewig leben, genau wie die Universität. Er ist doch ein nationales Denkmal.«

»Auf das die Tauben scheißen, meinst du wohl. Und außerdem bleibt die Universität auch nicht bis in alle Ewigkeit bestehen. Jedenfalls würde es mir sehr helfen, wenn man Giles dazu bringen könnte, daß er wieder mal in meinem Laden signiert, sich in irgendeiner Weise damit identifiziert. Ich habe ihm geholfen, als er es brauchte. Jetzt kann er was für mich tun.«

»Warum bittest du ihn dann nicht darum?«

»Du sollst ihn darum bitten. Ich habe es seit über einem Jahr nicht mal geschafft, mit ihm zu sprechen. Übrigens ist es jetzt halb sieben. Bitte geh doch gleich hin. Ich möchte nicht, daß du ihn verpaßt.«

»Also gut, ich werde tun, was ich kann.«

»Danke, Kleiner«, sagte sie und schlug mir derb wie unter Männern auf die Schulter, daß ich zur Seite schwankte.

Meine erste Reaktion war heftiger Ärger, aber als ich zufällig in ihr Gesicht sah, das ängstlich, besorgt und unglücklich war, das Gesicht einer Frau, die weiß, daß sie nicht geliebt wird und nicht liebenswert ist, hatte ich plötzlich Mitleid mit ihr.

»Gut, ich gehe zu der Party, Roseann.«

Und damit waren die Würfel gefallen. Das Gespräch am Nebentisch war schuld daran gewesen, daß ich Roseann getroffen hatte, und daß ich ihre Verletzlichkeit erkannte, ließ es mir unmöglich erscheinen, nicht wenigstens einen Versuch zu machen.

Also fuhr ich mit der Rolltreppe in den dritten Stock hinauf, wo die Party stattfand, und damit hatte ich die Chance, wegzukommen, verpaßt.

Die Party schien gerade zu beginnen. Die Frauen trugen lange Kleider, dazu Pelze, Handtaschen und alle möglichen andern Requisiten, die an der Garderobe abgegeben werden mußten. Und da das Hotel es geschickt vermieden hatte, im dritten Stock eine Garderobe einzurichten, mußten die Männer nach alter Manier die Aufgabe übernehmen, die Garderobe zu suchen, und zu diesem Zweck die Rolltreppen hinauf- und hinunterfahren. Ich warte noch immer auf die emanzipierte Frau, die dem Satz: »Gleicher Lohn für gleiche Arbeit« den Satz folgen läßt: »Heute werde ich mich mal um die Garderobe kümmern, Liebling.« Bisher habe ich sie noch nicht gefunden.

An einem langen Tisch vor dem Eingang wurden Eintrittskarten verkauft. Ich heftete mir meine Plakette an und stellte mich hinter zwei, drei Wartende, bis ich an der Reihe war.

Bevor ich mich ins Partygewühl stürzte, nutzte ich noch die Gelegenheit, zur Toilette zu gehen, denn wie der Herzog von Wellington schon sagte, soll man nie eine Gelegenheit versäumen, die Toilette aufzusuchen, weil man nicht wissen kann, wann sie sich einem das nächste Mal bietet.

Als ich mir die Hände wusch, stellte sich jemand an das Waschbecken daneben. Es war Martin Walters.

Seit dem Fiasko mit der Pressekonferenz, zu der ich rechtzeitig und doch zu spät gekommen war, waren erst etwas über zwei Stunden vergangen, und ich blickte ihn finster an.

Martin fiel es nicht schwer, meinen Blick zu deuten.

»Hör mal, Darius. Es tut mir leid wegen heute nachmittag, wirklich.«

»Ach, das macht nichts«, sagte ich, aber ich meinte es nicht ehrlich, darum wechselte ich das Thema. »Du kennst doch Giles Devore?«

»Ja, warum?«

»Hast du ihn vielleicht zufällig hier irgendwo gesehen?«

»Ich bin gerade erst gekommen. Und selbst wenn ich ihm begegnet wäre, hätte ich ihn übersehen.«

»Aber warum denn?«

»Er hat mich versetzt.«

»Ach, so was passiert andern auch?«

Er lächelte unbehaglich. »Komm schon, Darius, das war doch etwas ganz anderes. In unserem Fall war es die Macht der Umstände, das weißt du genau. Bei Giles war es reine Vergeßlichkeit oder Nachlässigkeit oder Desinteresse. Ich habe die Aufgabe, in einem

Dinnerklub für die Unterhaltung zu sorgen. Und ich hatte mit ihm ausgemacht, daß er kommen und eine kleine Rede halten sollte, aber er kam nicht. Es war mir sehr peinlich, und als ich ihn am nächsten Tag anrief, sagte er einfach, er hätte es vergessen. Kein Wort der Entschuldigung, nichts. Seitdem habe ich ihn aus meinem Gedächtnis gestrichen.«

Ich betrat den vorderen der beiden Räume, in denen die Party stattfand, denn dort war die Bar. Ich blieb nur so lange, bis ich mich davon überzeugt hatte, daß Giles nicht da war, dann ging ich weiter.

Im zweiten Raum standen vier lange Tische mit dem kalten Büfett. Vermutlich war das Sortiment auf allen vieren das gleiche, daher begnügte ich mich damit, nur den ersten einer Prüfung zu unterziehen. Ein kostenloses Abendessen, dachte ich, und versorgte mich mit gebratenem Huhn, zwei Sorten Wurst, ein paar Scheiben Zunge, einer Portion Kartoffelsalat, fünf oder sechs Oliven und Brot und Butter auf einem Extrateller.

Ich entdeckte einen Tisch mit vier Stühlen, an dem noch niemand saß, und ließ mich mit einem Seufzer nieder. Wenn man mich in Ruhe essen ließe, würde es mir sicher gelingen, die ärgerlichen Erlebnisse des Tages zu vergessen. Es gibt Menschen, die ertränken ihr Elend in Wein, ich dagegen tröste mich mit gutgewürzter Wurst.

Ich hatte meinen ersten Bissen noch nicht ganz hinuntergeschluckt, als eine fröhliche Stimme sagte: »Ach, der gute alte Darius. Hast du etwas dagegen, wenn ich mich zu dir setze?«

Was meinen Namen, Darius, betrifft, so verdanke ich ihn dem Wunsch meines Vaters, der ein Autodidakt war. Autodidakten soll man nie trauen. Sie schießen immer etwas übers Ziel hinaus, kennen nie das rechte Maß. Mein Vater hieß Alexander, und da er wußte, daß Alexander der Große Darius III. von Persien besiegt hat, hatte er vielleicht das Gefühl, selbst wenn er dafür sorgte, daß ich die allerbeste Erziehung bekam (und das tat er wirklich), ich ihn niemals übertreffen würde. Und da er einen Meter achtzig groß ist, habe ich es auch niemals getan.

»Hallo, Isaac«, sagte ich. »Natürlich habe ich was dagegen. Aber setz dich trotzdem her.«

Da dieses Buch hier fast eine Art Koproduktion ist, mit seinem Namen auf dem Deckel, werde ich mir besondere Mühe geben, Asimov genau zu beschreiben.

Er ist etwa einsachtzig groß, ziemlich dick und grinst ständig. Er trägt sein Haar lang, wohl eher aus Faulheit als aus dem Wunsch nach einer Löwenmähne (wie er sie einmal nannte), denn er scheint sich bestenfalls mit den Fingern zu kämmen. Das Haar ist schon ziemlich grau, und die Koteletten, die ihm fast bis ans Kinn reichen und an Stahlwolle erinnern, sind fast weiß. Er hat eine Knollennase, blaue Augen, trägt eine Collegekrawatte und eine Brille mit dunkler Fassung. Zum Lesen und zum Essen nimmt er die Brille ab, denn er will nicht zugeben, daß er bereits in einem Alter ist, in dem er eine Brille mit bifokalen Gläsern braucht.
In mancher Hinsicht ist er mir ähnlich. Er raucht und trinkt nicht mehr als ich und ißt ebenfalls gern. Aber während ich davon nicht zunehme, ist es bei ihm der Fall. Er schreibt es einer Drüsenstörung zu, was merkwürdig ist für einen Mann, der vorgibt, Biochemiker zu sein. Ich weiß nämlich, daß es in Wirklichkeit an mangelnder Bewegung liegt. Ich selbst trainiere fast jeden Tag in einem Sportklub, aber wenn Isaac sich morgens aus seinen Federn wälzt, ist das seine Gymnastik für den ganzen Tag. Außer Tippen natürlich. Seine Finger sind auch gut in Form.
Er hatte sich viel mehr auf den Teller gehäuft als ich, aber er konnte es nicht lassen, ängstlich auf meinen zu schielen, als könnte ich womöglich einen Leckerbissen ergattert haben, der ihm entgangen war.
Er wußte, was ich von ihm wissen wollte. »Einhundertdreiundsechzig sind es im Moment«, sagte er mit vollem Mund. »Aber wer macht sich schon die Mühe, sie zu zählen?«
»Du«, erwiderte ich lakonisch.
Er schluckte den Bissen hinunter und sagte in gekränktem Ton: »Ich muß ja wohl. Jeder will wissen, wie viele Bücher ich veröffentlicht habe, und wenn ich es ihm nicht sagen kann, ist er enttäuscht. Besonders schlimm wird's, wenn mich jemand zwei Monate hintereinander fragt, und sich herausstellt, daß nicht mindestens ein neues dazugekommen ist. Dann fühlt er sich regelrecht betrogen. Sieh mal, du hast nicht den geringsten Grund, neidisch zu sein. Von deinen Büchern ist eins verfilmt worden, von meinen nicht.«
Ich zuckte zusammen. Der Film hatte mir zwar etwas eingebracht, aber es war mit Sicherheit der schlechteste Film, der jemals gedreht worden war, und zwar selbst für Hollywood von den größten Idioten, die man sich vorstellen kann. Ich hoffe immer noch, daß

niemand ihn sah.
Hundertdreiundsechzig Bücher sind natürlich noch kein Rekord, aber ich habe nie jemanden getroffen, dem das Schreiben so leicht fiel wie Asimov. Das weiß er auch. Es ist widerlich anzusehen, wie sehr er sich darüber freut.
»Was tust du eigentlich hier, Isaac?« fragte ich. »Weshalb sitzt du nicht zu Hause und schreibst?«
Er seufzte. »Genaugenommen tue ich es. Doubleday will, daß ich einen Kriminalroman mit dem Titel *Mord auf der Buchmesse* schreibe. Ich weiß gar nicht, wie ich so verrückt sein konnte, den Vertrag zu unterschreiben.«
»Warum hast du es dann getan?«
»Was sollte ich machen? Ich habe schon so viele Verträge unterschrieben, daß es eine reine Reflexhandlung geworden ist. Sie wollen das vollständige Manuskript bis zum ersten August. Ich habe also knapp drei Monate Zeit.«
»Das macht doch nichts. Du brauchst ja höchstens ein Wochenende dafür.«
»Das größte Problem bei meiner Schreiberei ist, daß ich keine Probleme haben darf.«
Ich brach keineswegs vor Mitleid in Tränen aus. »Du wirst es schon schaffen«, sagte ich ungerührt. »Du hast doch früher schon Krimis geschrieben, oder etwa nicht?«
Meine Vermutung war keineswegs aus der Luft gegriffen, sondern hatte durchaus ihre Berechtigung. Dieser Mann hat so ziemlich auf jedem Gebiet etwas geschrieben, obwohl man es ihm nicht zutraut. Auf den ersten Blick wirkt er dumm. Und wenn man ihn seine langatmigen Witze erzählen hört oder sieht, wie er jedes Mädchen, das ihm über den Weg läuft, anhaut, und wie er nie einen klugen Gedanken äußert, fühlt man sich in seinem Eindruck bestätigt. Man braucht eine ganze Weile, um zu begreifen, daß er sich seiner Intelligenz so sicher ist, daß er es nicht für nötig hält, sie zu zeigen.
Was mich natürlich höllisch ärgert.
»Natürlich habe ich schon Kriminalromane geschrieben«, sagte er indigniert. »Ich habe Krimis geschrieben, Zukunftsromane, traditionelle Romane und Kurzgeschichten. Für Erwachsene, Jugendliche und für Kinder.«
»Und wo drückt dich dann der Schuh?«

»Ich soll unbedingt so was wie Lokalkolorit hineinbringen. Man will, daß ich vier Tage lang hier herumhänge und beobachte, was sich so tut.«
»Na und? Das machst du doch jetzt.«
»Ich kann es nicht. Mein ganzes Leben lang habe ich meine Umgebung noch nie richtig wahrgenommen.«
»Wie hast du dann deine hundertdreiundsechzig Bücher geschrieben?«
»*Veröffentlicht*«, sagte er, »elf sind gerade in Druck ... Weil es in meinen Büchern keine Beschreibungen gibt. Ich habe einen schmucklosen Stil.«
»Dann mußt du dir eben jemanden suchen, der dir dabei hilft.«
Wie seltsam, daß gerade ich das sagte, aber in diesem Moment wußte ich natürlich noch nicht, daß ich es sein würde, der ihm helfen sollte.
Übrigens schaffte er es auch, das Manuskript pünktlich abzuliefern. Es heißt *Mord auf der Buchmesse*. Nur ist es eigentlich meine Geschichte. Deshalb komme ich in der ersten Person darin vor und er in der dritten.
Es waren inzwischen weit mehr Menschen im Raum als bei meiner Ankunft. Es schien mir ziemlich hoffnungslos, Giles in diesem Gedränge zu entdecken. Der Lärm war unerträglich, und alles war voll Zigarettenqualm. Ich hatte immer noch Zeit zu verduften, und in diesem Fall hätte Asimov seine Geschichte selbst erfinden müssen. Aber ich blieb, weil ich meinen gewohnten Kaffee noch nicht getrunken hatte. Sie sehen, es geschah immer wieder etwas, das mich daran hinderte, dem Schicksal Einhalt zu gebieten.
»Möchtest du einen Kaffee, Isaac?« fragte ich.
»Klar«, sagte er. »Ich hole uns welchen. Ich brauche Bewegung.«
Das war natürlich keineswegs der Grund. Er kam mit zwei Tassen Kaffee für uns beide und fünf Stück Kuchen für sich allein zurück. Zumindest bot er mir keins an. Er stippte eins mit Schokoladeüberzug in seinen Kaffee, führte es geschickt zum Mund, ohne daß ein Tropfen danebenging, und fragte dann: »Und was machst du hier, Darius? Du siehst nicht besonders begeistert aus.«
»Ich habe auch keinen Grund, begeistert zu sein. Ich habe einen gräßlichen Tag hinter mir, über den ich mich nicht weiter auslassen möchte. Du hast nicht zufällig Giles Devore auf der Messe gesehen?«

»Doch. Bei der Anmeldung. Er signiert morgen früh sein Buch. Übrigens zur gleichen Zeit wie ich.«

»Ich weiß schon, daß er sein Buch signiert«, sagte ich, und ich schwöre, ich sagte es ohne die Spur eines Hintergedankens. Ich war wirklich dabei, mich zu beunruhigen, und wer weiß, vielleicht wäre das Weitere nicht passiert, wenn Asimov meine Wut nicht neu angefacht hätte, einzig, so nehme ich an, um sich über mich lustig zu machen. Und damit fügte auch er seinen Pflasterstein hinzu.

Seine blauen Augen begannen zu glitzern, und seine Augenbrauen zogen sich hoch. (Für jemanden, der angeblich nichts von seiner Umgebung wahrnimmt, hat er ein erstaunliches Gespür, wo bei andern der wunde Punkt liegt.)

»Ich bin froh, daß er dein Protegé ist und nicht meiner. Ich kenne dich zu wenig, um zu wissen, wie du darauf reagierst, aber mich würde es krank machen, wenn ich zusehen müßte, wie mich ein Protegé überflügelt. Sein erstes Buch hast praktisch du geschrieben. Das weiß doch jeder. Und was viel schlimmer ist — jeder lacht darüber.«

»Wieso? Weil ich ihm geholfen habe?«

»Nein, natürlich nicht. Weil du Dankbarkeit von ihm erwartest.«

Ich zuckte die Achseln, aber innerlich kochte ich. Ja, verdammt, ich hatte Dankbarkeit erwartet, und ob ich mich dadurch lächerlich machte oder nicht — daß sie ausblieb machte mich wütend.

»Ich habe gar nichts erwartet«, log ich, aber Asimov beachtete mich schon nicht mehr. Er starrte zum andern Ende des Raums hinüber, und ohne seinem Blick zu folgen, wußte ich, daß er ein Mädchen sah.

Sie war nicht mein Typ. Höchstens einsfünfundfünfzig groß. Ich mag meine Mädchen einsachtundsechzig bis einszweiundsiebzig, mit kleinen festen Brüsten und schmalen Hüften.

Diese hier war genau das Gegenteil, mit einem Busen wie eine Taube und einem Hinterteil, als trüge sie eine Tournüre.

Allerdings war sie sehr hübsch, das mußte man ihr lassen. Ihre beinahe pechschwarzen Haare waren hochgesteckt, vermutlich, damit sie größer wirkte. Sie hatte ebenso dunkle riesige Augen mit bläulichweißen Augäpfeln und hohe Wangenknochen mit einem rosigen Schimmer. Sie trug ein weißes Abendkleid, das oben tief ausgeschnitten war und ihr unten bis auf die Füße reichte.

Sie kam in unsere Richtung, während Asimov keinen Blick von ihr wandte. Ich sah ihr, etwas weniger begeistert, ebenfalls entgegen. An unserem Tisch blieb sie stehen und sagte, indem sie meine Gegenwart völlig ignorierte: »Entschuldigen Sie bitte, sind Sie nicht Dr. Isaac Asimov?« Sie hatte eine Spur von Akzent, einem slawischen vielleicht.

»Donnerwetter«, sagte Asimov und breitete entzückt die Arme aus, »mein Ruf eilt mir voraus. Ganz zu Ihren Diensten, mein Kind. Sagen Sie mir nur, wo, wann und wie oft.«

»Ihr Ruf eilt Ihnen tatsächlich voraus. Man hat Sie mir beschrieben, und die Beschreibung trifft zu. Darf ich mich einen Augenblick zu Ihnen setzen?«

»So viele Augenblicke, wie Sie wollen«, sagte Asimov.

»Fünf oder sechs genügen mir.« Sie setzte sich. »Mein Name ist Sarah Voskovek, und ich mache die Public Relations für dieses Hotel.«

Wieso ich mich entschloß, an dieser Stelle einzugreifen, weiß ich nicht genau. Kann sein, es paßte mir nicht, daß man mich ignorierte. Vielleicht hatte auch Asimovs Hieb in bezug auf Giles den Wunsch in mir geweckt, jemand anderem einen zu versetzen, jedenfalls fragte ich: »Was tun Sie hier an einem Sonntagabend? Ist das Ihre übliche Arbeitszeit?«

Sie sah mich kalt an. »Ich bin privat als Gast der Buchmesse hier. Und ich arbeite, wann es mir paßt.« Dann schaute sie wieder Asimov an, als hätte ich nur so lange existiert, wie sie gebraucht hatte, um mir ihre Geringschätzung zu beweisen.

»Wie ich hörte, Dr. Asimov«, fuhr sie fort, »haben Sie vor, einen Kriminalroman über unser Hotel zu schreiben?«

Asimov schien über diesen Sprung ins Geschäftliche überrascht zu sein. »Na, so was, das hat sich aber schnell herumgesprochen. Nicht über das Hotel, Miss . . . Miss . . .«

»Voskovek.«

»Nicht über das Hotel, Miss Voskovek. Das Buch soll *Mord auf der Buchmesse* heißen. Mein Verleger hat mich darum gebeten.«

»Aber die Messe findet hier im Hotel statt. Wie realistisch soll es denn sein?«

»So realistisch wie möglich«, sagte Asimov, plötzlich ganz Autor. »Es ist wichtig, daß es Atmosphäre enthält.«

»Aber es ist doch nicht nötig, den Namen des Hotels zu erwähnen, oder?«

»Wahrscheinlich nicht«, stimmte Asimov zu.

Ich lehnte mich über den Tisch zu ihr hinüber. »Hören Sie mal, mein kleines Fräulein, dieser Mann hier hat vor, ein Buch zu schreiben. Und es ist seine und nicht Ihre Sache, was darin stehen wird. Wenn Sie nach der Veröffentlichung das Gefühl haben, Ihre Privatsphäre sei verletzt oder das Hotel sei verleumdet worden, dann können Sie ja klagen. Bis dahin jedoch haben Sie nichts zu sagen, und daß Sie versuchen, Druck auszuüben, finde ich einfach widerlich. Warum lassen Sie uns nicht allein und kümmern sich um Ihre Public Relations, für die Sie offenbar wenig Talent besitzen.«

Sie sah mich an und sagte mit unbewegtem Gesicht: »Es muß schwer für Sie sein, jemanden zu finden, der kleiner ist als Sie und an dem Sie Ihre männliche Autorität auslassen können, was?«

»Au weia«, sagte Asimov.

Als ich wieder sprechen konnte, stotterte ich. »Meine Dame, Ihre Z-zentimeter und m-meine . . .«

Aber sie kümmerte sich nicht weiter um mich. »Ich werde zu einem geeigneteren Zeitpunkt mit Ihnen sprechen, Dr. Asimov«, sagte sie, stand auf, drehte sich auf dem Absatz um und ging ohne Eile davon.

Von allen Demütigungen, die ich an diesem Tage erlitten hatte, war dies die schlimmste.

Und Asimov machte es auch nicht besser, als er sagte: »Mach dir nichts draus, Darius. Du kennst doch deine Wirkung auf Frauen. Das nächste Mal, wenn du sie triffst, laß deinen Charme spielen. Und wenn sie dir in die Arme sinkt, tu einen Schritt zur Seite und laß sie auf den Boden knallen.«

Er hielt das für witzig, ich nicht. Mir blieb nichts anderes übrig, als ihn zu ignorieren und mich in meinen inneren Groll zu vergraben. Plötzlich hörte ich Asimov sagen: »Hallo, Giles. Was macht der Ruhm?«

»Hallo, Isaac«, erklang die bekannte affektierte Stimme. Ihn hatte ich inzwischen völlig vergessen. Ich war schon so weit gewesen, daß ich nicht länger die Absicht hatte, nach ihm zu suchen. Wäre er weiterhin in einem andern Teil des Raums geblieben, hätten wir uns nicht getroffen. Wäre er zehn Minuten früher aufgetaucht, bevor die großmäulige Werbedame kam, wäre ich vermutlich friedlich genug gewesen, um das zu vermeiden, worauf der ganze Tag geradezu angelegt schien. Und wäre er zehn Minuten später gekommen, wäre ich wahrscheinlich weggewesen, denn in den wenigen Augenblicken, seit die Frau gegangen war, war mir klar geworden, daß mich nichts mehr auf dieser Party hielt. Ich hatte die Nase voll.

Aber da stand Giles, am richtigen Ort und zur richtigen Zeit, ein wenig gebeugt wie immer, mit hängenden Armen und der jämmerlichen Miene einer schuldbewußten Bulldogge. Er war entschieden dicker geworden, seit ich ihn das letzte Mal gesehen hatte. Der Wohlstand hatte sich ihm um die Taille gelegt. Er trug eine Brille mit dunklem Gestell wie Asimov. »Ich habe Teresa Valier in der Halle getroffen, Darius. Sie hat mir gesagt, daß du mich suchst.«

Teresa hatte mir also nicht getraut und selbst nach ihm ausgeschaut.

»Setz dich doch«, sagte ich mürrisch.

Asimov, der offenbar der Ansicht war, die Rolle des unbeteiligten Zuschauers sei nur schwer durchzuhalten, stand auf. »Entschuldigt mich, dort drüben sind ein paar Leute, die ich begrüßen muß.« Er winkte uns zu und war im nächsten Augenblick verschwunden.

Giles setzte sich mir gegenüber und legte die Hände auf den Tisch. Er sah aus, als erwarte er, daß ich ihm einen Hundekuchen hinschob.

»Ich gratuliere zu deinem neuen Buch«, sagte ich.

Er zuckte die Achseln. »Danke. Mit Prisma Press wird es wohl kaum sehr erfolgreich sein.«

»Du willst sie also verlassen, wenn ich richtig verstehe?«

»Ja. Ein Autor muß sein Niveau kennen«, erwiderte er mit seiner weibisch hohen Stimme (die vermuten ließ, er sei schwul, was nicht stimmte). »Prisma Press entspricht nicht meinem Niveau«, fügte er hinzu.

»Aber meinem, was?«

»Es steht dir frei, ebenfalls woanders hinzugehen.«

Der dämliche Hund!

»Und was ist mit Roseann Bronstein? Wie ich höre, weigerst du dich, in ihrem Laden zu signieren.«

»So ist es. Ich kann sie nicht leiden.«

»Du brauchst sie nicht zu leiden, um ein paar Bücher in ihrem Laden zu signieren. Soll ich dir mal einen guten Rat geben, Giles?«

»Das ist nicht nötig, Darius.«

»Du sollst ihn trotzdem hören. Prisma Press ist ein kleiner Verlag, das gebe ich zu. Aber die Valiers haben dein erstes Buch herausgebracht, und zwar mit Erfolg. Du könntest wenigstens so lange dort bleiben, bis sich herausstellt, wie sich das zweite verkauft. Das zumindest bist du ihnen schuldig. Und Roseann hat für dein Buch geworben, als es nötig war und ohne daß sie es brauchte. Du schuldest also auch ihr einen Gefallen.«
»Einen Gefallen? So etwas gibt es nicht in unserer Welt, Darius. Sicher hat Prisma Press mein erstes Buch verlegt. Na und? Sie haben auch ganz schön daran verdient. Eigentlich sogar mehr als ich. Und an meinem neuen Buch werden sie ebenfalls ganz schön verdienen. Sie haben also ihren Gefallen bekommen. Und Roseann auch. Und was wollen sie jetzt von mir? Ich will es dir sagen. Sie wollen sich um ihres eigenen finanziellen Vorteils willen an meinen Rockzipfel hängen. Zeugt das vielleicht von Edelmut? Und ich will sie von meinem Rockzipfel loshaben, warum soll das nicht ebenso edelmütig sein? Wir sind alle auf Profit aus. Aber wieso ist das von ihnen edel und mies von mir?«
»Und hinter was war ich her, Giles?« fragte ich.
Er wurde auffallend rot. »Das ist etwas anderes, Darius. Ich weiß, daß ich dir etwas schulde. Sobald ich einen besseren Verlag gefunden habe, kannst du auf ein gutes Wort von mir zählen. Ich werde tun, was ich kann, Darius.«
Wer, zum Teufel, begehrte, daß er ein gutes Wort für mich einlegte? Ich fühlte, wie ich den Siedepunkt erreichte. Alle Demütigungen des Tages stiegen in mir hoch, nicht zuletzt die Bemerkung dieser zwergwüchsigen Public-Relations-Person.
Er wartete noch auf meine Antwort, als eine Dame mit klappernden Absätzen auf uns zugeeilt kam.
»Mr. Devore«, japste sie, »wenn wir nicht sofort losfahren, kommen wir zu spät.«
Giles' hängende Unterlippe schürzte sich, ein Zeichen seiner wohlbekannten Sturheit. Das war immer so, wenn er ärgerlich war. Er stritt sich nicht, er schlug nicht um sich, er schaltete auf stur und wich nicht vom Fleck.
»Können Sie nicht jemand anders dafür nehmen?« quiekte er, und ich wettete bei mir, daß er das, was sie von ihm wollte, mit Sicherheit nicht zu tun gedachte. Inzwischen hatte ich die Frau erkannt.

Es war die Pressereferentin der Buchmesse, Henrietta Corvass. Sie hatte sich nicht sonderlich darüber aufgeregt, daß ich zu der unwichtigen Pressekonferenz von heute nachmittag nicht erschienen war, aber um Giles Devore machte sie ein Geschrei. Offensichtlich war er wichtiger als ich. »Es ist eine Aufnahme für eine bedeutende Fernsehsendung«, sagte sie. »Sie wollen niemand anders. Wir müssen hin.«
»Ich muß gar nichts«, entgegnete Giles. »Sie werden mich die ganze Nacht dort festhalten, und ich muß morgen früh signieren.«
»Es dauert höchstens zwei, drei Stunden. Und es ist nur ein paar Meilen von hier entfernt. Im Taxi sind wir schnell dort.«
Ich hätte ihr sagen können, daß sie bloß ihre Zeit verschwendete. Kein noch so vernünftiges Argument vermochte ihn umzustimmen. Und dieses eine Mal in seinem Leben wäre es besser gewesen, seine Sturheit hätte gesiegt. Der Todesengel schwebte über ihm und wäre wieder entschwunden, wenn er seiner Dickköpfigkeit treugeblieben wäre. Aber indem er sagte: »Nehmen Sie doch Darius, der geht sicher gern«, brachte er das Faß zum Überlaufen. Der ganze Ärger, die unterdrückte Wut, die sich den Tag über in mir angestaut hatte, kochte über und ließ mich den Kopf verlieren. Mit einem einzigen ungeheuren Ausbruch rächte ich mich an allen, die zu dem Reinfall mit der Pressekonferenz beigetragen hatten, und an allen, die mich im Verlauf des Tages geärgert hatten, dem Mann, der auf meinen Zehen und der Zwergin, die auf meinem Ego herumgetrampelt waren.
Ich sprang auf die Füße und schrie mit überkippender Stimme: »Ich gehe *nicht*, du schlaffe Bohnenstange. Du kleiner halbgarer Schreiberling hast wohl überhaupt keinen Sinn für Verantwortung? Was bildest du dir eigentlich ein? Ein mittelmäßiges Buch und ein zweites, das nicht einmal so gut ist, und du glaubst, daß alles, was andere für dich tun, selbstverständlich ist, und daß es immer so bleiben wird. Dem wird aber nicht so sein, auch wenn es jetzt noch so sehr danach aussieht. Du machst dir Feinde, du kleiner Wicht, und deine Seele vertrocknet anscheinend noch schneller, als dir der Kamm schwillt, und das ist schon verdammt schnell genug. Du glaubst wohl, du wärst schon so weit, daß du von der Höhe deines aufgeblasenen Selbst auf alle Welt hinunterspucken kannst. Mein Gott, du wirst mit einem Krachen wieder auf dem Boden landen,

daß die Welt von ihrem eigenen Gelächter taub wird. Mach, daß du wegkommst!«

Nein, das ist nicht ganz genau das, was ich sagte. Es ist gewissermaßen die Essenz davon. Ich weiß, daß ich es schärfer formuliert habe, mit beträchtlich gesalzenerem Vokabular.

Giles war kreidebleich geworden und Henrietta rot. Schließlich schrie ich, so laut ich konnte, und es war bestimmt im ganzen Raum zu hören, in dem fast jedes andere Geräusch erstorben war.

Und damit riß ich Giles vom Stuhl. Ich riß ihn aus seiner Sturheit, hinter der er sich verschanzt hatte, und damit hatte ich den Lauf der Dinge endgültig bestimmt. Der Weg zum Tod war gepflastert.

Giles war plötzlich wieder einundzwanzig. Er schaffte es, mit dem gleichen Ausdruck eines verschreckten Kaninchens auf mich herunterzusehen wie damals bei unserer ersten Begegnung.

Er sagte: »Du brauchst nicht wütend zu werden, Darius. Ich gehe ja schon. Ich muß nur vorher noch etwas erledigen.«

Die Anwesenden hatten ihre Gespräche wieder aufgenommen, sie hatten offenbar gemerkt, daß unser Streit nicht in eine Schlägerei ausarten würde, doch sicher drehte sich jetzt manches Gespräch um uns.

Ich schämte mich. Ich fühlte mich schuldig, daß Giles die ganze Ladung abbekommen hatte, obwohl er nur den letzten Anstoß gegeben hatte. Doch jede Gefühlsregung, die ich an diesem Nachmittag empfand, ob negativ oder positiv, sollte im Endeffekt auf dasselbe hinauslaufen.

Halb widerwillig sagte ich: »Was ist es denn, ich kann es ja für dich tun.« Ich fiel damit in die Rolle von vor neun Jahren zurück, als ich für Giles tat, was er nicht selbst für sich tun konnte, und das war ein weiterer Schritt auf dem Marsch in den Tod.

Giles suchte in seiner Hosentasche und zog einen Garderobenschein hervor. »Ich habe an der Garderobe im zweiten Stock ein Päckchen abgegeben. Sie ist neben . . .«

»Ich werde sie schon finden«, sagte ich und nahm ihm den Schein ab.

»Wenn ich zurückkomme, ist die Garderobe sicher geschlossen, und ich brauche das Ding morgen früh. Bitte, leg es in mein Zimmer, Darius. Zimmer 1511. Hier hast du den Schlüssel.«

»Und wie kommst du nachher hinein?«

»Du kannst ihn unten am Empfang abgeben. Oder du kannst ihn auch neben das Päckchen legen. Ich habe noch einen zweiten Schlüssel. Ich sorge immer dafür, daß man mir zwei Schlüssel gibt.« (Übervorsichtig wie immer, der gute Giles!) »Leg das Päckchen einfach auf den Schreibtisch und den Schlüssel dazu«, meinte er. Und indem er Henriettas drängendem Druck um seinen Ellenbogen nachgab, rief er noch über die Schulter zurück: »Aber vergiß es nicht!«

Ich hörte Henrietta noch sagen: »Von jetzt an lasse ich Sie nicht mehr aus den Augen, Mr. Devore. Ich sorge auch dafür, daß Sie so bald wie möglich wieder in Ihrem Hotelzimmer sind. Ich werde Sie persönlich hinbringen.«

Sie sprach mit ihm wie mit einem Kind, und das schien mir genau der richtige Ton zu sein.

»Vergiß es nicht«, waren Giles' letzte Worte an mich gewesen. Wie Sie wissen, kannte ich Giles genau. Ich war überzeugt, daß es völlig egal war, ob ich es vergaß oder nicht. In dem Päckchen befand sich nichts Wichtiges, das stand für mich fest. Das ganze Theater entsprang einzig seinem fast zwanghaften Bedürfnis nach Sicherheit, genau wie die Sache mit den beiden Schlüsseln.

Selbst wenn ich in diesem Augenblick gewußt hätte, was das Päckchen enthielt, hätte ich nicht ahnen können, daß der Auftrag lebenswichtig war. Aber genau das war er! Und eine fatale Kette von Umständen hatte ausgerechnet mir die Verantwortung dafür in die Hände gelegt.

Die Frage war, was ich jetzt machen sollte. Ich hatte Giles' Garderobenschein in meiner Tasche. Ich konnte sofort das Päckchen holen, es zusammen mit dem Schlüssel in Giles' Zimmer legen und um acht Uhr dreißig zu Hause sein. Ich würde ein bißchen fernsehen und vielleicht über meinen nächsten Roman nachdenken.

Bis jetzt war immer etwas passiert, das mich davon abgehalten hatte, nach Hause zu fahren und damit die Kette zu durchbrechen, und das war jetzt wieder so. Genau gesagt passierte diesmal nichts, sondern es war etwas mit mir los. Es hatte mit meinem dummen Stolz zu tun.

Ich fühlte die Mauer des Schweigens um mich herum. Ich fühlte die Augen meiner Umgebung auf mich gerichtet und daß ich der Gegenstand vieler Bemerkungen war. Und das weckte mein schlechteres Ich. Diese kichernden Flüsterer würden mich nicht von hier vertreiben, nur weil sie meinen Wutausbruch miterlebt hatten. Ich würde gehen, wann es mir paßte. Daher marschierte ich so unbeteiligt wie möglich zur Kaffeemaschine, füllte meine Tasse und trug sie gemächlich zu meinem Tisch zurück. Alle machten mir Platz. Niemand sagte ein Wort zu mir.

Ich würde den Kaffee in Ruhe trinken und dann gehen.

Von den Leuten in meiner Nähe kannte ich niemanden. Es waren vermutlich achtbare Buchhändler mit ihren Frauen. Ich fand keine von ihnen interessant. Aus irgendeinem Grund mißfielen mir die Frauen, die ich sah, sogar ganz besonders. Sarah Vostova, oder wie sie hieß, hatte mir das ganze weibliche Geschlecht verleidet.

Als ich meinen Kaffee ausgetrunken hatte, buchstäblich bis zum letzten Tropfen, und mich dabei nach allen Seiten umgesehen hatte, um allen zu beweisen, daß ich völlig entspannt war, erhob ich mich. Mit einem Gefühl von Erleichterung, das so stark war, daß mir beinahe die Knie zitterten, machte ich mich daran, mein Vorhaben auszuführen, damit ich binnen der nächsten halben Stunde zu Hause war.

Es sollte nicht sein. Die Tasse Kaffee hatte mich verdammte fünf Minuten gekostet, und an der Rolltreppe stieß ich auf Shirley Jennifer. Fünf Minuten früher, ja auch nur zwei Minuten, und ich hätte sie verfehlt.

Ich hatte sie mindestens ein halbes Jahr lang nicht gesehen, aber das war ganz normal. Manchmal sahen wir uns zwei Wochen lang jeden Tag und dann wieder ein ganzes Jahr lang nicht. Es bestand so was wie ein Abkommen zwischen uns. Wir hatten keine sogenannte Affäre. Wir sahen uns einfach hin und wieder und freuten uns, zusammen zu sein. Sex spielte gewöhnlich eine Rolle dabei, wenn auch nicht immer. Keiner von uns beiden hatte die Absicht, mehr daraus zu machen.

Ich rief: »Shirley!« und war aufrichtig erfreut. Und sie sagte: »Darius!« und wir fielen uns fröhlich in die Arme.

»Ich wußte, daß ich aus irgendeinem Grunde hergekommen bin«, erklärte Shirley, »aber ich hatte keine Ahnung, daß ich meinem charmantesten Konkurrenten direkt in die Arme laufen würde.«

Konkurrent? Na ja, man konnte es so nennen. Obwohl ihre Bücher

sich viel besser verkauften als meine. Sie schreibt Familienromane, die sich über mehrere Generationen erstrecken. Ich hatte einen Versuch gemacht, sie zu lesen, weil ich fand, wenn man den Körper eines Autors so genau kannte, sollte man auch seine Seele kennenlernen. Leider muß ich gestehen, daß ihre Bücher mich völlig kaltließen. Sie sind was für Frauen, für solche, die nicht emanzipiert sind, und ich neige eher zum Feminismus.
Vielleicht macht gerade das Shirley so anziehend für mich. Sie lebt noch im Glauben, das wahre Glück einer Frau bestehe darin, einem Mann zu gefallen, und obschon ich diese Theorie im Prinzip ablehne, fällt es mir schwer, sie nicht zu genießen, wenn sie mir in der Praxis begegnet.
»Bist du eben erst gekommen?« fragte ich.
»In diesem Moment. Ich war noch bei meinem Agenten. Und als ich endlich hier ankam, stellte ich fest, daß ich nicht genug Geld bei mir hatte für die Eintrittskarte. Ich mußte einen Scheck ausstellen, und man akzeptierte ihn erst, nachdem ich einen langen Fragebogen mit allen Einzelheiten aus meinem Leben ausgefüllt hatte.«
»Hast du schon gegessen?«
»N-nein. Ich habe nur etwas getrunken und ein paar Salzbrezeln dazu geknabbert. Ist denn noch was da?«
Am Büfett standen noch einige Leute, also bejahte ich ihre Frage und erbot mich, ihr etwas zu holen.
»Ach, warte lieber hier. Du weißt ja doch nicht, was ich mag.«
Shirley sah gut aus wie immer. Sie ist einssiebzig groß, und als ich vorhin beschrieb, wie ein Mädchen aussehen müsse, um mir zu gefallen, dachte ich dabei an Shirley.
Ich ließ sie eine Weile ungestört essen. Zu ihren guten Eigenschaften gehört, daß sie nie so tut, als mache ihr Essen keinen Spaß. Ich habe immer das Gefühl, daß jemand, der etwas so Angenehmes wie essen nicht genießt, auch andere gute Dinge im Leben nicht genießen kann, wie zum Beispiel Sex.
»Wirst du diesmal signieren?« fragte ich schließlich.
»Nein. Jedenfalls nicht richtig. Mein Taschenbuchverlag hat mich gebeten, morgen eine Stunde lang an ihrem Stand kleine Karten zu signieren, auf denen steht, daß demnächst eine Kassette mit allen Bänden der Roswellfamilie herauskommt, und das mache ich natürlich. Daher dachte ich, wenn ich den Abend hier verbringe, komme

ich in die richtige Stimmung dafür. Und so ist es auch, denn wen treffe ich hier? Dich!«
»Wohnst du nicht hier im Hotel, Shirley?«
»Bei den Preisen? Wo ich doch ein wunderschönes Apartment am Fluß besitze?«
»Immer noch dasselbe?«
»Na klar, und ob!«
»Shirley?« Wir fragten einander nie nach unserem Privatleben. Was jeder von uns beiden tat, wann und mit wem, war tabu für den andern. Trotzdem mußte man natürlich sichergehen, daß man niemandem in die Quere kam. Deshalb brauchte ich sie nur zu fragen: »Shirley?« Dann wußte sie, was gemeint war, und konnte einfach sagen: »Ich bin heute müde.«
Es konnte dann sein, daß es stimmte oder daß sie an einem Buch schrieb oder sich gerade in der idealistischen Phase einer Liebesromanze befand. Es war ja auch möglich, daß sie inzwischen mit jemand zusammenlebte.
Doch nichts von alldem traf zu. Sie lächelte ihr ganz spezielles sonniges Lächeln und sagte: »Du bist im Hause Jennifer willkommen.«
Als sie mit dem Essen fertig war, gingen wir zusammen durch den Raum. Sie stellte mich ein paar Freunden vor und unterhielt sich angeregt, während ich geduldig auf sie wartete.

Gegen neun Uhr waren wir zum Aufbruch bereit. Ich hatte nicht die Absicht, noch einmal herzukommen.
Shirley war das erste Gute an diesem Tag, und sie entschädigte mich voll für das ganze verdammte Theater. Als wir gingen, war ich glänzender Laune.
Doch ob gut oder schlecht, alles führte heute in die verkehrte Richtung – sogar Shirley. Man kann sich kaum vorstellen, daß selbst Shirley einen dicken fetten Pflasterstein legte.
In dem Moment nämlich, da mir Shirley Jennifer sozusagen in die Arme gelaufen war, hatte ich den Garderobenschein und den Schlüssel in meiner Jackentasche vollkommen vergessen. Giles und sein Auftrag existierten nicht länger für mich.
Weder dachte ich daran, als wir im Taxi saßen, noch als Shirley die Tür aufschloß. Ich dachte auch nicht daran, als wir bei gedämpftem Lichtschein auf dem Sofa saßen und uns küßten und auch nicht, als

wir ins Bett gingen, und später nicht, als ich an sie geschmiegt neben ihr lag, während sie rauchte.
Ich schlief zufrieden ein.
Nicht einen einzigen Moment in dieser Nacht runzelte ich auch nur andeutungsweise die Stirn und dachte: Habe ich nicht etwas vergessen?
Wenn Shirley mir nicht über den Weg gelaufen wäre, haargenau zu jenem Zeitpunkt ... Aber sie hatte es nun mal getan, und es wäre zuviel verlangt gewesen, daß ich mich an so etwas Stupides wie Giles' Päckchen erinnerte, während meine Aufmerksamkeit ganz auf Shirley konzentriert war.
Also schlief ich ruhig und friedlich. Nur hat es seitdem Nächte gegeben, in denen ich überhaupt nicht geschlafen habe, wenn ich daran dachte, wie ruhig ich in jener Nacht schlief.

2

Gegen neun Uhr früh erwachte ich vom Duft nach gebratenem Speck.
Ich sagte: »Komm her, Shirley«, und klopfte mit der flachen Hand auf die leere Stelle neben mir im Bett.
»Nein«, sagte sie. »Ich muß doch heute signieren.«
»Aber erst am Nachmittag.«
»Ja. Aber vorher findet das Autorenessen statt. Douglas Fairbanks jr. wird eine Rede halten, und ich liebe ihn.«
»Wie schnell doch Frauen vergessen!«
»Ich liebe ihn geistig«, sagte Shirley. »Wenn du vorher ins Badezimmer mußt, geh gleich, ich schlage jetzt die Eier in die Pfanne.«
Also beeilte ich mich, und als ich aus dem Badezimmer kam, half ich ihr den Speck und die Eier auf zwei Teller zu verteilen. Sie drückte ihre Zigarette aus, und wir setzten uns in die winzige Eßecke.
»Gehst du heute auch wieder zur Messe?« fragte sie mich.
»Besonders viel Lust habe ich nicht«, gab ich zur Antwort. »Nur würde ich dich gerne bei dem Essen treffen.«
»Das geht leider nicht. Ich werde mit meinem Verleger dort sein.«
Zum ersten Mal, seit ich Shirley am vergangenen Abend begegnet

war, regte sich etwas in mir, das heißt, etwas, das nicht mit meinen endokrinen Drüsen zusammenhing. Ich konnte nicht sagen, was es war. Ich hatte einfach ein Gefühl von Unbehagen.
»Vielleicht gehe ich auch hin und beglückwünsche den armen Giles zu seiner Autogrammstunde«, sagte ich.
Seltsam, daß ich sogar von Giles sprechen und daran denken konnte, wie ich ihn angeschrien hatte, ohne mich an seinen Auftrag zu erinnern.
Ich ging und schaute auf meine Uhr, die auf der Ablage neben dem Bett lag, und sagte: »Ich könnte es noch schaffen. Wenn ich meinen Kaffee hinunterstürze und mich schnell dusche, kann ich mit höchstens fünf Minuten Verspätung dort sein. Ich treffe dich dann nach dem Essen.«
Ich hätte es wirklich geschafft. Es war meine letzte Chance. Wenn ich hingegangen wäre und Giles hätte mich gesehen, hätte ich mich an das erinnert, was ich vergessen hatte, denn er hätte seinen Platz verlassen, um es mir zu sagen, selbst wenn tausend Leute auf seine Unterschrift gewartet hätten. Doch dann ... aber wozu das Ganze, es war sowieso nur halbherzig dahingesagt gewesen. Nur meine vage unterschwellige Unruhe hatte mich dazu getrieben, und ich wäre wahrscheinlich auch dann nicht gegangen, wenn Shirley keine Einwände erhoben hätte.
»Ach, diese Signierstunden sind so langweilig«, sagte sie. »Die Leute stehen einfach an. Du hast doch schon selber Bücher signiert.«
Nicht allzuoft. Zweimal hatte ich nach einem Autorenessen signiert und drei- oder viermal nach einem Vortrag, bei den wenigen Gelegenheiten, da es Prisma Press gelungen war, die Bücher vor dem Vortrag herauszubringen statt erst am Tag danach.
Bücher signieren macht Spaß. Denn jedes Buch bedeutet schließlich ein verkauftes Exemplar, und jedes verkaufte Exemplar bedeutet anderthalb Dollar oder auch ein bißchen mehr in der eigenen Kasse (abzüglich der Steuern natürlich). Andrerseits ist es eine ganz schöne Strapaze. Immer wieder dasselbe. Mit den besten Wünschen, mit den besten Wünschen ...
Asimov ist der einzige Autor, den ich kenne, der es wirklich genießt. Ich habe ihn einmal beim Signieren beobachtet. Er kannte keine Grenzen. Er kritzelt so Sachen hin wie »in Liebe« und »in Lei-

denschaft«. Völlig wahllos. Die einzige Voraussetzung dabei war, daß die Person vor ihm einem weiblichen Wesen zumindest ähnlich sah. Er signierte übrigens alles: Leinenausgaben, Taschenbuchausgaben, die Bücher anderer Leute, Papierschnitzel. Irgendwann in meinem Beisein wurde ihm sogar ein Blankoscheck hingehalten, den er, ohne mit der Wimper zu zucken, ebenfalls, unterschrieb – nur unterzeichnete er mit Harlan Ellison.
»Wer ist Harlan Ellison?« fragte ich ihn später.
»Ein Freund von mir«, sagte er und fügte völlig überflüssigerweise hinzu: »Er hat ungefähr deine Größe.«
Das alles fiel mir im Zusammenhang mit Signierstunden ein. Ich gähnte und sagte: »Du hast wahrscheinlich recht.«
Und damit adieu, letzte Chance!
»Ich werde trotzdem hingehen«, erklärte ich. Vermutlich war es das Unbehagen, das aus mir sprach, aber ich fand es zu dem Zeitpunkt sinnvoller, meinen Entschluß auf meine Zuneigung zu Shirley zu schieben. »Ich möchte dich nämlich noch immer nach dem Essen treffen.«
Also duschte ich mich rasch, zog mich an und fuhr nach Hause, um Unterwäsche und Hemd zu wechseln und mich zu rasieren. Dann machte ich mich an diesem schönen Frühlingsmorgen des *Memorial Day* auf den Weg zum Hotel.
Mein Gewissen war immer noch rein.

Ich traf gegen zehn Uhr fünfundvierzig im Hotel ein. Giles Devore und Isaac Asimov würden laut Anschlagtafel bis elf Uhr Bücher signieren. Also waren sie noch dabei, aber es interessierte mich nicht mehr.
Später erfuhr ich, wie die Signierstunden während der Buchmesse organisiert waren. Man benutzte einen Saal dazu, der extra zum Signieren von Büchern bestimmt war. Kleinere Sachen, wie Prospekte von Büchern, die in Kürze herauskommen sollten, wurden an den Ständen selbst signiert. Am Ende des Saales saßen auf einer Art Bühne die beiden Autoren, die gleichzeitig signierten, und die Leute gingen erst zu dem einen, dann zu dem andern und erhielten von jedem ein Freiexemplar.
Ich steuerte auf den Stand von Prisma Press zu, aber weder Valier noch seine Frau waren dort. Ich erkannte in der gelangweilten jun-

gen Dame dahinter Mary Ann Lipsky, Teresas Sekretärin. Offenbar machten sie am *Memorial Day* eine Ausnahme und ließen eine Angestellte arbeiten.

Mary Ann ist ein nettes Mädchen. Ich kann immer auf sie zählen, wenn es mal Unstimmigkeiten mit den Valiers gibt. Es ist immer günstig, wenn man einen Spion im feindlichen Lager hat, daher fragte ich: »Wie geht's meiner reizenden Prinzessin von Prisma Press?«

Ihre Miene hellte sich auf. »Hallo, Mr. Just.«

»Nicht viel los heute, wie?«

Sie zog die Nase kraus. »Nicht besonders.«

»Wo sind denn der Zar und die Zarin geblieben?«

»Die Zarin ist mit Mr. Devore zum Signieren gegangen.«

»Ach ja, sie hat mir davon erzählt.«

»Und der Zar sitzt in irgendeiner Konferenz.«

»Wissen Sie, wann sie zurück sein werden?«

»Die Zarin kommt vielleicht nach dem Signieren. Vom Zar weiß ich nichts.«

»Na gut. Ich möchte nicht so lange warten. Kann ich eine Nachricht für sie hinterlassen?«

»Aber sicher«, sagte sie.

Ich schrieb: Habe versucht, mit Giles zu reden. Absolut nichts zu machen!

Ich faltete den Zettel zusammen und reichte ihn Mary Ann, die ihn unter ein Buch klemmte. Sie lächelte mich strahlend an und wandte sich dann lebhaft jemand anders zu, der etwas über irgend jemanden wissen wollte.

Ich erkundigte mich bei verschiedenen Stellen nach Roseann, aber niemand wußte, wo sie sich aufhielt. Dann kam ich an einem Stand vorbei, wo man für ein Kochbuch warb und zu diesem Zweck den Vorübergehenden Kuchen anbot. Ich ging ein paarmal auf und ab und erhielt fünf Stück. Sie hatten eine Art Vanilleguß und schmeckten nicht schlecht. Ich esse gern was Süßes, und Kuchen gehört dazu.

Ungefähr um zwölf ging ich dann zum Bankettsaal, aber ein Schild an der geschlossenen Tür besagte, daß erst um zwölf Uhr dreißig geöffnet würde. Ein junger Mann Anfang Zwanzig, der neben mir stand, fragte mich, ob ich Schriftsteller sei. Ich bekannte mich

schuldig, und er wollte meinen Namen wissen.
»Darius Just«, sagte ich.
Er schien einen Moment zu überlegen, was er sagen könnte, ohne zu verraten, daß er auch nicht den blassesten Schimmer hatte, wer ich war und was ich schrieb.
Martin Walters rettete mich aus der Verlegenheit, und dafür verzieh ich ihm endgültig die Sachen vom Tag vorher.
Er rief: »Darius!« und winkte eifrig, ich solle zu ihm hinüberkommen. Als ich zu ihm trat, meinte er: »Komm doch mit zur Cocktailparty.«
»Zu was für einer Cocktailparty?«
»Dieser hier.« Ich war ihm in einen kleinen Nebenraum des Bankettsaals gefolgt.
Etwa hundert Leute standen in Gruppen beisammen und unterhielten sich. Die größte davon befand sich in respektvoller Entfernung von Douglas Fairbanks persönlich. Ich sah nach, ob Shirley darunter war, aber ich konnte sie nirgends entdecken und schloß daraus, daß sie nicht im Saal war.
Dagegen erkannte ich Anita Loos aus *Blondinen bevorzugt* und Cathleen Nesbit, die in mindestens fünfzig Filmen Herzoginnenwitwen gespielt hat. Beide klein und alt, mit glücklichen Gesichtern.
Asimov wurde gerade Anita Loos vorgestellt. Wenn Asimov hier war, mußte Giles Devore eigentlich ebenfalls hier sein. Jedenfalls war er bereits seit einer guten halben Stunde mit Signieren fertig.
Ich sah mich wieder im Raum um. Martin Walters blickte mich prüfend durch seinen Kneifer an: »Suchst du etwa schon wieder Devore?«
»Ich dachte, er könnte vielleicht hier sein«, sagte ich.
»Das glaube ich nicht. Der sitzt sicher irgendwo und schmollt. Dieser Mann ist kein Profi. Das hat er heute morgen wieder bewiesen.«
»Was war denn los?«
»Er hat während der Signierstunde irgendein Theater gemacht. Ich weiß nicht, worum es dabei ging. Ich war im selben Raum und sprach mit Leuten von Hercules Books. Ich weiß nur, daß es durch ihn eine Unterbrechung gab. Nellie — kennst du Nellie Griswold von Hercules?«
Ich überlegte einen Augenblick. »Vielleicht vom Sehen. Der Name sagt mir jedenfalls nichts.«

»Wenn du sie vom Sehen kennst, ist das schon allerhand. Sie ist sehr groß und sehr ...« Seine Hände beschrieben vielsagende Kurven in der Luft. »Versteh mich bitte nicht falsch«, fügte er hinzu. »Sie ist ein nettes Mädchen.«

»Das glaube ich dir gern. Ich kenne eine Menge Mädchen mit Kurven, die nett sind. Aber was ist mit ihr?«

»Ach, wegen diesem Idioten Devore, meinst du? Sie mußte wegrennen und ihm irgendwas bringen. Es war ein Affentheater. Er hat die ganze Schau versaut. Der verdammte Narr hätte besser nicht signiert, als den Leuten ein solches Schauspiel zu bieten. Er sah nicht so aus, als sei er betrunken. Aber irgendwas war mit ihm los.«

Ich muß gestehen, daß ich nicht besonders überrascht war. Devore begann offensichtlich, Launen zu entwickeln, und wurde langsam unerträglich.

Martin stellte sein leeres Glas auf einen Tisch und sagte: »Wie ich hörte, hast du ihm gestern abend den Marsch geblasen, Darius. Das hat mich gefreut. Glaubst du, es könnte etwas damit zu tun haben, daß er heute so aufgebracht war?«

»Sicher nicht«, erwiderte ich schnell. »Wir verstehen uns prächtig.«

Es scheint mir nachträglich kaum glaublich, daß ich Martins Schilderung eines aufgebrachten Giles anhören konnte, mit ihm sogar den vorhergegangenen Abend streifte und mich noch immer nicht erinnerte. Aber natürlich war es in diesem Moment bereits fünfundvierzig bis fünfzig Minuten zu spät.

Kurz nach zwölf wurden wir alle in den Saal nebenan gescheucht. Ich saß an einem Tisch in der Nähe der Tafel, die für die Prominenz reserviert war, neben einem sympathischen grauhaarigen Mann. Er gehörte den unteren Rängen des Messevorstandes an, hieß Harold Sayers und besaß einen Buchladen in Bangor, Maine. Seine Frau, Rosalind, saß neben ihm.

Ich grinste freundlich, stellte mich ebenfalls vor, schüttelte allen am Tisch die Hand und konzentrierte meine Aufmerksamkeit auf das Essen.

Die unvermeidlichen Tellerchen mit Fruchtcocktail und gemischtem Salat standen bereits auf dem Tisch, zusammen mit den Brötchen und dem Klecks Butter. Nach einer Weile wurden die gegrillten Hähnchen gebracht, dazu Karotten und kleine Röstkartoffeln. Ich sah mich einige Male flüchtig nach Shirley um, aber es war wenig wahrscheinlich, daß ich sie entdeckte, es sei denn, sie saß irgendwo an einem der Nachbartische, was nicht der Fall war. Aber das war nicht wichtig. Ich würde sie nach dem Essen ja an ihrem Messestand treffen, wo sie signieren sollte. Ich war dessen ganz sicher — was zeigt, wie wenig wir über die Zukunft wissen.

Ich fühlte mich äußerst wohl. Ich würde nachher Shirley wiedersehen, ich freute mich darauf, Douglas Fairbanks reden zu hören, und inzwischen unterhielt ich mich unter viel Gelächter mit Mr. Sayers vom Messevorstand, der eine Menge zu erzählen hatte und ein paar gute Witze wußte.

Der ganze Tisch brach darüber jeweils in schallendes Gelächter aus. Ich lachte sogar besonders laut und lange, und das ist auch der Grund, weshalb ich diese Witze später so oft wiederholte. Es war das letzte Mal, daß ich mich auf dieser Buchmesse unbeschwert fühlte.

Ich war gerade mit meinem Hähnchen fertig, als ich eine Frau zwischen den Tischen hindurch auf uns zukommen sah. Der Raum war ziemlich dämmerig, daher sah ich nur ihre Silhouette. Aber an ihrer Größe und den aufgetürmten Haaren erkannte ich, daß es — wie war doch nur ihr Name — die Frau von gestern abend war, die sich mir gegenüber so schnippisch benommen hatte.

Aber seither hatte ich eine angenehme Nacht und einen angenehmen Vormittag verbracht, hatte ein gutes Essen hinter mir und eine Menge gelacht. Kurz und gut, ich war nicht in der Stimmung, ihr noch weiterhin zu grollen.

Sie steuerte auf unseren Tisch zu und blieb vor mir stehen. Wenn ich ein wenig überrascht war, so war sie ein wenig verlegen. Das Licht war zu schlecht, um es genau zu sagen. Ich war sogar so überrascht, daß ich nicht einmal aufstand. Ich hatte das ungute Gefühl, sie käme, um ihre Attacke vom vergangenen Abend fortzusetzen.

Aber als sie anfing zu sprechen, klang sie sanft wie eine Nachtigall. Sie sagte in ihrem wunderbar präzisen Englisch mit dem leicht slawischen Akzent: »Mr. Just, ich bin so froh, daß ich Sie treffe. Ich bin Sarah Voskovek. Wir haben uns gestern abend kennengelernt.«

»Ich erinnere mich.« Dann fügte ich hinzu: »Ich wußte nicht, daß Sie meinen Namen kennen.«

»Leider wußte ich Ihren Namen gestern abend nicht, aber natürlich kenne ich Sie. Ich habe Ihre Bücher gelesen. *Hütet euch vor dem Abendstern* gefällt mir besonders gut.«

Ein Lob über sein Buch, und ein Autor schmilzt dahin. Daher erhob ich mich von meinem Stuhl und trat mit ihr in den freien Raum zwischen den Tischen hinaus.

»Haben Sie auch den Film gesehen, der nach dem Buch gedreht worden ist?« fragte ich.

»Ja. Hoffentlich nehmen Sie es mir nicht übel, aber er ist eine schwache Interpretation Ihres Buches. Er wird ihm nicht gerecht.«

Ich schmolz noch ein wenig mehr ob ihres guten Urteilsvermögens. Wir entfernten uns noch ein Stück weiter. Sie blickte mich immer noch unruhig an.

»Jetzt, da Sie wissen, wer ich bin«, sagte ich, »würden Sie das, was Sie mir gestern abend an den Kopf geworfen haben, vermutlich ein bißchen anders formulieren.«

»Mehr als das. Ich wollte, es wäre nicht passiert, und ich möchte mich dafür bei Ihnen entschuldigen, Mr. Just. Es war unmöglich von mir.«

»Weil ich Darius Just, der Autor von *Hütet euch vor dem Abendstern* bin?«

»Nein, Mr. Just, weil Sie recht hatten, als Sie sagten, daß Beschwerden im voraus unzulässig sind. Ich war aufdringlich und unhöflich. Ich habe mich schon bei Dr. Asimov dafür entschuldigt. Kurz vor seiner Autogrammstunde. Er hat mir versichert, daß er nie die Absicht gehabt hätte, das Hotel zu nennen oder es so zu beschreiben, daß man es erkennt. Ich habe mich bei ihm nach Ihrem Namen erkundigt, um mich auch bei Ihnen zu entschuldigen. Aber das ist nicht der einzige Grund, weshalb ich Sie gesucht habe, Mr. Just.«

»Wenn wir jetzt freundlich zueinander sein wollen«, sagte ich grinsend, »dann nennen Sie mich doch Darius. Ich muß Sie nämlich mit Sarah anreden, weil ich Ihren Namen nicht aussprechen kann.«

»Voskovek«, sagte sie mit deutlicher Betonung. Der Akzent lag auf der zweiten Silbe. »Aber Sie können mich trotzdem gern Sarah nennen.« Sie hatte ein Grübchen in der linken Wange, wenn sie sprach.

»Also gut. Und was war der zweite Grund, aus dem Sie mich sprechen wollten?«

»Es ist wegen Mr. Giles Devore. Ist er ein Freund von Ihnen?«

»Man könnte es so nennen«, erwiderte ich trocken. Dann fügte ich hinzu: »Warum? Wieso fragen Sie mich das?«

»Heute morgen, während er Autogramme gab, ist etwas vorgefallen. Ich ging extra zur Signierstunde, um mich bei Dr. Asimov zu entschuldigen, und blieb dann noch eine Weile aus Neugierde dort. Und da gab es einen ... einen Zwischenfall. Mr. Devore war sehr wütend. Ich war beunruhigt, denn für das Hotel ist es wichtig, daß es möglichst keine negativen Schlagzeilen bekommt ...

Aber die Sache war bald behoben. Man brachte ihm etwas, und er beruhigte sich wieder. Aber später hörte ich ihn murmeln: Dieser Darius! Dieser Darius Just! Und er sagte es in so haßerfülltem Ton. Ich mußte Sie unbedingt finden – einerseits um mich zu entschuldigen, aber auch um Sie zu warnen. Mr. Devore ist sehr groß und kräftig, und Sie sind – weniger kräftig – und ...«

Ich sagte verächtlich: »Er ist weich wie ein Nadelkissen, ohne die Nadeln. Machen Sie sich keine Sorgen, Sarah. Ich könnte ihn grün und blau schlagen, und er würde mir für den Gefallen noch danken. Ich könnte ...«

Ich glaube, es war das Wort Gefallen, das den Ausschlag gab. Jedenfalls geschah es gegen ein Uhr fünfzehn am Montag, dem 26. Mai, daß ich mich ganz plötzlich an das erinnerte, was ich etwa achtzehn Stunden früher vergessen hatte.

»Mein Gott!« rief ich halberstickt. »Oh, mein Gott!« Ich trommelte verzweifelt gegen meine Jackentasche. Ich hatte Hemd, Socken und Unterwäsche am Morgen gewechselt, aber ich trug dieselbe Hose und Jacke wie am Vortag. Der Zimmerschlüssel steckte in der Tasche, ich konnte ihn fühlen, und der Garderobenschein mußte ebenfalls dort sein.

Nach Luft schnappend sagte ich: »Entschuldigen Sie, bitte, ich muß dringend etwas erledigen.«

»Was denn? Was ist denn los?« fragte Sarah erschrocken. Harold Sayers, mein Tischnachbar, mußte mich beobachtet haben, denn er erhob sich konsterniert, und auch von den andern Tischen her starrte man mich an. Sogar am Ehrentisch hatte ich Aufmerksamkeit erregt, aber ich kümmerte mich nicht darum. Mich kümmerte nicht mal, daß gerade Eistorte als Dessert aufgetragen wurde und daß ich sie verpaßte, ganz zu schweigen vom Kaffee. Ich war schon losgerannt und fischte unterwegs in meiner Jacke nach dem Garderobenschein.

Wieso, zum Teufel, war ich nur in einer solchen Panik? Der Auftrag, ob vergessen oder nicht, konnte unmöglich so wichtig gewesen sein, außer in der Vorstellung von Giles mit seiner übertriebenen Pedanterie. Das wußte ich genau, während ich losrannte und die Rolltreppe hinunterfuhr. Vergessen war menschlich, was konnte er mir schon tun? Und außerdem mußte er vergangene Nacht beim Heimkommen festgestellt haben, daß das Päckchen nicht auf seinem Schreibtisch lag. Er konnte die Herausgabe auch ohne Garderobenschein verlangt haben, indem er sich an den Hoteldirektor oder einen höheren Angestellten wandte und so viel Lärm schlug, daß man ihm das Päckchen gab, damit nicht das ganze Hotel davon aufgeweckt würde.

Ich war völlig außer Atem, als ich die Garderobe erreichte. Es war niemand sonst da, schließlich war es ein Uhr zwanzig mittags, und draußen war es warm, so daß ich nicht zu warten brauchte.

Ich pfiff, um die Aufmerksamkeit einer älteren Frau in einem formlosen grünen Kleid zu erregen. Sie schien über die Art meiner Begrüßung indigniert und kam in einer Haltung auf mich zu, als wäre sie in einem früheren Leben eine Königin gewesen, in ihrem letzten natürlich. Ein kleines Namensschild besagte, daß sie Hilda hieß. Sie trug eine getönte Brille, und ihr Haar war mattblond gefärbt.

Ich zückte den Garderobenschein und fragte: »Ist das hier noch da?« Ich konnte nicht sagen, was ich mit »das hier« meinte, weil ich es selbst nicht wußte.

Sie studierte fachmännisch den Schein, als gäbe es beim Lesen einer großen schwarzen Nummer einen Trick, der nur einer Garderobenfrau bekannt war, dann gab sie ihn mir wieder. »Wenn Sie den Schein haben, ist es auch noch hier.«

Sie begab sich langsam zum hinteren Ende der Ablage und kam nach einer Weile mit einem Päckchen zurück, das etwas über zwanzig Zentimeter lang, fünf Zentimeter breit und fünf Zentimeter dick war. Es mochte etwa hundertfünfundzwanzig Gramm wiegen.

»Gehört das hier zu diesem Garderobenschein?« fragte ich.

»Es ist gegen diese Nummer abgegeben worden, Mister.« Das Ganze schien sie wenig zu interessieren.

Das konnte nicht stimmen. Wer, zum Teufel, bezahlt schon einen halben Dollar, um ein Ding von dieser Größe zu deponieren?

Darum fragte ich: »Hören Sie mal, ist gestern abend vielleicht jemand hiergewesen, um etwas abzuholen, der keinen Schein hatte?«
»Um wieviel Uhr? Wenn es nach vier Uhr nachmittags war, war ich nicht mehr hier.«
Ich wandte mich zum Gehen.
»Heute morgen hat es jemand versucht«, sagte sie.
Ich drehte mich wieder um. »Und wann war das?«
»Kurz vor zehn, glaube ich. Ich erklärte ihm, daß ich es ihm ohne Schein nicht geben könne, und sie – die kleine Strenge – zog ihn weg. Sie sagte, er käme sonst zu irgendwas zu spät.«
Ich hörte kaum noch zu. Giles hatte es offenbar erst heute gemerkt und war von Henrietta zur Signierstunde gezerrt worden wie gestern abend zur Fernsehsendung. Der arme Dummkopf tat mir fast leid.
»Sie haben es ihm also nicht gegeben?«
»Natürlich nicht. Nicht ohne Schein!«
Beim Weggehen fiel mir noch etwas ein. War es auch ganz gestimmt Giles gewesen? »Ein großer, breiter Mann mit einem Schnurrbart?« fragte ich sie.
Sie nickte.
»Und er wollte dieses Päckchen hier?«
»Was weiß ich, was er wollte? Er hatte keinen Schein bei sich. Und jemandem, der keinen Schein hat, höre ich gar nicht erst zu.«
Ich wandte mich endgültig zum Gehen. Aus irgendeinem Grund hatte Giles am gestrigen Abend nicht bemerkt, daß ich ihm seine Sachen nicht gebracht hatte, und aus irgendeinem Grund hatte er heute morgen diesbezüglich nicht eher etwas unternommen, als bis es zu spät dafür war. Man hatte ihn mit Gewalt zur Autogrammstunde gezerrt. Kein Wunder, daß er auf mich geflucht hatte. Das Ganze war ihm noch zu frisch in Erinnerung.
Welche Zimmernummer hatte er doch nur? Ich sah auf den Schlüssel: Nummer 1511. Ich stieg in den Aufzug und drückte den fünfzehnten Stock. Ich hatte noch ungefähr zwanzig Sekunden Zeit, um mir eine Ausrede zu überlegen, aber mir fiel nichts ein. Ich würde ihm notgedrungen sagen: »Tut mir leid, Giles, etwas ist mir dazwischengekommen, es war mir nicht eher möglich.« Das war beinahe die Wahrheit, und zum Teufel, was konnte er mir schon tun?
Ich klopfte an seine Zimmertür. Nichts rührte sich. Keine Schritte.

Alles blieb still.
Ich verbrachte ein paar Sekunden damit zu überlegen, was das bedeuten konnte – vielleicht auch um die unerwünschte Auseinandersetzung mit ihm noch etwas hinauszuschieben.
Vielleicht war er zu dem Autorenessen gegangen. In diesem Fall konnte ich die Türe mit dem Schlüssel öffnen, das Päckchen und den Schlüssel auf den Schreibtisch legen und dann Stein und Bein schwören, ich hätte beides gestern abend dort hingetan. Ich würde ihm sagen, wenn er es nicht gesehen hätte, sei er entweder blind, betrunken oder sonst was gewesen, und was konnte er darauf schon erwidern.
Nein, bei dem Essen war er nicht. Sonst hätte er mich zur Rede gestellt. Die kleine Sarah Voskovek hatte mich ja auch gefunden, also hätte er's auch getan.
Ich klopfte noch einmal. Wieder nichts!
Ich schloß auf, öffnete die Tür und blieb auf der Schwelle stehen. Jedenfalls konnte das Zimmer nicht unbewohnt sein. Ein Hemd war unordentlich über einen Stuhl geworfen, und eine Hose hing mit halbherausgezogenem Gürtel über der Lehne. Socken und Schuhe lagen auf dem Fußboden, ein Stück voneinder entfernt, als habe jemand mit den Socken nach den Schuhen gezielt und sie verfehlt. Unterhemd und Unterhose waren über die andere Armlehne geschleudert, und jetzt fiel mir auch auf, daß ein Stück einer Krawatte unter dem Oberhemd hervorsah.
Das konnte unmöglich Giles' Zimmer sein. Aber der Schlüssel hatte gepaßt. Oder hatte Giles vielleicht zwei verschiedene Schlüssel gehabt? War der, den er mir gegeben hatte, ein falscher gewesen, den ihm jemand vom Hotel irrtümlich ausgehändigt hatte?
Nein, das war Unsinn. Die dünne Brieftasche auf dem Schreibtisch gehörte ihm. Ich hätte sie auch ohne seine Initialen erkannt. Und daneben lag einer von seinen Wegwerfkugelschreibern mit Monogramm.
Ich schloß die Tür zweimal hinter mir ab, ging ein paar Schritte ins Zimmer und blieb dann unschlüssig stehen. Das Ganze war mir ein Rätsel, kam mir irgendwie ungereimt vor. Das Zimmer war Giles' Zimmer, denn die Brieftasche, der Kugelschreiber und damit vermutlich auch die Kleidungsstücke gehörten ihm. Und doch konnte es eigentlich nicht sein Zimmer sein.

Mir fiel nichts anderes ein, als Päckchen und Schlüssel dort zu lassen, ob ungereimt oder nicht und wieder zu gehen. Ich legte beides auf den Schreibtisch und merkte plötzlich, wie ich den Kugelschreiber anstarrte. Daneben war ein wenig weißes Pulver verstreut, mit verschmierten Fingerabdrücken darin, als hätte jemand versucht, es wegzuwischen. Ohne zu überlegen fuhr ich mit dem Finger darüber, bereute es aber sogleich und führte automatisch den Finger an die Nase, um festzustellen, ob irgendein unangenehmer Geruch daran haftete. Es war nicht der Fall. Geistesabwesend leckte ich daran – und erstarrte.

Allmächtiger Gott, das war doch nicht möglich!

Ich ließ mich auf einen Stuhl fallen – nicht auf den, auf dem die Kleider lagen – und starrte auf die Kleider und von diesen auf meinen Finger. Rechts neben mir stand der Schreibtisch, auf dem Kugelschreiber, Brieftasche, Schlüssel und Päckchen lagen, und rein automatisch griff ich nach dem Kugelschreiber. Ich erhob mich dazu sogar halb von meinem Stuhl. Jemand, der von Berufs wegen schreibt, greift beinahe automatisch nach einem Stift, wenn er nachdenkt, wie jemand anders sich vielleicht dabei den Kopf kratzt, selbst wenn er ihn dann nur zwischen den Fingern dreht. Ich achtete sorgfältig darauf, nicht das Pulver zu berühren.

Auch ich hatte keineswegs etwas anderes im Sinn, als den Schreiber zwischen den Fingern zu drehen, aber der Schreibblock des Hotels lag daneben, und fast ebenso automatisch griff ich auch nach ihm. Da ich jetzt Stift und Papier bereithielt, mußte ich zwangsläufig etwas produzieren, und so zeichnete ich ein großes Fragezeichen, und begann von dort aus, kurze Linien nach allen Seiten zu ziehen. Bei der dritten oder vierten versiegte der Stift, er war leer. Während er auf dem Schreibtisch lag, waren wohl gerade noch die letzten Tropfen des Farbstoffs bis in die Spitze gedrungen.

Das Fragezeichen sollte folgendes bedeuten: Wie ist es möglich, daß Giles' Kleidung – vorausgesetzt, sie gehört wirklich ihm – so unordentlich im Zimmer verstreut herumliegt.

Ich konnte mir absolut nicht vorstellen, was ihn zu solcher Eile veranlaßt hatte, nicht mal ein plötzlich auftretender Durchfall. In einem solchen Fall rennt man ins Bad und zieht sich nicht erst aus.

Was mich daran erinnerte, daß ich noch nicht im Bad nachgeschaut hatte.

Ich horchte, aber ich hörte nichts. Ich hörte nur den Lärm des Straßenverkehrs und dann ein Geräusch von Schritten im Flur, die in der Nähe der Tür haltmachten. Einen Moment erwartete ich, daß ein Schlüssel gedreht und Giles eintreten würde, aber nichts geschah, und dann erklangen die Schritte, oder vielleicht auch andere Schritte, von neuem und entfernten sich in eine andere Richtung. Aus dem Badezimmer kam kein Laut.

Ich ging zur Tür, die nur angelehnt war, und stieß sie auf.

Und da sah ich Giles. Er grinste mir schweigend entgegen. Er lag ausgestreckt in der Wanne, ein Bein über dem Rand, den Kopf gegen die Armaturen gelehnt. Er war offensichtlich vollkommen nackt und ebenso offensichtlich vollkommen tot.

Obschon ich viel Zeit damit verbracht habe zu beschreiben, was ich gesehen und gedacht habe, seit ich das Zimmer betrat, hat das Ganze in Wirklichkeit viel weniger lange gedauert. Ich glaube nicht, daß ich mir länger als drei Minuten in Giles' Zimmer den Kopf zerbrach, bevor ich ins Bad ging.

Es war ein Uhr dreiunddreißig, am *Memorial Day*, dem 26. Mai, als ich Giles Devores Leiche entdeckte. Ich sah nicht gleich auf die Uhr, denn ich war hinreichend damit beschäftigt, den Anblick zu verkraften, aber ich tat es wenige Minuten später und kann mich höchstens um eine Minute irren.

Wieso ich wußte, daß er tot war? Vom medizinischen Standpunkt aus wußte ich es nicht. Ich fühlte weder seinen Puls, noch vergewisserte ich mich, daß er nicht mehr atmete oder daß sein Körper kalt war. Aber ich hatte keinen Zweifel: Er war tot. Der vollkommen reglose Körper, die geöffneten Augen, die mich glasig und ohne Erkennen anstarrten, die zu einem fratzenhaften Grinsen verzerrten Lippen ... Auch wenn ich noch nie zuvor einen Toten gesehen oder davon gehört hätte, hätte ich gewußt, daß hier jemand lag, in dem kein Funken Leben mehr war.

Ich nahm verschiedene Einzelheiten wahr. Das Bein – das linke Bein, das über den Wannenrand hing, war sehr haarig, und die einzelnen Haare klebten zum Teil an der Haut, als sei sie vor kurzem noch naß gewesen. Auch die Wanne zeigte noch Spuren von Nässe.

Der Duschvorhang war halb heruntergerissen, aber keine seiner Hände hielt ihn im Tode umklammert. Ein Arm war lang ausgestreckt, der andere über die Brust gelegt. Der Vorhang war über

die Leistengegend drapiert, als sollte er das Schamgefühl des Toten schützen.
An allen Gliedern zitternd stolperte ich aus dem Bad. Ich mußte mich setzen, sonst wäre ich umgefallen. Ich schaffte es bis zu dem Stuhl, von dem aus ich wenige Sekunden zuvor auf Geräusche aus dem Badezimmer gelauscht hatte. Eine halbe Minute lang kämpfte ich um Fassung. Ich sah auf meine Uhr. Ein Uhr fünfunddreißig. Völlig ungereimt dachte ich, daß Douglas Fairbanks jr. jetzt gerade seine Rede hielt und daß ich sie verpaßte. In der Verwirrung des Augenblicks fiel mir jedoch nicht ein, daß ich Shirley vielleicht ebenfalls verpassen würde.
Endlich stand ich auf, ging zum Bett, setzte mich und langte nach dem Telefon. Ich wählte die Zentrale, und es gab die übliche, mich rasend machende Verzögerung, bis eine weibliche Stimme sagte: »Zentrale. Welche Nummer wünschen Sie?«
Ich sagte mit so fester Stimme, wie mir möglich war: »Ich rufe an, um zu melden, daß hier im Zimmer ein Toter ist.«
Es folgten weder ein Schrei noch ein entsetztes Atemholen, nur ein ruhiges: »Wie ist Ihre Zimmernummer, bitte?«
»Zimmer 1511.«
»Einen Moment.«
Dann erklang eine männliche Stimme: »Hier Jonathan Turbeville, stellvertretender Direktor. Worum geht es, bitte?«
Ich sagte mit so fester Stimme, wie mir möglich war: »Ich rufe an, weil im Badezimmer ein toter Mann liegt.«
Der Name des Zimmermieters mußte ihm inzwischen eingefallen sein, denn er fragte: »Spreche ich mit Mr. Giles Devore?«
»Nein, Sir«, sagte ich. »Mr. Devore wird nie mehr sprechen. Er ist der Tote.«
Er stellte keine Fragen, er sagte nur: »Bleiben Sie bitte, wo Sie sind. Es wird sofort jemand kommen.«
Ich legte auf und begann scharf nachzudenken.

Es dauerte wirklich nur einen Augenblick, bis jemand kam. Genau gesagt, einige Sekunden.
Es klopfte an die Tür, und ich sprang hoch und riß sie auf. Ein Mann trat ein und sagte in höchst erstauntem Ton: »Mr. Just!«
Ich starrte ihn verblüfft an, dann erinnerte ich mich. Er war der

Wächter, der vor dem Messeraum gestanden hatte. Wir hatten gestern nachmittag miteinander gesprochen. Ich erinnerte mich sogar an seinen Namen: Michael Strong. Ich wußte auch noch, daß sein zweiter Name mit P anfing.
Unfreundlich fuhr ich ihn an: »Wie sind Sie so schnell hergekommen?« Ich sparte mir die Mühe, mich vorzustellen. Er kannte mich ja, außerdem trug ich noch immer das Namensschild.
»Walkie-talkie«, sagte er, auf einen Gegenstand weisend, der an seinem Gürtel hing. »Ich war am nächsten. Sie sagten, daß hier im Zimmer ein Toter liegt?«
»Im Bad«, verbesserte ich und ging ihm nach.
Strong mochte zum Sicherheitsstab des Hotels gehören, aber das bedeutete noch lange nicht, daß er an den Anblick von Leichen gewöhnt war. Kleinere Diebstähle von Zimmermädchen oder Hotelgästen waren wohl eher sein Gebiet.
Er schwankte, als er die Tür geöffnet hatte und hineinsah. Ich war beinahe erleichtert. Mir war klar, daß ich mich selbst nicht besonders gut gehalten hatte beim Anblick der Leiche, und ich wollte nicht, daß er sich besser benahm. Wenn man bedenkt, daß er vorher gewarnt worden war, benahm er sich sogar ziemlich kläglich.
Er kam bleich und mit verzerrtem Gesicht wieder heraus und sagte: »Er ist noch warm, aber er ist wirklich tot.« Er schluckte hörbar. »Ich nehme an, daß er nie mehr schreiben wird . . .«
Mir fiel ein, er war ja ein Fan von Giles. Er hatte sich ein Autogramm von ihm holen wollen. Vielleicht hatte er es noch bekommen.
Strong räusperte sich und versuchte, eine professionelle Haltung zu zeigen. »Es sieht so aus, als hätte er sich geduscht und sei gefallen. Er klammerte sich an den Vorhang, riß ihn herunter, stieß mit dem Kopf gegen die Armaturen und war tot.«
Ich zuckte die Achseln. Ich glaubte auch nicht eine Minute lang, daß das passiert war, aber ich sagte nur: »Ich war nicht hier.«
»Wollen Sie damit sagen, daß Sie erst kamen, als er schon tot war?«
»Genauso ist es.«
Strong sah mich verwirrt an. »Wie sind Sie dann hier hereingekommen? Hat er die Tür offen gelassen, während er sich duschte?«
»Ich hatte einen Schlüssel«, sagte ich. »Dort liegt er.« Ich deutete auf den Schreibtisch.

»Wie sind Sie zu einem Schlüssel gekommen?«
»Mr. Devore hat ihn mir gegeben. Wir sind befreundet. Schließlich haben Sie ja selbst gesagt, daß er mein Protegé war.«
»Was meinen Sie mit befreundet?«
»Befreundet«, sagte ich. »Nichts weiter, als was das Wort besagt. Ich bin nicht homosexuell.«
»Und warum hat er Ihnen einen Schlüssel gegeben?«
»Ich sollte ihm etwas bringen, und das habe ich gerade getan. Es liegt dort neben dem Schlüssel.«
In diesem Moment ertönte wieder ein Klopfen. Laut und vernehmlich. Strong öffnete die Tür einen Spalt breit, schaute hinaus, sagte: »Hallo, Mr. Marsogliani!« und riß sie dann weit auf.
Ein großer vierschrötiger Mann marschierte herein. Er war noch größer als Strong und noch etwas breiter. Er hatte einen beachtlichen Bauch, eine große Nase und einen schwarzen Bart in seinem roten Gesicht. Im Mundwinkel hing eine halbgerauchte Zigarre, die nicht brannte, aber trotzdem übel roch. Er fragte in einem rollenden Baß: »Wo ist die Leiche, Strong?«
Strong wies mit dem Daumen über seine Schulter. »Im Bad, Chef.«
Marsogliani verschwand im Badezimmer, tauchte eine halbe Minute später wieder auf und sagte zu mir: »Sind Sie der Mann, der den Vorfall gemeldet hat?«
»Ich bin der Mann«, antwortete ich.
Er sah sich mit einem, wie mir schien, geübten Blick im Zimmer um, der schließlich auf den Kleidern haften blieb. Es sah aus, als wolle er darauf zugehen. »Nichts berühren«, sagte ich hastig.
Er wandte langsam den Kopf und richtete seinen Blick auf mich. »Ich berühre nichts. Ich werde die Polizei anrufen.« Er hatte die Zigarre aus dem Mund genommen, bevor er sprach, jetzt steckte er sie wieder hinein.
»Rufen Sie die Polizei«, sagte ich. »Sagen Sie ihr, daß hier ein Mann ermordet wurde.«
Ich hatte vom ersten Moment an an Mord gedacht. Und ich hatte mich dabei gefragt, ob ich es schaffen würde, das Wort auszusprechen. Nun hatte ich es getan, und zwar mühelos.
»Ermordet?« Marsogliani, der sich zum Telefon bewegt hatte, drehte sich um und sah mich ohne Erregung an. »Haben Sie ihn getötet?« fragte er gelassen.

»Nein, ich habe ihn so gefunden, wie Sie ihn gesehen haben, aber er ist nicht in der Wanne gestorben. Er war bekleidet, als er starb. Man will uns irreführen.«

Strong sah aus, als geriete er völlig aus der Fassung, als ich das sagte, aber sein Chef verzog keine Miene. »Wie kommen Sie darauf?«

»Ich habe den Ermordeten, Mr. Giles Devore, gut gekannt. Ich habe eine Zeitlang mit ihm zusammen gewohnt. Ich war mindestens fünfzigmal dabei, wenn er sich duschte oder auszog. Er legte seine Kleider ordentlich zusammen und hängte sie auf. Er blies in seine Socken und strich sie glatt, er warf seine Klamotten nie einfach so hin. Als ich hereinkam und seine Sachen sah, dachte ich, ich sei im falschen Zimmer.«

»Aber die Kleider liegen unordentlich herum. Wie erklären Sie sich das?«

»Er wurde ermordet. Warum, weiß ich nicht. Der Mörder hat ihn entkleidet und dann seine Sachen so hingeworfen, damit es aussah, als hätte er sich geduscht und . . .«

»Der Mörder müßte demnach jemand sein, der seine Gewohnheiten nicht kannte.«

»So ist es«, sagte ich. »Und dann schleppte er ihn ins Bad . . .«

Marsogliani spann den Faden für mich weiter. ». . . lehnte ihn sorgsam mit dem Kopf an die Armaturen, seifte ihn ein bißchen ein, spülte ihn ab, riß den Vorhang herunter und ging weg.«

»Ja, genauso«, sagte ich.

Marsogliani schielte an seiner großen Nase entlang auf mich hinunter. »Der Tote ist Schriftsteller, soviel ich weiß. Sind Sie auch Schriftsteller?«

»Ja«, sagte ich zum drittenmal.

»Schreiben Sie Kriminalromane?«

Endlich konnte ich einmal nein sagen. Ich sagte es mit Nachdruck.

»Aber Sie lesen welche, nicht wahr?«

»Hin und wieder.«

»Also, dann hören Sie mal zu! Das Leben ist nicht wie ein Kriminalroman. In Kriminalromanen handeln die Menschen immer nach dem gleichen Schema. Und wenn irgendein Detail von diesem Schema abweicht, kommt ein neunmalkluger Amateurdetektiv und zieht daraus bedeutsame Schlüsse. Im wirklichen Leben handeln die

Menschen keinesfalls immer gleich. Sie verhalten sich jedesmal völlig anders. Im wirklichen Leben sind die Menschen verrückt.« Er wandte sich wieder dem Telefon zu. »Ich rufe jetzt die Polizei an. Soll die entscheiden. Wenn Sie ihr erzählen wollen, daß es Mord war, dann tun Sie das ruhig. Aber denken Sie daran, daß Sie es waren, der die Leiche gefunden hat. Sie hatten einen Schlüssel, sagt Strong, und vielleicht hatten Sie auch ein Motiv. Überlegen Sie sich das Ganze.«

Seine Hand lag auf dem Telefonhörer.

»Sie wollen nicht, daß es ein Mord war«, sagte ich, »stimmt's? Das wäre schlechte Reklame für das Hotel.«

»Wenn es Mord ist, ist es Mord«, erwiderte er. »Aber ich will nicht, daß jemand Mord schreit, wenn es gar keiner war. Das hat nichts mit Reklame zu tun. Der Polizei gefällt so was auch nicht.«

Er nahm den Hörer ab, wartete einen Moment und sagte dann: »Myrtle? Bitte 911.«

Ich wartete, bis er fertig war, dann sagte ich: »Hier im Zimmer ist Heroin.«

Ich wollte Eindruck auf ihn machen, denn ich war sauer auf den Knaben. Eine Minute lang glaubte ich, ich hätte einen Treffer erzielt, denn seine Augenbrauen gingen in die Höhe, und seine Augen begannen zu flackern. Aber als er sprach, geschah es mit äußerstem Gleichmut:

»Wo?«

»Auf dem Schreibtisch. Ungefähr dort, wo ich den Schlüssel hingelegt habe. Es sieht aus wie Talkumpuder. Aber eins meiner Bücher befaßt sich mit Drogen, und ich weiß über Heroin ziemlich Bescheid.«

Er trat zum Schreibtisch. »Ich sehe keinen Puder. Kommen Sie und zeigen Sie ihn mir.«

Ich war fast mit einem einzigen Satz am Schreibtisch. Er war leer.

»Wollen Sie etwa sagen, der Tote war rauschgiftsüchtig?« fragte Marsogliani.

»Soweit mir bekannt ist, nicht«, murmelte ich.

»Er hat keine Einstiche, zumindest nicht an einer sichtbaren Stelle seines Körpers. Die Polizei wird es genauer feststellen, wenn man eine Autopsie vornehmen läßt. Aber wenn Sie der Polizei erzählen, Sie hätten hier im Zimmer Heroin gesehen, wo gar keins da ist, könnte man Ihnen enorme Schwierigkeiten machen. Ich werde nichts von dem Heroin sagen, weil ich keins sehe. Und ich werde auch nicht erwähnen, Sie hätten mir etwas von Heroin gesagt, weil ich nichts, was Sie sagen, ernst nehme. Aber Sie werden ja selbst zugegen sein, und was Sie der Polizei erzählen wollen, ist allein Ihre Sache. Sie müssen selbst entscheiden.«

Die Polizei traf nach etwa zehn Minuten ein, was mir Zeit zum Nachdenken ließ.

Ich hatte einen Fehler gemacht. Ich hatte das Maul aufgerissen, ohne meine Behauptungen auf etwas anderes als auf Trivialitäten stützen zu können. Ich hätte ihm das Pulver zeigen sollen, bevor ich etwas darüber sagte.

Marsogliani hatte recht. Wenn ich Mord schrie und es nicht beweisen konnte, würde man sich auf mich stürzen und mich in der Luft zerreißen. Ich hatte einen Schlüssel gehabt. Ich war der erste am Tatort gewesen. Vielleicht gab es sogar Leute, die behaupten würden, ich sei auf Giles eifersüchtig gewesen — der Mentor, der haßerfüllt und zähneknirschend mit ansehen muß, wie sein Schüler ihn aussticht ... Oberflächlich betrachtet schien es zwar nicht sehr wahrscheinlich, daß ein Mann meiner Größe einen hundert Kilo schweren Toten ins Bad geschleppt und in die Wanne gesteckt haben sollte, aber es war kein Geheimnis, daß ich stärker war, als ich aussah.

Als die Polizei kam, hatte ich meine Meinung geändert. Wenn Marsogliani und Strong nichts sagten, würde ich es auch nicht tun. Wenigstens nicht, bevor ich etwas herausfand, das Beweiskraft hatte.

Die Polizisten waren vermutlich durch den Keller und mit dem Personallift gekommen, um die Messeräume zu vermeiden. Es waren zwei. Der Jüngere in Uniform hatte lange Haare und einen Schnurrbart, was für die heutige Polizistengeneration fast schon obligatorisch ist. Der Ältere, ein Mann mit rundem Gesicht und Stupsnase, war in Zivil.

Sie stellten sich vor. Der Uniformierte hieß Joseph Olsen, der Mann in Zivil war Lieutenant Herman Brown. Der Lieutenant sah gelangweilt aus. Vermutlich waren Leichen für ihn etwas Alltägliches.

Er ging schweigend im Zimmer umher, sah in den Schrank, kniete

sich hin, um unter das Bett zu schauen, ging dann ins Bad und kam mit so unbeteiligter Miene wieder heraus, als sei dieses leer. Er fragte Marsogliani und Strong, wieso sie hergekommen seien, und sie sagten sehr nett, ich hätte sie gerufen, gaben einen kurzen Bericht und gingen dann hinaus. Strong warf mir aus den Augenwinkeln einen verstohlenen Blick zu, als überlegte er, was ich wohl sagen würde, und hoffte, ich würde keine Scherereien machen. Marsogliani verließ das Zimmer, als ginge ihn die ganze Sache überhaupt nichts an.
Wäre Strong geblieben, hätte er festgestellt, daß ich nur das Allernötigste preisgab und absolut keine Scherereien machte. Brown nahm meinen Namen, Adresse und Beruf auf und fragte dann:
»Wann haben Sie den Toten gefunden?«
»Um ein Uhr dreiunddreißig. Ich habe etwa eine Minute später auf die Uhr geschaut.«
»Wie sind Sie hereingekommen?«
»Ich hatte einen Schlüssel. Giles Devore, der Tote, hat ihn mir gestern abend gegeben, weil ich ihm ein Päckchen bringen sollte. Das habe ich vor etwas über einer halben Stunde getan. Es liegt dort auf dem Schreibtisch und der Schlüssel ebenfalls.«
»Was ist in dem Päckchen?«
»Das weiß ich nicht.«
»Wieso hat er Sie darum gebeten und nicht jemand anders?«
»Wir waren befreundet«, sagte ich.
»Haben Sie irgend etwas berührt oder verändert, seit Sie gekommen sind?«
»Ja«, sagte ich. »Ich wußte ja nicht, daß Giles tot im Badezimmer lag. Ich kam herein, überlegte mir, wo er wohl sein könnte, nahm den Kugelschreiber vom Schreibtisch und setzte mich auf diesen Stuhl hier. Dann schaute ich im Bad nach und fand ihn.«
»Haben Sie das Fragezeichen hier auf den Block gemacht, oder war es schon dort, als Sie kamen?«
»Nein, das war ich.«
»Und wozu?«
»Ich fragte mich, wo Giles wohl war. Ich hatte angenommen, er sei hier, und er war es nicht. Ich habe vermutlich ganz in Gedanken das Fragezeichen hingekritzelt.«
Er bohrte nicht weiter. Wozu auch, da es sich doch eindeutig um

einen Unfall zu handeln schien. Er fragte: »Wissen Sie, ob der Tote Familie hat?«

»Seine Frau Eunice.«

»Kennen Sie ihre Adresse?«

Ich nannte sie ihm, und er sagte: »In Ordnung. Haben Sie vor, die Stadt zu verlassen?«

»Nein.«

»Gut. Halten Sie sich zur Verfügung, für den Fall, daß noch Fragen auftauchen. Ich glaube es zwar nicht, aber man weiß nie. Sie können jetzt gehen.«

»Was geschieht mit – mit meinem Freund?« Ich zeigte zur Badezimmertür.

»Wir werden den Polizeiarzt benachrichtigen, der die Leiche ins Institut zur Autopsie schicken wird. Anschließend geben wir sie an die Witwe frei.«

»Was soll ich tun, wenn mich jemand fragt ...?«

»Meinen Sie damit, ob dieser Fall ein Staatsgeheimnis ist? Nein. Erzählen Sie, was Sie wollen. War der Tote auf der Messe, die hier stattfindet?«

»Ja. Auf der Messe des Amerikanischen Buchhändlerverbands.«

»Er war Schriftsteller, und Sie sind es auch. Was haben Sie auf einer Messe für Buchhändler zu suchen?«

»Autoren helfen, für ihre Bücher zu werben, verstehen Sie? Giles hat zum Beispiel heute vormittag seine Bücher signiert.«

Der Lieutenant zog erneut sein kleines Notizbuch hervor. »Wann war das?«

»Von zehn bis elf.«

»Waren Sie dabei?«

»Nein, aber es müssen tausend Leute dortgewesen sein.«

Brown steckte das Büchlein ein und zuckte die Achseln. »Leider wird er von jetzt an nichts mehr signieren. Sie sollten den Veranstaltern vielleicht melden, daß er tot ist. Ist er sehr bekannt?«

»Hier auf der Messe schon.«

»Schade, aber natürlich nicht zu ändern. Sorgen Sie dafür, daß es jemand bekannt macht.« Er hielt mir die Tür auf. »Na, bis dann. Wir setzen uns mit Ihnen in Verbindung, falls es nötig sein sollte.«

Ich ging den Flur entlang und fuhr mit dem Aufzug nach unten, alles mit einem Gefühl von Unwirklichkeit. Die Leute liefen unbe-

kümmert umher, ihre Namensschilder an der Brust, als ob nichts geschehen sei. Die Messe ging weiter.
Nur mir fiel es schwer, weiterzumachen. Es schien, als sei alles ganz anders geworden. Im Pressesaal waren dieselben Leute, derselbe Lärm wie gestern, nur ich hatte mich inzwischen verändert.
Ich zog Henrietta beiseite und führte sie aus dem Saal. Sie protestierte: »Was haben Sie? Was ist denn los?«
»Es ist etwas passiert«, sagte ich in gedämpftem Ton. »Etwas sehr Schlimmes. Wollen Sie, daß alle es hören?«
Erst als wir am Ende des Vorraums bei den Aufzügen standen, sagte ich: »Giles Devore ist tot.«
»Wie bitte?« Ihr Mund blieb offen.
»Tot«, wiederholte ich. »Er liegt tot in der Badewanne. Ich habe ihn vor einer Stunde gefunden. Die Polizei ist jetzt dort.«
»Ich war doch noch mit ihm zusammen, bis . . .«
»Was besagt das schon. Praktisch jeder, der stirbt, wird wenige Stunden zuvor von jemandem gesehen.«
»Wie ist es denn passiert?«
»Ich war nicht dabei. Das einzige, was ich weiß, ist, daß er mit dem Kopf an den Armaturen in der Badewanne lag. Die Polizei ist der Ansicht, daß es ein Unfall war. Hören Sie, Sie sind die einzige Person von der Messeleitung, die ich kenne. Ich möchte die Sache aus der Hand geben. Falls er noch Verpflichtungen auf der Buchmesse hat, sagen Sie sie ab. Falls die Sache bekanntgegeben werden muß, tun Sie es oder veranlassen Sie, daß es getan wird.«
Das war alles. Ich ging weg und hielt unterwegs den Blick auf den Boden gesenkt. Ich wollte niemanden sehen, den ich kannte. Keine Menschenseele. Vorläufig jedenfalls nicht. Ich mußte mir erst über einiges klarwerden.
Nach Hause konnte ich jetzt nicht. Ich mußte im Hotel bleiben. Ich mußte am Schauplatz des Verbrechens verweilen, bis es mir gelungen war, meiner Verwirrung einigermaßen Herr zu werden.
Giles war ermordet worden. Meine Meinung hatte sich nicht geändert. Eher wäre der Himmel eingestürzt, als daß Giles seine Kleider so unordentlich hingeworfen hätte. Aber woher sollte der Mörder das wissen?
Ich durfte die Sache nicht auf sich beruhen lassen. Ich war, verdammt noch mal, verpflichtet, sie aufzuklären!

Er hatte mich gebeten, einen kleinen Auftrag für ihn zu erledigen, und ich hatte es vergessen. Er hatte mich um einen letzten Gefallen gebeten, und ich hatte versagt. Wie konnte ich wissen, ob mein Versäumnis, ihm das Päckchen zu bringen, nicht zu seiner Ermordung beigetragen hatte?

Ich mußte es irgendwie gutmachen.

Eine Weile wanderte ich ziellos umher. Schließlich, gegen drei Uhr, betrat ich eine von den Bars. Es gab mehrere in dem Hotel, aber da ich nicht trinke, kenne ich mich nicht so genau darin aus.

Zu dieser Tageszeit war die Bar nicht sehr voll. Ich setzte mich an einen Ecktisch, und als die hübsche Kellnerin im kurzen gekräuselten Röckchen zu mir kam, bestellte ich einen *Virgin Mary pur*. Ich weiß nicht genau, was *pur* bedeutet, aber ich nehme an, es heißt ohne Eis, denn jedesmal, wenn ich einfach *Virgin Mary* sage, fragt der Kellner unweigerlich: *»On the rocks?«*, und ich wußte, daß das mit Eis bedeutet.

Mir kam flüchtig in den Sinn, das Shirley Jennifer drei Stockwerke über mir irgend etwas signierte. Ich hätte hinaufgehen und mit bekümmerter Miene auf sie warten können. Sie würde mich fragen, was mit mir los sei, und ich könnte es ihr erzählen, und sie würde sich mütterlich um mich sorgen und mich mit nach Hause nehmen. Und dann – nein, das konnte ich nicht. Ich konnte bei Gott nicht.

Es ist nicht einfach zu erklären, aber wenn ich Shirley nicht getroffen hätte, wäre ich jetzt nicht in dieser Situation gewesen. Ich hätte das verdammte Päckchen am Abend vorher geholt und zu Giles ins Zimmer gebracht und nicht erst heute mittag. Und dann hätte nicht ich die Leiche gefunden.

Ich säße nicht bis über beide Ohren in diese Sache verwickelt hier herum, wenn Shirley nicht gewesen wäre.

Natürlich sah ich die andern Steine, die den Weg bis dahin gepflastert hatten. Hätte diese Frau nicht beschlossen, ein Kleid mit Löchern zu tragen, und hätte ich mich nicht wie ein Narr gefühlt, als ich (vor weniger als vierundzwanzig Stunden) hier ankam, hätte sich nicht alle Welt verschworen, meine Wut zu schüren und auf Giles zu lenken – dann hätte ich ihn nicht wie ein Verrückter angeschrien, ihn zutiefst gedemütigt (mein Gott, wenn ich an diese letzte Unterredung mit ihm dachte!) und ihn praktisch gezwungen, das Hotel zu verlassen, so daß er mich mit dem Abholen beauftragen mußte.

Immerhin hätte ich den Auftrag erledigt, wenn ich nicht Shirley getroffen hätte. Und weil ich sie genau zum entscheidenden Zeitpunkt getroffen hatte, saß ich jetzt hier in der Bar und wünschte mir, wie sonst nie in meinem Leben, betrunken zu sein, ohne recht zu wissen, wie man das anfing.

Statt dessen würde ich hier sitzen und versuchen, Klarheit zu schaffen: Wenn Giles ermordet worden war, wer hatte es getan?

Giles war um elf mit dem Signieren fertig geworden. Er mußte also etwa gegen elf Uhr fünfzehn in seinem Zimmer gewesen sein. Ich hatte ihn um ein Uhr dreiunddreißig gefunden, als er schon eine Weile tot war, sagen wir seit eins. Das hieß, daß er zwischen elf Uhr fünfzehn und ein Uhr getötet worden war. Wieviele Leute, die sich auf der Messe aufhielten, hatten wohl für diese Zeitspanne ein Alibi? Wahrscheinlich viele. Aber viele sicher auch nicht.

Wer von ihnen hatte ein Motiv?

Eine Menge Leute hatten Grund, ihm etwas Schlechtes anzutun, sagen war, schlecht über ihn zu reden oder ihm bei irgendeinem Anlaß ihre Hilfe zu verweigern. Martin Walters war böse auf ihn, weil er ihn mit einer Rede hatte aufsitzen lassen. Tom und Teresa Valier waren verzweifelt, weil er sie verlassen wollte. Roseann Bronstein fühlte sich vielleicht sogar im intimeren Bereich von ihm gekränkt. Selbst Henrietta Corvass konnte über seine mangelnde Mitarbeit verärgert sein. Und was Asimov betraf, so war er mit Sicherheit eifersüchtig auf Giles' Erfolg. Wie sollte ein Mensch, der hundertdreiundsechzig Bücher geschrieben hatte, sich nicht schwarz ärgern, wenn jemand ihn mit nur zwei Büchern überrundete?

Aber keins von diesen Motiven dürfte für einen Mord ausreichen.

Und wer konnte Giles' zugesperrtes Zimmer betreten, wenn er nicht wie Giles oder ich einen Schlüssel besaß?

Eigentlich jeder.

Wenn ein Autor sich auf einer Messe aufhält, die etwas mit Schriftstellerei zu tun hat, ist er praktisch ungeschützt. Jeder, buchstäblich jedermann kann an seine Tür klopfen und auf die Frage, wer er sei, zur Antwort geben: »Ein Verehrer von Ihnen. Würden Sie mir wohl bitte Ihr Buch signieren? Ich habe es mitgebracht.«

Rein theoretisch konnte der Autor natürlich sagen: »Hauen Sie ab, Sie Flasche, ich bin beschäftigt.« Aber ich möchte wetten, daß kein Autor, besonders kein jüngerer, der darin enthaltenen Schmeichelei

widerstehen kann.
Wie war der Mord ausgeführt worden?
Er mußte mit einem stumpfen Gegenstand ausgeführt worden sein. Durch einen Schlag gegen den Hinterkopf, damit es aussah, als sei Giles mit dem Kopf auf die Wasserhähne gefallen. Oder auch durch einen Karateschlag. Wieviel Kraft brauchte man aber dann, um Giles ins Badezimmer zu schaffen? Roseann Bronstein hätte es vielleicht geschafft. Teresa Valier sicher nicht. Aber warum sollten es nicht zwei Personen gewesen sein?
Und dann das Heroin. Ich war sicher, daß das Heroin dort gewesen war und daß es sich um Heroin handelte. Aber wie um alles in der Welt sollte ich das beweisen, und was hatte es mit dem Mord zu tun? Irgend etwas sicher, aber was?
So sehr ich mich auch anstrengte, ich kam nicht weiter. Ich konnte die verschiedenen Möglichkeiten nirgends begrenzen, und eine vernünftige Liste von Verdächtigen brachte ich auch nicht zusammen. Die Sache mußte untersucht werden, aber dafür hatte ich weder Talent noch Gelegenheit, und ich wußte nicht, wie ich die Polizei dazu bewegen konnte, es zu tun.
Plötzlich räusperte sich jemand. Als ich aufsah, stand Michael Strong vom Sicherheitsstab vor mir. Er sah unglücklich und unbehaglich drein. »Könnte ich Sie einen Moment sprechen, Mr. Just?«
»Setzen Sie sich. Wenn Sie im Dienst trinken dürfen — es geht auf meine Rechnung.«
»Nein, danke«, sagte er und saß eine Weile schweigend da.
»Nun?« fragte ich schließlich.
»Ich — ich möchte Sie wissen lassen, daß mir das, was geschehen ist, sehr leid tut«, sagte er und strich dabei unablässig mit den Händen über sein dünnes Jackett, als wollte er den Schweiß von ihnen abwischen.
»Glauben Sie, daß er ermordet wurde?« fragte ich.
»Ich? Nein. Haben Sie der Polizei . . .?«
»Nein, ich habe der Polizei nichts gesagt. Man hätte mir doch nicht geglaubt. Sie tun es ja auch nicht.«
»Nur weil seine Sachen unordentlich herumlagen? Das ist nicht gerade sehr überzeugend.«
»Und das Heroin?«
»Es war ja gar keins da.«

»Nein, nachdem Sie beide hereingekommen waren, nicht mehr. Vorher war Heroin da. Ich bin doch nicht verrückt! Entweder Sie oder Ihr Chef haben es entfernt.«
Er schüttelte den Kopf. »Warum hätten wir so etwas tun sollen?«
»Sie wollen keinen Mord haben, nicht wahr? Weil es schlecht für das Hotel wäre. Und schon gar keinen Drogenskandal, weil das noch schlechter wäre.«
Strong dachte nach. Seine Brauen zogen sich zusammen. »Angenommen, es waren wirklich Drogen dort. Das spräche doch eher gegen einen Mord.«
»Wieso?«
»Das ist doch klar. Falls Mr. Devore rauschgiftsüchtig war, kann es sein, daß er high war, und dann ist es unmöglich zu sagen, was er tat oder wie er mit seinen Sachen umging. Vielleicht behandelte er sie normalerweise sehr sorgfältig, aber im Rausch warf er sie einfach hin. Und er könnte dann auch so unsicher auf den Beinen gewesen sein, daß er in der Badewanne ausglitt und stürzte, verstehen Sie? Das trifft wahrscheinlich zu, wenn im Zimmer tatsächlich Heroin war.«
Jetzt war ich mit Nachdenken an der Reihe. Was Strong da gesagt hatte, klang gar nicht so dumm. Klammerte ich mich nur deshalb so hartnäckig an die Theorie, Giles sei ermordet worden, um meinem Schuldgefühl über mein Versagen mit dem Päckchen neue Nahrung zu geben?
»Wann ist die Autopsie?« fragte ich.
»Kaum vor morgen früh. Der Polizeiarzt ist noch nicht mal hier. Wahrscheinlich kommt er nicht vor dem Abend.«
»Warum so spät?«
»Das ist eben so. Es dauert immer eine ganze Weile. In der Stadt gibt es viele Tote, die der Polizeiarzt sich ansehen muß.«
»Ich glaube nicht, daß Giles ein Fixer war. Und ich glaube nicht, daß er high war. Ich glaube, daß er seine Sachen mit Sorgfalt behandelt hätte, und weil sie nicht mit Sorgfalt behandelt wurden, war es nicht er, der sie hingeworfen hat. Und das Heroin hat etwas mit seinem Tod zu tun. Ich lasse mir von Ihnen nicht ausreden, daß es dort gewesen ist.«
»Wenn es dort war«, sagte Strong, »und wenn Mr. Devore keine Drogen nahm, dann hatte das Heroin vielleicht gar nichts mit ihm

zu tun. Es konnte noch vom vorigen Gast dort sein. Die Zimmermädchen machen nicht immer so sauber, wie sie sollten.« Nach einer Pause sprach er weiter. »Mr. Just, bitte, nehmen Sie es mir nicht übel, aber ich muß gleich wieder zurück. Ich möchte Ihnen etwas erklären.«
»Schießen Sie los.«
»Es ist etwas Persönliches. Wie ich Ihnen gestern schon sagte, bewundere ich Mr. Devores Buch. Ich habe mir mein eigenes Exemplar heute morgen von ihm signieren lassen, nicht eins von den Freiexemplaren. Ich möchte nur, daß Sie über meine Gefühle Bescheid wissen.«
Er hielt mir eine eselsohrige Ausgabe von *Crossover* hin. Ich nahm das Buch und schlug es auf. Giles' Signatur stand darin. Darüber stand »mit den besten Wünschen«, darunter »den 26. Mai«. Die »besten Wünsche« war ziemlich schwach geschrieben, der letzte Buchstabe kaum zu erkennen. Der Namenszug selbst dagegen war beträchtlich dunkler, als habe Giles sein ganzes Herz hineingelegt. Übrigens ein Phänomen, das mir bei Autoren oft auffällt. Ganz gleich, was sie sonst noch hinschreiben, ihre Kraft und ihr Herz gehören immer ihrem Namen.
Strong sagte: »Würden Sie bitte Ihren Namen dazuschreiben und auch das Datum?«
»Aber es ist nicht mein Buch«, entgegnete ich.
»Ich weiß. Ich habe auch zwei Ihrer Bücher gelesen, und Ihren Film habe ich auch gesehen.«
Ich unterschrieb. Die besten Wünsche ließ ich weg, sie schienen mir unpassend. Nur Name und Datum. Ich gab ihm das Buch zurück. Er steckte es in die Tasche und sagte: »Ich wollte Ihnen nur klarmachen, wie sehr ich Mr. Devore bewunderte und warum ich hoffe, Sie würden nichts von Mord oder Rauschgift sagen, ehe Sie bessere Beweise haben. Es würde einen schlechten Eindruck machen und könnte seinen Ruf ruinieren. Auch wenn sich nachträglich herausstellen sollte, daß es doch ein Unfall gewesen ist und er keine Drogen nahm, würde es, wenn Ihre Theorie an die Öffentlichkeit dringt, immer Leute geben, die behaupten, er sei an einer Überdosis Heroin gestorben oder man hätte ihn ermordet. Man würde sich dann nur noch daran erinnern und nicht an seine Bücher, und das fände ich ungerecht.«

Verdammt noch mal, das stimmte. »Ich weiß«, gab ich zu. Er machte es mir schwer, darauf zu bestehen, daß es Mord war.
»Sie haben also heute morgen Ihr Buch von ihm signieren lassen?« fragte ich.
»Ja, Mr. Just.«
»Hat Mr. Devore nicht während des Signierens wegen irgend etwas Krach geschlagen? Wissen Sie vielleicht, worum es dabei ging?«
»Krach geschlagen?« Strong sah mich verwirrt an.
»Ich habe so etwas gehört.«
Er schüttelte langsam den Kopf. »Davon weiß ich nichts. Ich war schon sehr früh dort. Ich befand mich ziemlich weit vorn in der anstehenden Schlange, vielleicht an dritter oder vierter Stelle. Anschließend mußte ich wieder schnell Posten vor dem Messeraum beziehen. Vielleicht ist etwas Derartiges passiert, als ich schon weg war. Das weiß ich nicht. Schlimm kann es jedenfalls nicht gewesen sein, sonst hätte ich davon gehört.« Er stand auf, dann fragte er plötzlich: »Kennen Sie Mrs. Devore?«
»Ich habe sie ein- oder zweimal getroffen.«
»Ich glaube, sie würde gern mit Ihnen sprechen.«
»Wollen Sie damit sagen, sie ist hier? Haben Sie sie gesehen?«
»Wir haben versucht, sie zu Hause zu erreichen, aber am Telefon meldete sich niemand. Nach einer Weile gaben wir es auf. Etwa zur selben Zeit kam sie her und versuchte, Mr. Devore über das Haustelefon zu erreichen. Natürlich hat die Vermittlung sie nach ihrem Namen gefragt und . . .« Er breitete die Hände aus.
»Und wo ist sie jetzt?«
»Ich weiß es nicht genau. Zuletzt hörte ich, sie hielte sich in der Public-Relations-Abteilung auf. Aber vielleicht ist sie schon nicht mehr dort.«
»Wo ist die Public-Relations-Abteilung?«
»Im sechsten Stock. Zimmer 622. Übrigens, Mr. Just . . .« Er zögerte.
»Ja, was ist?«
»Ich fände es nicht gut, wenn Sie mit ihr über Ihre Theorie sprechen. Die arme Frau muß in einem schlimmen Zustand sein. So jung, und schon Witwe!«
»Machen Sie sich deswegen keine Sorgen«, beruhigte ich ihn. »Ich habe der Polizei nichts gesagt, und ihr werde ich auch nichts sagen. In Ordnung?«

»In Ordnung.« Er grinste erleichtert. »Und Mr. Just, machen Sie bitte so weiter. Mit Ihren Büchern, meine ich. Sie sollten mehr schreiben.«
»Das werde ich«, versprach ich. »Wenn ich nicht in der Badewanne ausrutsche.«
Er schien ein bißchen schockiert über meinen schwarzen Humor zu sein.

Einige Minuten später verließ ich ebenfalls die Bar.
Ich hatte Eunice Devore öfter gesehen als ich zugegeben hatte, aber ich mochte sie nicht. Ich hatte sie nie gemocht. Sie war nur etwas über Mittelgröße, ungefähr einsdreiundsechzig, schätzte ich, aber sie brachte es fertig, einen trotz dieser Größe von oben herab anzusehen.
Außerdem war sie der Prototyp der emanzipierten Frau. Lange bevor die emanzipierten Frauen eine Macht in diesem Lande wurden, erkämpfte sie sich ihren Weg durch die Männerwelt mit langen Fingernägeln und Büstenhalter mit Polstereinlagen. Sie war Rechtsanwältin, benutzte nie ein Make-up, trug ihr braunes Haar und Kleidung von betont männlichem Schnitt. Ihre Stimme war barsch und ihr Gang federnd. Als ich sie zum erstenmal sah, hätte ich wetten mögen, daß sie lesbisch war. Ich war fassungslos, als Giles schüchtern bekannte, daß sie heiraten würden, und habe nie begriffen, was er an ihr sah – oder sie an ihm.
Die Aussicht, ihr jetzt zu einem Todesfall mein Beileid aussprechen zu müssen, den ich als erster entdeckt hatte, schmeckte mir ganz und gar nicht. Aber ich mußte es tun. Abgesehen davon, daß die Menschlichkeit es erforderte, war sie die Person, die mir am besten sagen konnte, ob Giles seine Gewohnheiten geändert hatte, und ob ich mich möglicherweise irrte, wenn ich vom Zustand seiner Kleider auf einen Mord schloß.
Ich fuhr mit dem Aufzug zum sechsten Stock und folgte einem Pfeil mit dem Hinweis: Büros. Ich wandte mich nach links, trat durch eine Glastür und hörte sogleich Sarahs klares, sorgfältig akzentuiertes Englisch. Ich folgte ihrer Stimme und kam in Zimmer 622. Das heißt, das Büro bestand aus zwei Räumen. Im vorderen stand ein Schreibtisch, hinter dem gewöhnlich jemand saß, der als Puffer zwischen Sarah und der Außenwelt diente. Im Augenblick war das

Zimmer jedoch leer. Ich durchquerte es und betrat leise das Zimmer dahinter.
Ich war vor allem leise, weil ich Eunice nicht sofort auf mich aufmerksam machen wollte, ohne mich vorher zu sammeln. Die Mühe war jedoch verschwendet, denn Eunice war nicht da.
Dagegen bewirkte ich, wenn auch unabsichtlich, daß Sarah Voskovek mich nicht bemerkte. Sie stand mit dem Rücken zu mir und sah sich ein paar riesige Plakate an. Neben ihr, seitlich zu mir, stand ein großer, untersetzter Mann mit weißen Haaren, der sich sichtlich unbehaglich fühlte. Er warf mir beim Eintreten einen kurzen Blick zu und verlor sofort wieder jegliches Interesse an mir.
Ich setzte mich leise hin und hörte ihnen zu. Schließlich war ich nur gekommen, um mich nach Eunice zu erkundigen, und ich hatte es nicht eilig. Das hier war vielleicht ganz interessant.
Sarah sagte gerade: »Aber weshalb vier verschiedene Entwürfe mit dem gleichen Motiv? Alle stellen die Halle dar.« Sie hielt die Plakate wie ein paar riesige Spielkarten in die Höhe. Auf jedem stand ein Text. Einer davon lautete: Das Hotel mit der schönsten Halle. Ich fand das ungeheuer blöd. Ein anderer war nur wenig besser: In der Halle wie im Bett fühlen Sie sich bei uns zu Hause. Ich schenkte mir die andern und werde daher niemals wissen, welcher Tiefsinn mir damit entging.
»Wieso die Halle?« fragte Sarah. »Wer interessiert sich schon für die Halle? Die Halle ist weiter nichts als die Verlängerung der Straße. Im Sommer gekühlt, im Winter geheizt, das ist alles. Sie ist immer überfüllt, laut, fremd und kalt. Wir vermieten Zimmer und Betten, Speisesäle, Ballräume und so weiter. Und Sie kommen mit vier Hallen hier an.«
»Ich glaube, die Idee stammt von Ihnen, Sarah. Auf der Konferenz sagten Sie, Sie könnten die Qualität eines Hotels an seiner Halle erkennen.«
»So etwas habe ich nie gesagt.« Sarah starrte ihn vernichtend an. »Ich möchte gern wissen, wer das behauptet hat? Und selbst wenn ich es gesagt hätte, rechtfertigt das noch lange nicht vier Entwürfe mit der Hotelhalle, ohne eine einzige Variante, für den Fall, daß sich die Idee mit der Halle als Reinfall erweist, und das tut sie.«
»Was sollen wir jetzt machen?«
»Meinetwegen arbeiten Sie die ganze Nacht durch, wenn es nicht

anders geht. Wenn Sie diese Vorschläge vergangene Woche gebracht hätten, wie es vereinbart war ...«

»Hören Sie, Sarah, Sie gehen zu weit.«

»Ich gehe so weit, wie ich muß. Auf jeden Fall kommt das hier nicht in Frage.« Sie schob die Plakate ihrem Gegenüber zu und blieb niedergeschlagen sitzen.

Der Mann sammelte seine Entwürfe ein und sagte: »Gut, ich rufe Sie morgen früh an. Ich glaube, es wartet jemand auf Sie.«

Sie drehte sich rasch um, und als sie sah, daß ich es war, wurde sie rot. »Entschuldigen Sie, Darius. Ich wußte gar nicht, daß Sie hier sind.«

»Schon gut, es war mir ein Vergnügen, Ihnen bei der Arbeit zuzusehen.«

»Es gehört eigentlich nicht direkt zu meiner Arbeit, Entwürfe abzulehnen, aber sie machen die dümmsten Sachen, wenn man sie gewähren läßt. Einfach zu behaupten, ich hätte gesagt, man könnte ein Hotel nach seiner Halle beurteilen.«

»Vielleicht haben Sie es wirklich gesagt.«

»Niemals. Unsere zum Beispiel ist furchtbar. Eher wie ein Bahnhof. Sogar ein Kiosk mit Pornographie steht darin.«

»Wo?«

»Na, fast Pornographie, und wo, ist egal. Aber ich rede Unsinn. Ich habe soviel zu tun, daß ich vergessen habe, was Sie durchgemacht haben, seit wir uns das letztemal sahen. Wie ich hörte, haben Sie Ihren Freund tot in seinem Zimmer gefunden. Ich nehme an, Sie müssen etwas von der Tragödie geahnt haben, daß Sie so plötzlich weggerannt sind und so ... so aufgeregt waren. Haben Sie damit gerechnet, daß er tot sein könnte?«

»Nein, absolut nicht. Ihre Bemerkung hatte mich nur daran erinnert, daß ich ihm versprochen hatte, etwas für ihn zu erledigen, und daß ich es vergessen hatte. Als ich in sein Zimmer kam ...«

»War er schon tot«, ergänzte sie. »Hoffentlich hatte es nichts mit dieser Sache zu tun?«

»Ich wüßte nicht«, sagte ich schroff. »Haben Sie übrigens jemandem erzählt, daß ich so schnell weggelaufen bin?«

»Oh, nein. Ich dachte, Sie hätten vielleicht irgendwelche Schwierigkeiten, und wollte sie nicht noch verschlimmern. Wenn man mich natürlich direkt danach gefragt hätte, hätte ich nicht gut lügen können.« Sie lächelte, was ich sie noch nie hatte tun sehen. Sie hatte hübsche regelmäßige Zähne. »Wissen Sie, ich komme aus einem Land, wo man rasch lernt, Informationen nicht freiwillig preiszugeben. Aber um uns herum war eine Menge Leute, die sahen, wie Sie wegliefen.«

»Das stimmt, aber Sie sind die einzige Person, die weiß, was Sie zu mir sagten und daß ich deshalb weglief. Übrigens hörte ich, Giles' Frau sei hier gewesen und wollte mich sprechen.«

»Ja, aber woher wissen Sie das?«

Ich lächelte ebenfalls, und daß ich es plötzlich konnte, erleichterte mich. »Auch ich gebe nicht gern Geheimnisse preis.«

»Also gut«, sagte sie, gefährlich nahe daran zu schmollen. »Mrs. Devore hat wirklich gesagt, sie möchte Sie sprechen. Sie ist eine sehr merkwürdige Frau. Kennen Sie sie gut?«

»Nein.«

»Mögen Sie sie?«

»Nein.«

»Sie schien sich sehr in der Gewalt zu haben, obschon ihr Mann tot in seinem Zimmer oben liegt. Ihre Stimme zitterte nicht. Ihre Hände waren völlig ruhig. Wie ich hörte, hat sie bei der Nachricht nicht mit der Wimper gezuckt.«

»Sie ist eine erfolgreiche Karrierefrau und darauf trainiert, die Dinge zu nehmen, wie sie kommen. Sie hat in unserer Männergesellschaft ihren Weg gemacht, bevor ihr die Frauenbewegung zu Hilfe kam. Und dazu brauchte man Mut.«

»Ich dachte, Sie hätten gesagt, Sie mögen sie nicht.«

»Tue ich auch nicht. Trotzdem bewundere ich sie irgendwie. Wo ist sie jetzt?«

»Sie ist oben. Sie wartet im Zimmer auf den Polizeiarzt. Zimmer 1511.«

Ich sah auf die Uhr. Es war beinahe drei Uhr vierzig. »Wann, zum Teufel, kommt der denn endlich?« murmelte ich.

»Es gibt viele . . .«

»Ich weiß. Viele Leichen, die auf ihn warten. Aber man sollte meinen, sie hätten lieber frisches Fleisch.«

Ihre Augenlider zuckten, und ich sagte: »Entschuldigen Sie, das war gemein von mir. Es ist nur – ich bin so müde und verbittert.«

Ich deutete einen militärischen Gruß an und ging.

Zurück also nach 1511. Nichts auf der Welt hätte ich weniger gern getan.
Ich klopfte an die Tür. Nach einer Weile öffnete sie sich einen Spalt breit, und Olsen sah heraus.
Ich sagte: »Falls Mrs. Devore im Zimmer ist, möchte ich hineinkommen und mit ihr sprechen. Sagen Sie ihr, Darius Just sei hier.«
Sie mußte mich gehört haben, denn sie sagte mit ihrer heiseren Stimme: »Lassen Sie ihn rein! Ich will mit ihm reden.«
Olsen öffnete mir die Tür. Ich trat ein und schloß sie hinter mir. Das Zimmer war inzwischen aufgeräumt worden. Eunice saß auf dem einen Stuhl, und der Polizist setzte sich auf den andern. Ich überlegte, ob ich mich aufs Bett setzen sollte, ließ mich aber dann neben dem Schreibtisch auf der Abstellbank für die Koffer nieder.
Eunice sah noch farbloser aus als sonst. Sie wirkte älter als ihre zweiundvierzig. Sie war zwölf Jahre älter als Giles, was, wenn man wollte, ein weiterer Faktor ihrer Mesaillance war.
Sie mußte den schnellen Blick gesehen haben, den ich auf die Badezimmertür warf.
»Er ist immer noch dort drin«, sagte sie. »Man hat ihn mit einer Decke zugedeckt. Ich nehme an, daß der Polizeiarzt irgendwann kommen wird. Es ist albern in einem Fall wie diesem eine Autopsie vorzunehmen, aber es muß sein. Diese Routinemaßnahmen sind da, um Ärger zu vermeiden. Wenn man eine Autopsie unterläßt, könnten sich daraus möglicherweise rechtliche Komplikationen ergeben. Besser tausend unnötige Autopsien als einmal unnötige Komplikationen.«
Es schien fast, als wollte sie sich dadurch betäuben, daß sie wie die Juristin sprach, die sie war.
»Tut mir leid, daß ich so spät komme«, entschuldigte ich mich. »Man hat mir gesagt, Sie wären in Zimmer 622.«
»Dort war ich auch, aber ich bin nicht geblieben.« Ihre Nase glänzte, und ihr Haar hing strähnig um ihren Kopf. »Wenn ich noch länger mit dieser affektierten Person im selben Raum eingesperrt gewesen wäre, hätte ich die Tür eingerannt, um hinauszukommen.«
Vermutlich mochte sie Sarah ebensowenig, wie Sarah sie, vielleicht noch weniger.
Trotzdem ergriff ich nicht für Sarah Partei. Meine Aufgabe war es jetzt, Eunice bei Laune zu halten.

Daher sagte ich vorsichtig: »Mein aufrichtiges Beileid, Eunice. Giles und ich standen uns eine Zeitlang sehr nahe.«
»Das kann man wohl sagen, Just, da Sie sogar seinen Schlüssel hatten«, erwiderte Eunice trocken. »Deswegen möchte ich mit Ihnen sprechen, aber nicht hier. Ich habe ihn identifiziert, das wird ja wohl genügen.«
»Kann ich das Telefon benutzen?« fragte ich den Polizisten.
»Zu welchem Zweck?«
»Ich möchte mich nach einem andern Zimmer erkundigen, in dem wir ohne Gesellschaft miteinander sprechen können.«
Er zuckte die Achseln. »Meinetwegen.«
Es war nicht schwierig. Ich hatte gewußt, daß ich mich auf Sarah verlassen konnte. Nach einer Weile wurde uns ein Schlüssel gebracht, und wir begaben uns ins Zimmer 1524. Wir könnten es bis sechs Uhr benutzen, wurde mir gesagt. Ich war verdammt sicher, daß ich es bestimmt nicht länger benutzen wollte, wenn überhaupt so lange.
Aber ich mußte die Formen der Höflichkeit wahren. »Möchten Sie auch wirklich hierbleiben? Sollen wir nicht lieber irgendwo etwas trinken? Haben Sie keinen Hunger?« fragte ich.
»Nein«, sagte sie säuerlich, »wir bleiben hier. Ich will die Sache hinter mich bringen. Was ich von Ihnen wissen will, ist, wie es passiert ist. Wieso ist er gestorben?«
Ich antwortete: »Ich weiß es nicht, Eunice. Als ich in sein Zimmer kam, war er schon tot.«
»Ja, das haben Sie der Polizei gesagt.«
»Es ist wirklich so gewesen.«
»Na gut, und was ist mit dem Schlüssel?«
»Er hat mir den Schlüssel gestern abend gegeben, weil ich etwas für ihn erledigen sollte. Leider hatte ich es vergessen und wollte es heute während des Autorenessens nachholen. Als ich sein Zimmer betrat, war er schon tot.«
»Besteht eine Verbindung zwischen dem Auftrag und seinem Tod?«
»Post hoc, ergo propter hoc?«
»Wie ich höre, können Sie Latein«, sagte sie ohne Bewunderung.
»Dazu reicht es gerade noch. Glauben Sie, weil er starb, nachdem ich meinen Auftrag vergessen hatte, daß er starb, *weil* ich ihn vergessen hatte?«

Sie zuckte die Achseln. »Und warum haben Sie ihn vergessen?«
»Irrelevant, belanglos und unzulässig.«
»Wie ich sehe, kennen Sie Ihren Perry Mason. Nun, ich nehme an, es hat mit einem Mädchen zu tun.«
Ich hielt den Mund. Sie war eine gräßliche Vettel mit einer unheimlichen Begabung zu erraten, was in einem vorging.
Sie fuhr fort: »Na gut, lassen wir das. Er ist also in die Badewanne gefallen. Man wird mir seine Leiche nach der Autopsie überlassen. Ich werde ihn begraben, sein Testament eröffnen, falls er eins gemacht hat, was ich nicht weiß, und damit wäre die Sache erledigt. Wissen Sie, ob er eine Familie hatte, Eltern, Geschwister?«
»Wissen Sie das denn nicht?«
»Er hat sie nie erwähnt, und ich habe nicht gefragt.«
Ich zuckte die Achseln. »Vor ein paar Jahren hatte er noch einen Vater, der ihm ab und zu Geld schickte. Aber ich kann nicht sagen, wo er wohnt und ob er überhaupt noch lebt. Von andern Verwandten weiß ich nichts.«
»Sie werden wohl alle hier aufkreuzen, bis hin zum Vetter dritten Grades, weil sie hoffen, er habe sie in seinem Testament bedacht, und weil sie ihn für erheblich wohlhabender halten, als er in Wirklichkeit war.«
Sie legte die Hände auf die Knie, stand mit einem Grunzen auf und erklärte: »Das wäre alles, Darius. Sie können sich jetzt trollen.«
Ich fand ihre huldvolle Bemerkung alles andere als liebenswürdig und hätte ihr das nur zu gern auf meine eigene unnachahmliche Weise zu verstehen gegeben, aber ich hoffte noch immer, sie kooperativ zu stimmen. Daher blieb ich sitzen, wo ich saß, und sagte: »Das ist nicht alles. Hätten Sie etwas dagegen, mir ein paar Fragen zu beantworten, Eunice? Ich versichere Ihnen, daß ich meine Gründe dafür habe.«
Sie zögerte, sah auf die Uhr und setzte sich wieder. »Nun, bis der Polizeiarzt kommt, habe ich ohnehin nichts zu tun, also schießen Sie los.«
»Wie war Giles in letzter Zeit?«
»Derselbe Scheißkerl, der er schon länger war.«
Das zeugte vielleicht nicht gerade von liebendem Gedenken an einen frisch verstorbenen Gatten, aber schließlich konnte ich ihr ihre Gefühle nicht vorschreiben.

»Sie wissen nicht, ob er Drogen nahm?«
»Soviel ich weiß, nicht — und ich nehme an, ich hätte es gewußt.«
»War er in psychiatrischer Behandlung?«
»Soviel ich weiß, nein — und ich nehme an, ich hätte es gewußt.«
»Hat er seine kleinen Gewohnheiten geändert?«
Sie ließ ein rauhes Lachen hören. »Der? Sie kennen ja ein paar von seinen kleinen Gewohnheiten. Die änderten sich nie.«
Ich nickte. »Das habe ich mir gedacht. Als Sie sein Zimmer betraten, war es da im selben Zustand wie eben jetzt, als ich drin war?«
»Im wesentlichen, ja.«
»Waren Giles Kleider zu sehen?«
»Sie hingen im Wandschrank. Jedes einzelne Stück ist herausgenommen, markiert und aufgeschrieben worden.«
»Und auf dem Bett oder den Stühlen lag nichts?«
»Von seinen Sachen? Nein.«
»Sie wissen doch, wie sorgfältig er mit seinen Kleidern umging?« sagte ich.
»Und wie! Er blies in seine Socken und rollte sie zusammen. Und alles andere legte er sorgfältigst auf einen ordentlichen kleinen Stapel, wie Mami es ihn gelehrt hat. Sie haben doch mal mit ihm zusammen gewohnt, Sie müßten es also wissen.«
»Und diese Gewohnheit hat er nicht geändert?«
»Darauf können Sie jede Wette eingehen.«
»Na, gut. Was halten Sie nun aber davon? Als ich ins Zimmer kam und ihn fand, waren seine Sachen über den Stuhl und auf den Boden geworfen. Sie wissen, daß er das nicht selbst getan haben kann.«
»Unmöglich. Und was folgt daraus?«
»Daß jemand anders es war. Irgend jemand anders war dort. Und weshalb sollte jemand anders die Sachen so hinwerfen, wenn nicht, damit es so aussah, als habe sich Giles geduscht und sei dabei ausgerutscht, obwohl es gar nicht stimmte?«
»Sie meinen also, wir haben es mit einem Mord zu tun, der als Unfall getarnt wurde?«
»Sieht es Ihrer Meinung nach nicht auch so aus?« fragte ich.
»Nur weil seine Sachen unordentlich herumlagen? Das allein genügt nicht. Kein Geschworener würde uns das abkaufen.«
»Zum Teufel mit Geschworenen. Reden Sie nicht wie ein Anwalt. Würden Sie persönlich aus der Tatsache, daß die Kleider unordent-

lich herumlagen, auf Mord schließen? Ich spreche von Ihnen und mir, also antworten Sie mir als Mensch.«
»Ein interessanter Gedanke«, sagte sie ungerührt. »Es ist möglich, aber dazu braucht es mehr Beweise.«
Einen Augenblick erwog ich, ihr von dem Heroin zu erzählen, entschied mich aber dann dagegen.
Statt dessen fragte ich: »Was halten Sie davon, daß er sich geduscht hat? Ich erinnere mich nicht, daß sich Giles jemals tagsüber geduscht hätte.«
»Dann wissen Sie nicht viel«, sagte Eunice. »Er duschte sich zu jeder Tageszeit, wenn er mit einer Frau zusammen war.«
Ich schwieg einen Augenblick. »Wollen Sie damit sagen, er hatte eine Frau bei sich? Und daß er sich duschte, hinfiel und starb?«
»Warum nicht? Und die Frau schlich sich heimlich davon, um nicht in die Sache verwickelt zu werden, und ließ jemand anders ihn finden.«
»Und seine Sachen? Hat sie diese im Zimmer verstreut, nachdem er sie beim Ausziehen ordentlich zusammengefaltet hatte?«
»Vielleicht hat die arme Idiotin gedacht, er hätte seine Kleider so ordentlich hingelegt, um Eindruck auf sie zu machen, und wenn er allein sei und sich dusche, würfe er sie einfach bloß hin. Also schmiß sie alles durcheinander, damit es aussah, als ob niemand außer Giles im Zimmer gewesen sei.«
Das brachte mich aus dem Konzept. Mein Gott, das klang ganz vernünftig. »Glauben Sie wirklich, daß es so war?«
»Eigentlich nicht. Jede Frau, die Giles kannte, wußte, wie er es mit seinen Kleidern hielt. Und jede Frau, die es nicht wußte, wäre viel zu sehr in Panik gewesen, um sich mit den Kleidern aufzuhalten. Sie würde das Zimmer verlassen haben, als wäre der Teufel hinter ihr her.«
»Dann führt also die ganze Geschichte mit dieser Frau, die bei ihm gewesen sein soll, zu gar nichts. Wieso kommen Sie mir dann damit?« Ich war gereizt.
»Weil jedes Gericht es tun würde, und wenn es damit fertig wäre, hätte Ihre Theorie mit den herumgeworfenen Kleidern sich in Luft aufgelöst. Das wollte ich Ihnen nur klarmachen. Außerdem . . .«
»Ja?«
Sie schien in Gedanken versunken. Schließlich sagte sie: »Ich glaube

nicht, daß der arme Giles ein Mädchen bei sich hatte. Es war schwer für ihn, jemand zu finden, mit dem er klarkam, außer mit mir.«
Meine natürliche Frage hätte gelautet: »Wieso nicht?« Ich hielt sie jedoch zurück. Zum einen wäre es ein schamloses Eindringen in ihre Intimsphäre gewesen, und zum andern war ich nicht sicher, ob es mich überhaupt interessierte.
Eunice lachte. »Natürlich möchten Sie jetzt gern wissen, wovon ich spreche, glauben jedoch, es sei unfein, mich danach zu fragen. Nur keine Hemmungen. Ich gebe einen Dreck darum, ob Sie es wissen oder nicht. In dieser verlotterten, tabufreien Zeit ist es völlig egal, ob jeder es weiß.
Sehen Sie, als ich Giles kennenlernte, war er noch völlig ahnungslos. Er war einfach unfähig, eine Frau auf normale Art zu lieben. Wenn ich normal sage, umfaßt das ein weites Feld. Und so war er auch jetzt noch. Man mußte ihn vorher wie ein Baby behandeln. Das ist ganz wörtlich gemeint. Wir kamen mehr oder weniger durch Zufall darauf, beim Knutschen, wie Teenager sich ausdrücken würden. Und es funktionierte so gut, daß wir heirateten. Das Ganze lief nach einem ganz bestimmten Schema ab. Man mußte ihn ausziehen, wobei er mit Armen und Beinen herumfuchtelte und kleine unverständliche Laute von sich gab. Es war nicht ganz leicht, aber er half dabei mit, obwohl er so tat, als sei es nicht der Fall. Ich mußte beruhigende Töne machen, ihn ins Badezimmer bringen und liebevoll baden. Manchmal brauste ich ihn ab, manchmal steckte ich ihn in die Wanne. Das hing davon ab, wieviel Zeit wir hatten. Anschließend trocknete ich ihn ab und puderte ihn ein. Er konnte ziemlich gut sein, wenn das Vorspiel klappte.«
Ich saß starr vor Entsetzen da. Dieser Mann hatte über zwei Monate in einem Zimmer neben meinem geschlafen. Und ich hatte ihn in gewisser Hinsicht ebenfalls wie ein Baby behandelt. Er hatte meine Hilfe gebraucht, wie ein kleiner Junge die Hilfe seines Vaters braucht. Intellektuell hatte ich Vaterstelle an ihm vertreten, so wie Eunice physisch Mutterstelle an ihm vertreten hatte.
Eunice sagte: »Du lieber Himmel, Just, sehen Sie mich nicht so vorwurfsvoll an. Wenn Sie es genau wissen wollen: Es gefiel mir. Mir gefiel jede Einzelheit. Und selbst wenn es nicht der Fall gewesen wäre, hätte mich der Schluß entschädigt. Was ist denn so Schlimmes dabei? Es ist zwischen zwei Erwachsenen geschehen, die beide damit

einverstanden waren. Wem hat es also geschadet?«
»Hören Sie, hätte Giles es mit jeder Frau so gemacht?«
»Es war seine einzige Methode. Nichts sonst hätte ihn soweit gebracht, wenn Sie wissen, was ich meine.« Sie grinste säuerlich.
»Und nachdem Sie ihn ausgezogen hatten, was taten Sie dann mit seinen Sachen?«
»Ich habe mir gedacht, daß Sie mich das fragen würden. Ich legte sie säuberlich zu einem hübschen kleinen Stapel zusammen. Sonst hätte er geweint, richtig geweint, meine ich. Vermutlich rührt das ganze von seiner Mutter her. Davon, daß sie ein zwanghaft ordentliches Wesen war, oder von der Art Spiele, die sie miteinander spielten. Was immer es sein mag, zum Teufel damit!« Sie seufzte.
»Und er ist nie zum Psychiater gegangen?«
»Warum denn? Es machte ihm Spaß, und schadete ihm weder persönlich noch beruflich.«
»Und was ist dann passiert?« fragte ich weiter. »Wenn er dieses Spiel so liebte und Sie auch, wieso ist er dann jetzt ein Scheißkerl? Hatte er sich verändert?«
»Natürlich hatte er sich verändert. Er fand heraus, daß er Abwechslung liebte. Es mußte zwar jedesmal genau dieselbe Zeremonie sein, aber er hatte gern verschiedene Mütter. Sie kennen doch diese Buchhändlerin aus der City, diese derbe Person. Da haben Sie eine von seinen mütterlichen Typen.«
»Wollen Sie damit sagen, daß die beiden dieses Spiel ebenfalls spielten?«
»Ich habe sie nicht dabei fotografiert, Just, aber sagen wir, sie haben es getan. Bronstein heißt sie. Ja, sie haben es bestimmt getan. Mir genügen die Beweise. Wenn auch einem Gericht vielleicht nicht.«
»Meinen Sie, Roseann Bronstein könnte hier mit ihm im Zimmer gewesen sein?«
»Hält sie sich hier auf der Messe auf? Als Buchhändlerin müßte sie es eigentlich.«
»Ich habe sie gestern hier im Hotel getroffen«, gab ich zu.
»Dann war sie es vielleicht.«
»Aber sie hätte genug von ihm gewußt, um die Kleider nicht durcheinander zu werfen, ob er nun durch einen Unfall starb, oder ob sie ihn getötet hat.«
Eunice sagte widerstrebend: »Ja, das nehme ich an.« Dann fuhr sie

fort: »Nun, es ist auch egal. Nachdem er seine Vorliebe für Abwechslung entdeckt hatte, blieb Giles auch nicht lange mit der Bronstein zusammen. Er verließ sie, um hinter allen möglichen Weibern herzulaufen, nehme ich an. Erst nachdem er oft genug abgewiesen worden war, wandte er sich wieder mir zu. Schließlich entdeckte er jedoch, daß er sich die Mitarbeit auch kaufen konnte, und in den letzten sechs Monaten hat er sich nicht ein einziges Mal mehr mit mir abgegeben, dieser Scheiß ...« Sie ließ den Satz unbeendet. Sie saß da und schüttelte den Kopf.

»Spielte er das Spiel immer auf dieselbe Weise? Ganz gleich, mit welcher Frau?« fragte ich schließlich.

»Wie meinen Sie das?«

»Ich meine, konnte es vielleicht sein, daß er das eine oder andere Detail ausließ? Hätte es zum Beispiel genügt, ihn zu entkleiden, ohne seine Sachen anschließend ordentlich hinzulegen?«

»Ich habe nie bei jemand anders zugesehen«, sagte Eunice. »Aber ich bin ziemlich sicher, daß er dann nicht mitgespielt hätte. Er hätte geweint und wäre nicht mit ins Bad gegangen.«

»Also kann es keine Frau gewesen sein«, sagte ich. »Eine Frau, die ihn kannte, hätte das Spiel richtig gespielt, oder es hätte nicht geklappt. In jedem Fall wären seine Sachen ordentlich zusammengelegt worden. Und warum sollte sich jemand die Zeit genommen haben, sie extra auseinanderzuzerren? Verstehen Sie, was das bedeutet? Giles muß angezogen gestorben und entkleidet worden sein, von jemandem, der seine Absonderlichkeiten nicht kannte. Der Mörder hat ihm seine Sachen ausgezogen, sie hingeworfen und ihn ins Bad geschleppt. Und wozu sonst sollte er das tun, als um einen Unfall vorzutäuschen.«

»Nur«, sagte Eunice, »daß es sechs Monate her ist, seit ich das Spiel zum letztenmal mit ihm spielte, und daß er sich inzwischen geändert haben kann.«

»Glauben Sie das wirklich?«

»Nicht eine Sekunde. Aber ein Richter würde darauf hinweisen.«

»Zum Teufel mit den Richtern«, sagte ich wütend. »Was glauben Sie persönlich? War es Mord oder nicht?«

»Ich glaube gar nichts, Just. Meinetwegen können die Richter zum Teufel gehen, aber ich bin selbst Juristin, und für mich ist nur wichtig, was die Geschworenen glauben. Die Geschworenen würden

auf Unfall erkennen, nachdem sie die Beweise gehört hätten.«
»Ist es Ihnen denn gleichgültig, daß die Geschworenen sich irren können? Ist es Ihnen gleich, daß es ein Mord sein könnte, egal, was sie behaupten?«
»Na und? Angenommen, ich sage: Es war Mord. Macht das Giles etwa wieder lebendig?«
»Wollen Sie, daß der Mörder davonkommt?«
»Welcher Mörder? Das ist der zweite Punkt. Wenn Sie meinen, daß Giles ermordet wurde, müssen Sie darüber nachdenken, wer ihn ermordet hat. Wer hatte ein Motiv? Und wer war stark genug, seine Leiche ins Bad zu bringen? Er wog zweihundertzwanzig Pfund.«
Ich starrte sie nachdenklich an, und sie starrte zurück, und ihre Lippen kräuselten sich. »Sie fragen sich, ob es Eunice Devore gewesen sein könnte. Die erste Verdächtige beim Tode eines Gatten ist die Gattin, stimmt's?«
Ich fühlte mich unbehaglich und zuckte die Achseln. »Das habe ich nicht gesagt«, widersprach ich.
»Sagen Sie es nur, und lassen Sie uns die Beweise durchgehen. Die erste Frage ist: Habe ich ein Motiv? Sexuelle Frustration, unglückliche Ehe, er hat von Scheidung gesprochen. Ich bin sicher, er hatte vor, einen Anwalt aufzusuchen, sobald sein neues Buch herauskommen und sich als Bestseller erweisen würde. Wenn ich ihn tötete und es wie einen Unfall aussehen ließ, würde ich mir die Demütigung ersparen und wahrscheinlich den größten Teil seines Vermögens erben, das nicht gerade klein sein dürfte, falls sein neues Buch an eine Filmgesellschaft verkauft wird, was sicher der Fall ist. Dagegen spricht, daß ich keine besonders triebstarke Frau bin, daß ich gegen eine Scheidung nichts einzuwenden hätte und daß ich selbst genug verdiene.
Zweitens die Mittel. Könnte ich ihn getötet haben? Warum nicht? Ich bin genauso stark wie ein Mann, und er war ein Schlappschwanz. Ich hätte irgendeinen Gegenstand als Keule benutzen, ihm damit das Genick brechen und die Waffe dann mitnehmen können. Ich hätte ihn auch mit einem Karateschlag . . .«
»Karate?« fragte ich mit plötzlichem Interesse.
»Ja, ich habe einen Karatekurs besucht. Ich arbeite manchmal bis spät abends in der City, und eine Frau muß etwas von Selbstverteidigung verstehen. Der Gedanke an Karate kam mir, als Giles mir

einmal erzählte, Sie seien darin Spezialist. Ich bin es natürlich nicht. Ich weiß nicht, ob ich Giles die Wirbelsäule genau unterhalb des Kopfes mit einem einzigen seitlichen Handkantenschlag hätte zertrümmern können. Aber Sie hätten es vermutlich gekonnt.«
»Und wie sollte ich ihn ins Bad getragen haben?« fragte ich.
»Sie brauchten ihn nicht zu tragen, Herzchen. Sie konnten ihn ins Bad schleifen.« Sie musterte abschätzend meine Schultern. »Ich glaube, Sie könnten es.«
»Wenn man jemanden irgendwo hinschleift, hinterläßt das vermutlich Spuren. Oder vielleicht auch nicht. Das weiß ich nicht so genau. Aber auf jeden Fall – was hätte ich für ein Motiv?«
»Wen interessiert das schon?« sagte sie. »Dieser ganze Unsinn mit den Motiven! Jeder kann ein Motiv haben, und aus allem kann man Motive machen. Er könnte sie einen kleinen Affen genannt oder gesagt haben, sie wären ein lausiger Schriftsteller, oder er könnte Ihre Mutter beleidigt haben. Irgend etwas, das Sie die Nerven verlieren ließ.
Aber lassen Sie uns zu Punkt drei kommen. Die Gelegenheit. Ich war den ganzen Tag in der Stadt. Ich habe also kein Alibi, ich könnte genausogut hiergewesen sein. Ich hatte folglich ein Motiv, die Mittel und die Gelegenheit. – Der einzige Haken dabei ist, daß ich es nicht war. Waren Sie es?«
»Nein, ich war es nicht«, sagte ich und unterdrückte die Bemerkung, eine solche Frage sei völlig absurd, was sie auch war. »Aber sagen Sie einmal, wie ist das mit Ihrem Aufenthalt in der Stadt? Wie lange sind Sie schon hier?«
Sie hob die Augenbrauen. »Seit etwa vier Uhr gestern nachmittag. Wünschen Sie eine Erklärung dafür?«
»Ich kann Sie nicht dazu zwingen. Wollen Sie mir eine geben?«
»Nichts ist einfacher als die Wahrheit. Er hatte mich angerufen. Er hatte ein Päckchen zu Hause vergessen . . .«
»Ein Päckchen?«
»Ja, ein Päckchen. Habe ich mich damit verraten. Bin ich schuldig?«
»Nein, fahren Sie fort.«
»Er rief mich an, sagte mir, wo das Päckchen lag, und fragte, ob ich es ihm bringen könne. Ich sagte, ich wolle es versuchen. Ich hielt es für eine gute Gelegenheit, meinen Bruder wieder einmal zu besuchen. Ich rief an, und er sagte, ich sollte kommen.

Ich kam also in die Stadt und brachte das Päckchen her. Ich rief in Giles Zimmer an, aber er war nicht dort. Daher gab ich das Päckchen an der Garderobe ab und hinterlegte den Schein am Empfang. Und dann fuhr ich zu meinem Bruder — er wohnt etwa zehn Meilen von hier entfernt — und verbrachte die Nacht bei ihm.«

Ich schüttelte den Kopf. »Ich wollte, Sie hätten das Päckchen auf sein Zimmer geschickt und das Zimmermädchen hätte es hineingelegt.«

»Wieso? Er hat es doch bekommen. Ich sah es auf dem Schreibtisch liegen, als ich ins Zimmer trat, bevor die Polizei es mit den andern Sachen zusammen in eine Tüte steckte.«

»Das war der Auftrag, den ich für ihn erledigen sollte, Eunice«, sagte ich. »Er hat den Schein gestern abend bekommen und hatte keine Zeit mehr, zur Garderobe zu gehen. Darum gab er ihn mir, und den Schlüssel und bat mich, es abzuholen. Das habe ich auch getan, aber erst heute mittag, und da war er schon tot.«

»Na und? Das ist doch nicht wichtig.«

»Aber als ich Ihnen sagte, daß ich vergessen hätte, etwas für ihn zu erledigen, fragten Sie, ob ein Zusammenhang zwischen dem Auftrag und seinem Tod bestünde. Und jetzt tun Sie es als unwichtig ab. Warum? Wissen Sie vielleicht, was sich in dem Päckchen befand?«

»Natürlich weiß ich es. Er bekommt diese Päckchen häufig. Sie enthalten Kugelschreiber. Seine dreieckigen blauen Spezialkugelschreiber mit Monogramm. Ich habe sie ihm das erstemal besorgt. Ich konnte nicht länger zusehen, wie er immer mit den andern herumfummelte, bis die Feder heraussprang. Diese hier lagen ihm bequem in der Hand, schmeichelten seinem Selbstgefühl und waren außerdem billig. Soviel ich weiß, haben sie nur den Nachteil, schnell trocken zu sein. Lästig war auch, daß er sie, wenn sie trocken waren, trotzdem in seine Jacke zurücksteckte und ich immer wieder die verbrauchten zwischen den andern aussortieren mußte.«

Ich nickte. Ich ahnte jetzt, worum es bei diesem Krach heute morgen beim Signieren gegangen war. Giles hatte versucht, seine Bücher mit einem fast trockenen Kugelschreiber zu signieren. Vermutlich mit dem, der in seinem Zimmer auf dem Schreibtisch gelegen hatte und mit dem ich das Fragezeichen gemacht und dabei den letzten Rest Farbstoff verbraucht hatte, der wahrscheinlich beim Liegen in die Spitze geflossen war. Er hatte die neuen Kugelschreiber noch nicht gehabt, weil ich vergessen hatte, sie ihm zu bringen, und er mußte

sich deshalb mit einem Kugelschreiber ohne Monogramm behelfen, der ihm nicht gut in der Hand lag.
Das erklärte auch seine Wut auf mich. Selbst wenn man davon absah, daß sein Getue mit den Kugelschreibern neurotisch war, konnte ich es ihm nicht verübeln.
Aber was konnte ein ausgetrockneter Kugelschreiber mit seinem Tod zu tun haben? Er hätte ihn vielleicht dazu bringen können, mich aus Wut zu ermorden, aber der Mord an ihm konnte unmöglich dadurch verursacht worden sein.
Ich sagte zu Eunice: »Offenbar sind Sie nicht bei Ihrem Bruder geblieben. Sie kamen heute morgen wieder her.«
»Ja, ich kann seine Kinder nicht ausstehen, und seine Frau ist auch nicht gerade ein Genuß.«
»Um wieviel Uhr sind Sie heute weggefahren?«
»Gleich nach dem Frühstück.«
»Und Sie kamen sofort her?«
»Nein, nicht sofort. Zu dem kritischen Zeitpunkt, als er starb, war ich nicht hier. Einige Geschäfte waren offen. Ich machte einen Einkaufsbummel.«
»Haben Sie etwas gekauft?«
»Nein, aber ich hatte auch nicht ernsthaft die Absicht. Niemand, den ich kenne, hat mich gesehen. Wie ich Ihnen bereits sagte, habe ich kein Alibi.«
»Aber weshalb sind Sie dann gekommen?«
Zum erstenmal wurde Eunice unsicher. »Ich dachte, ich würde Giles sehen. Ich hatte eine schlechte Nacht hinter mir. Ich wußte, daß er heute morgen Bücher signieren würde. Und ich dachte, daß ihn das vielleicht in gute Laune versetzt hätte. Ich hoffte, er wäre dann vielleicht bereit – wenn ich über Nacht hierbliebe, ich ...«
Ich saß ganz erschrocken da. Diese knallharte Frau schien urplötzlich und ohne Vorwarnung die Fassung zu verlieren, und ich fürchtete schon, ich müsse ihr helfen, sie wiederzufinden.
Sie fuhr fort: »Aber er hat instinktiv gewußt, daß ich kommen würde, und sich lieber den Schädel eingeschlagen oder sich ihn einschlagen lassen und mir auf ewig Adieu gesagt, als sich mit mir abzugeben. Dieser Scheiß ...« Zwei dicke Tränen flossen langsam ihre Wangen hinab.
Ich starrte sie hilflos an.

Sie holte tief Atem, fuhr sich mit dem Handrücken über die Augen und sagte: »Ich gehe wieder in sein Zimmer. Vielleicht ist der Polizeiarzt jetzt da. Ich muß die Beerdigung vorbereiten.«
Sie sagte nicht auf Wiedersehen, als sie hinausging, aber das war mir egal. Ich sah auf die Uhr. Es war schon nach fünf. Ich hatte keine große Lust, ebenfalls zu gehen, da ich das Zimmer ja erst um sechs Uhr verlassen mußte.
Weshalb war Giles ermordet worden? Bisher hatte ich in seinem Leben eine geringfügige und eine schwerwiegendere Komplikation entdeckt. Die geringfügige war der leere Kugelschreiber, und sie war darauf zurückzuführen, daß ich versäumt hatte, ihm das Päckchen zu besorgen. Ich sah nicht ein, daß die Kugelschreiber irgend etwas mit seinem Tod zu tun haben könnten. (Oder wollte ich nur meine Verantwortung dafür abschieben?)
Die ernsthafte Komplikation war die sexuelle Frustration zweier Frauen, Eunice und Roseann. (Wer hätte jemals gedacht, daß Giles Devore sich als *homme fatale* entpuppen sollte, der zwei Frauen zur Verzweiflung trieb!)
Eunice hatte ihn mit Sicherheit nicht ermordet. Sie hatte meine Anspielungen auf einen möglichen Mord viel zu schnell erraten. Wenn sie eine Mörderin wäre, hätte sie bestimmt so getan, als bemerkte sie sie nicht. Sie hätte das Wort und jeden Hinweis darauf sorgfältig vermieden.
Was war mit Roseann?
Wo würde ich sie finden? Ich konnte im Hotel umherlaufen und nach ihr suchen, aber es war möglich, daß ich sie niemals traf, denn das Hotel war so groß wie eine kleine Stadt. Es war auch möglich, daß sie sich gar nicht im Hotel aufhielt.
Roseann mußte inzwischen von Giles Tod gehört haben. Henrietta hatte ihn sicher bekanntgegeben. Es war sogar möglich, daß Rundfunk und Fernsehen die Nachricht inzwischen verbreitet hatten.
Ich wählte die Nummer von Roseanns Buchgeschäft. Der Laden war am *Memorial Day* vermutlich geschlossen, aber sie hatte im Stockwerk darüber eine Wohnung und dort einen zweiten Anschluß.
Ich ließ es läuten. Erst nach dem fünfzehntenmal wurde abgehoben. Die Stimme, die antwortete, war nur ein heiseres Krächzen und völlig unkenntlich. Ich dachte schon, ich hätte eine falsche Nummer gewählt.

»Roseann?« fragte ich zögernd.
»Was, zum Teufel, wollen Sie?« erklang es ein wenig lauter. Jetzt erkannte ich ihre Stimme.
»Hier ist Darius Just.«
»Das weiß ich. Was, zum Teufel, wollen Sie?«
»Tut mir leid, Roseann, haben Sie das von Giles gehört?«
»Ja, habe ich. Man sollte meinen, dieser verdammte Idiot hätte sich in der Badewanne auf den Beinen halten können.«
Zwei Frauen also, die ihn mit Schimpfnamen belegten, weil er es wagte, tot zu sein.
Ich fragte: »Roseann, haben Sie Giles gesehen, seit wir beide gestern über ihn gesprochen haben?«
»Nein, und was geht Sie das überhaupt an? Haben Sie ihn gesehen?«
Ich hätte es ihr sagen können, aber wozu? Es war sinnlos, ihr jetzt noch zu wiederholen, was er gesagt hatte. Also fuhr ich fort: »Roseann, etwas bei der Sache macht mir Kopfzerbrechen.«
»Wovon reden Sie?«
»Sehen Sie, als ich in sein Zimmer kam . . .«
»Sie haben ihn gefunden, ich weiß. Vielleicht haben Sie ihn gestoßen.«
»Hören Sie, Roseann, als ich sein Zimmer betrat, war er schon tot. Er lag in der Wanne, als hätte er sich geduscht. Und seine Sachen waren im ganzen Zimmer verstreut. Es sah so aus, als hätte er sie ausgezogen und achtlos hingeworfen, bevor er sich duschte.«
Am andern Ende war Schweigen, dann sagte sie: »Das ist unmöglich. Er legte sie immer ordentlich . . .«
Sie brach sofort ab, aber ich wußte jetzt mit Bestimmtheit zwei Dinge. Das erste war, daß Roseann das Spiel mit Giles gespielt hatte, und zweitens hatte sie mir deutlich zugestimmt, daß Giles seine Sachen unmöglich selbst so hingeworfen haben konnte.
Roseann sprach weiter. »Glauben Sie, jemand anders hat seine Sachen so hingeworfen? Eine Frau vielleicht . . . nein, das hätte er nicht zugelassen.« Dann machte sie ebenfalls den gedanklichen Sprung, der, so schien es mir wenigstens, bewies, daß sie unschuldig war. »Sie meinen, jemand tötete ihn und verstreute dann seine Sachen im Zimmer, damit es wie ein Unfall beim Duschen aussah?«
Sie explodierte plötzlich. »Natürlich, *Eunice!* Wenn sie ihn nicht

haben konnte, dann sollte ihn auch keine andere haben.«
»Das ist unmöglich, Roseann«, log ich absichtlich, um festzustellen, ob sie einen Grund hatte, so etwas zu sagen oder ob es nur reine Gehässigkeit war. »Eunice hat ein hieb- und stichfestes Alibi.«
»Ja, glauben Sie denn, sie hätte es selbst getan? Sie hat natürlich jemanden dafür engagiert. Es kostet heute nicht allzu viel, jemanden umbringen zu lassen.«
»Haben Sie dafür Beweise, Roseann?«
»Ich brauche keine Beweise.«
»Juristisch gesehen schon. Übrigens könnte jemand auf den Gedanken kommen, Sie hätten ebensogut ein Motiv wie Eunice.«
»Ich?«
»Wenn Sie ihn nicht haben konnten, sollte keine ihn haben.«
»Was sind Sie doch für ein gottverdammter Idiot«, kreischte sie und warf den Hörer auf die Gabel. Sehr viel langsamer und sanfter hängte ich ebenfalls ein.
Was hatte ich nun also erreicht? Beide Frauen waren auf meine Anspielungen auf Mord ohne zu zögern eingegangen, was mich geneigt machte, sie von der Liste der Verdächtigen zu streichen.
Roseann hatte dazu noch die Figur eines gedungenen Killers ins Spiel gebracht. Warum eigentlich nicht? Es klang zwar nicht sehr wahrscheinlich, aber warum nicht? Es würde bedeuten, daß Alibis nicht allzuviel besagten. Und vielleicht waren die Heroinspuren, die ich gefunden hatte, etwas, das ein Killer hinterlassen haben könnte. (Zu welchem Zweck wußte ich allerdings nicht.)
Es war sinnlos. Ich war nicht klüger als zu Beginn. Im Gegenteil! Die andern hatten Komplikationen vorgebracht, auf die ich nie gekommen wäre. Inzwischen war es fast sechs, und der nächste Gast konnte jede Minute eintreffen. Ich legte den Schlüssel auf den Schreibtisch, verließ das Zimmer und zog die Tür hinter mir ins Schloß. Ich überlegte immer noch.
Da ich nicht glauben konnte, daß der Mord auf eine so triviale Sache wie die Kugelschreiber und mein Versäumnis zurückzuführen war, und da mir weder Eunice noch Roseann daran beteiligt schienen, mußte der Mörder woanders zu suchen sein. Eine andere Frau, die ich noch nicht verdächtigte? Das Heroin? Vielleicht ein geisteskranker Mörder? (Würde ein Geisteskranker sich die Mühe machen, einen Unfall vorzutäuschen?)

Auf der Suche nach dem Motiv war es vielleicht von Nutzen, wenn ich allem nachspürte, was Giles gemacht hatte, nachdem er mich beinahe vierundzwanzig Stunden vor seinem Tod verließ, um mit Henrietta Corvass wegzugehen. Henrietta –?

Der Aufzug kam endlich. Er war ziemlich voll, und man rückte nur widerwillig zusammen, um mir Platz zu machen. Zum Glück brauche ich nicht viel Platz. Das wenigstens kann ich von mir sagen.

Im fünften Stock stieg ich aus und fand den Pressesaal immer noch geöffnet, was mich überraschte, da ich annahm, er sei ab fünf Uhr geschlossen. Ich war bloß hingegangen, um mich zu vergewissern.

Es hielt sich nur eine einzige Person darin auf, eine junge Frau mit strähnigem Haar, bescheidenem Busen und Turnschuhen. Sie hatte einen Bogen Papier in die Schreibmaschine gespannt und wollte gerade zu schreiben beginnen. Ich sah auf ihr Namensschild. Darauf stand: Gwyneth Jones.

»Gwyneth«, murmelte ich ungläubig vor mich hin.

Ich murmelte es wohl eine Spur zu laut, denn die junge Frau blickte auf und fragte: »Ja, bitte?«

»Sie wissen nicht zufällig, wo Henrietta Corvass ist?«

»Wer sind Sie denn?«

Ich wies auf meine Plakette und erntete einen verständnislosen Blick. »Ich bin Schriftsteller«, erklärte ich. »Also was ist mit Henrietta? Wissen Sie, wo sie sich aufhält?«

»Ich glaube, sie erwähnte etwas von einer Party, die Sewall und Broom heute abend geben. Vielleicht ist sie dort.«

»Vielen Dank, meine Süße. Und wo findet die Party statt?«

»Ich weiß nicht, aber irgendwo muß ein Verzeichnis liegen.« Sie suchte auf dem Schreibtisch herum und hatte es fast augenblicklich gefunden. Sie war klein und uninteressant, aber ich küßte sie auf die Wange und sagte danke. Sie sah nicht vor Glück überwältigt aus.

Anschließend ging ich in die Herrentoilette, wusch mir Gesicht und Hände, betrachtete mich aufmerksam im Spiegel, um festzustellen, ob ich so mies aussah, wie ich mich fühlte, und entschied, daß es der Fall war.

Aber egal! Ich bin zwar kein auffallend gutaussehender Typ, sehe aber auch nicht gerade abstoßend aus. Ich falle unter die große Gruppe von Männern, die man mit abgestufter Betonung als at-

traktiv bezeichnet. Das ist die beste Beschreibung, die ich selber von mir geben kann.
Ich lehnte mich gegen den Handtuchhalter und studierte die Liste. Die Party fand nicht im Hotel, sondern in einem Restaurant in der Nähe statt. Sie sollte um sechs Uhr dreißig beginnen.
Ich hatte also noch zwanzig Minuten Zeit. Ich ging in die Halle und setzte mich in eine etwas abgelegene Ecke, schloß die Augen und überlegte, ob hier in der Nähe vielleicht jener halbpornographische Bücherkiosk sein könnte, von dem mir Sarah berichtet hatte. Ich war zu faul, mich danach umzusehen. Hierauf dachte ich einen flüchtigen Augenblick lang an Sarah selbst, und irgendwie waren plötzlich fünfzehn Minuten verstrichen.
Ich sprang auf und verließ eilig die Halle.

Ich glaube, in dieser einen Woche vergeht so gut wie keine Stunde am Tag, wo nicht irgendwo eine Party stattfindet, mit Barkeeper, freien Getränken und einem verschwenderischen Büfett.
Ich hatte keine Einladung, aber niemand fragte mich danach. Auch, daß ich mein Namensschild nicht angeheftet hatte, schien niemanden zu stören. Die Drinks interessierten mich nicht, wie immer, und ich ging die Bar nur entlang, um nach Henrietta Ausschau zu halten. Sie war nicht da.
Ich trat ans Büfett und betrachtete die gebratenen Hähnchen. Sie sahen appetitlich aus und rochen ebenso, und mein Magen war einverstanden. (Ich bin zwar hin und wieder zu aufgeregt, um etwas zu essen, aber dieser Zustand dauert nie sehr lange. Ich halte das für ein Zeichen von Gesundheit.) Ich versorgte mich mit einer Keule und einer Brust, legte zwei, drei Würstchen und eine Portion Pommes frites dazu, holte mir noch Salat, eine Tasse Kaffee und ein Stück Kuchen als Dessert und hatte damit alles, was mein Herz begehrte. Anschließend würde ich mich dann ganz der Suche nach Henrietta widmen.
Aus einem Augenwinkel entdeckte ich plötzlich Tom Valier, meinen geschätzten Verleger und König von Prisma Press. Er sah mich gleichfalls und kam zu mir herüber. »Hallo, Darius. Schreckliche Sache, was?« Er schüttelte düster den Kopf.
Ich wußte sofort, was er meinte. »Ja, eine schreckliche Sache«, sagte ich, ohne mit essen aufzuhören.

»Ich hörte, du hättest die Leiche gefunden?«
»Ja, ich hatte das Glück«, erwiderte ich.
»Er ist einfach in der Wanne ausgerutscht und war tot?«
»So sieht es zumindest aus«, sagte ich.
Er schüttelte bekümmert den Kopf. »Das soll sogar häufig passieren, ich meine, daß jemand in der Wanne ausrutscht, und sich dabei verletzt. Die Wanne ist eine tödliche Waffe. Der arme Giles!«
Ich war mit meinem Hühnerschenkel fertig und aß ein paar Pommes frites, bevor ich den Salat in Angriff nahm.
Tom sagte: »Weißt du, Darius . . .«
»Ja?«
»Das, wovon wir gestern sprachen . . .«
»Daß Giles deinen Verlag verlassen würde?«
»Nicht, daß er es tun würde. Daß er davon gesprochen hat, er wollte es vielleicht tun. Er hatte es ja noch nicht wirklich getan.« Er lächelte mißbilligend. »Unter den gegebenen Umständen halte ich es für unnötig, es überhaupt noch zu erwähnen. Der Mann ist schließlich jetzt tot.«
»Ja, ich weiß«, sagte ich. »Schreckliche Sache!«
Tom blickte mich mißtrauisch an, aber vermutlich war ihm das, worum es ihm ging, zu wichtig, als daß er sich mit Nebensächlichkeiten aufgehalten hätte. »Ich meine, wir sollten die Toten in Frieden ruhen lassen. Wozu noch einen unnötigen Skandal provozieren?«
»Es ist kein Skandal, den Verleger zu wechseln«, sagte ich.
»Natürlich nicht, aber es wurde ja nichts daraus, verstehst du? Warum dann davon sprechen?«
»Sicher«, gab ich zu. »Ich habe keine Veranlassung, darüber zu reden, Tom. Ich werde die Sache vertraulich behandeln.«
»Danke, Darius.« Als hätte ihn das so erleichtert, daß er wieder ans Essen denken konnte, sagte er: »Ich werde mir was holen.«
Er kam nach einigen Minuten mit einem gefüllten Teller zurück. Ich hatte inzwischen Zeit zum Nachdenken gehabt.
»Man muß auch das Gute daran sehen, Tom«, sagte ich. »Sein Buch wird jetzt noch besser gehen als vorher. Nicht jeder Autor stirbt schließlich mitten in einer Werbekampagne.«
»Nicht doch«, sagte er unbehaglich, »wir wollen aus einer so schrecklichen Sache kein Kapital schlagen.«
»Wieso eigentlich nicht? Weshalb nicht die Schlagzeilen nutzen? Es

ist auf der Buchmesse passiert, und den Buchhändlern bedeutet das sicher eine Menge. Sie werden damit für das Buch werben. *Tod auf der Buchmesse* oder so ähnlich.«

Einen Augenblick lang fiel mir ein, daß Asimov den Auftrag hatte, ein Buch mit dem Titel *Mord auf der Buchmesse* zu schreiben. Und ich schwöre Ihnen, ich war so verzweifelt bemüht, die Sache aufzuklären, daß mich sogar der Gedanke durchzuckte, Asimov könnte die ganze Geschichte inszeniert haben, nur um seine Handlung zu bekommen.

Tom sagte zögernd: »Vermutlich werden die Verkaufsziffern dadurch wirklich steigen, aber darum geht es mir nicht. Das ist indiskutabel. Der Verlust der Bücher, die er noch hätte schreiben können, ist durch nichts zu ersetzen.« Er stopfte sich den Mund voll Huhn. Wir aßen beide schweigend. Dann besorgte ich mir noch einen Kaffee und war aufmerksam genug, ihm auch einen zu bringen.

Diese Bücher, die Giles »noch geschrieben hätte«, wären nicht bei Prisma Press herausgekommen. Sie waren also kein Verlust für Tom. Tom konnte durch Giles' Tod nur gewinnen.

War er es womöglich gewesen? Da war seine Wut darüber, daß Giles den Verlag wechseln wollte, und die Enttäuschung über den damit verbundenen finanziellen Verlust. Dazu kam der Gewinn, den sein Tod ihm bringen würde. Hatte er mich deshalb so gedrängt, nichts von seinen Schwierigkeiten mit Giles zu erwähnen, weil er schuldig war und das Motiv verbergen wollte? Sprach er aus diesem Grund so geschwätzig über tödliche Unfälle in der Badewanne und vermied es ängstlich, die Möglichkeit eines Mordes auch nur anzudeuten?

Reine Mutmaßungen. Er konnte wirklich denken, daß es ein Unfall war und ehrlich darüber bestürzt sein, daß er an der Tragödie zu verdienen schien.

Ich wechselte das Thema. »Hast du vielleicht Henrietta irgendwo gesehen?«

Tom bekundete höfliches Interesse: »Henrietta?«

»Die Pressereferentin der Messe. Mollige Figur, längliches Gesicht.«

Tom schüttelte den Kopf. »Tut mir leid, die kenne ich nicht. Aber Teresa vielleicht. Sie hat mit den Leuten von Hercules Books die

Signierstunde arrangiert. Die von Giles«, fügte er erklärend hinzu. »Ich nehme an, daß Teresa dafür mit der Pressereferentin Kontakt aufnehmen mußte.«
»Hört sich plausibel an. Wo ist Teresa?«
»Sie ist nach Hause fahren. Sie bekam schreckliche Kopfschmerzen, nachdem sie das mit Giles gehört hatte.«
Nun, wenn Tom ein Macbeth war, war Teresa mit Sicherheit keine Lady Macbeth. Das heißt, vorausgesetzt sie war wirklich mit Kopfschmerzen nach Hause gegangen. (O Gott, mir kam schon langsam alles verdächtig vor!)
»Ich komme morgen nicht«, sagte Tom. »Die Mädchen können sich um den Stand kümmern. Die Sache mit Giles hat mir die Buchmesse verleidet.«
»Wirklich eine schreckliche Geschichte«, stimmte ich zu, und schließlich stand er auf und ging. Ich machte mich auf die Suche nach Henrietta.

Die Party war ein Erfolg. Die Gäste füllten zwei große Räume mit einem Gang dazwischen. Auch standen die Leute nicht einfach da, so daß ich von Gruppe zu Gruppe hätte gehen können. Sie wanderten umher, drängten sich aneinander vorbei und wechselten ständig den Platz. Von zehn Anwesenden kannte ich mindestens einen, und alle begrüßten mich.
Ich war eine Berühmtheit, verdankte meinen Ruhm jedoch eher der Tatsache, daß ich die Leiche gefunden hatte als meinen vier Büchern. (Das fünfte war in Druck.)
Soweit ich es beurteilen konnte, war die gute Stimmung auf der Party nicht im geringsten getrübt. Giles war von der unerbittlich fortschreitenden Zeit bereits aufgesogen worden. Es schien, als hätte er nie existiert. Das Leben ging weiter.
Selbst wenn alle menschlichen Wesen auf der Erde in einem einzigen blutigen Moment vernichtet würden, würde das, was an Leben übrigblieb, weiter existieren, als sei nichts geschehen. Das Universum scherte sich einen Dreck darum.
Mir wurde immer elender zumute, während ich von einer Gruppe zur anderen wanderte.
Etwa um Viertel vor acht hörte ich plötzlich ihre Stimme. Ich entdeckte sie nicht sofort, aber als ich mich umwandte, sah ich sie in

einer Gruppe stehen. Ich gesellte mich dazu, denn ich wollte sie von den übrigen trennen, ohne daß es allzusehr auffiel. Nach einer Weile gelang es mir, ihren Blick zu erhaschen. Sie erkannte mich zwar, aber nach ein, zwei Sekunden sah sie absichtlich weg.
Ich drängte mich bis zu ihr durch und berührte sie am Ellenbogen. Als sie sich umdrehte sagte ich: »Ich muß Sie dringend sprechen.« Ich formte es mit den Lippen, so daß es praktisch nicht zu hören war.
»Weshalb?« fragte sie mit normal lauter Stimme.
Immer noch ziemlich leise sagte ich: »Es ist wichtig.«
»Hat das nicht Zeit?« Sie sah ärgerlich aus.
»Bitte«, drängte ich.
Sie blickte rasch in die Runde, als hoffte sie, daß ihr jemand zu Hilfe kam, aber niemand beachtete sie. Daß sie sich vorübergehend hatte ablenken lassen, hatte lediglich bewirkt, daß die Unterhaltung ohne sie weitergegangen war.
»Also?« sagte sie kurzangebunden.
»Nicht hier. Bitte, kommen Sie mit! Gehen wir hinaus. Hier können wir nicht reden.«
Draußen war die Dämmerung schon fortgeschritten. Der Himmel war schiefergrau und die Luft unbewegt und mild. Die Scheinwerfer und Rücklichter der vorbeifahrenden Autos blitzten grell. Es war eine breite, von relativ wenig Menschen belebte Straße. Rund um das Gebäude, in dem sich das Restaurant befand, zog sich eine etwa hüfthohe Mauer. Ich bedeutete ihr mit einer Handbewegung, sich hinzusetzen, schwang mich dann ebenfalls auf die Mauer und ließ mich mit baumelnden Beinen neben ihr nieder.
Sie sagte: »Eine schreckliche Geschichte. Das Gerede darüber schafft nicht eben die beste Reklame. Es wird in allen Zeitungen stehen.«
»Ich weiß nicht, Henrietta. Die Hotelleitung wird dafür sorgen, daß nicht zuviel Aufsehen erregt wird. Was ist schon interessant daran, daß jemand in der Wanne ausgerutscht ist. Giles war der breiten Öffentlichkeit noch kein Begriff. Vielleicht wird er es nach dieser Geschichte, aber jetzt ist er es noch nicht.«
»Ich bin diejenige, die es bekanntgeben mußte.«
»Das gehört schließlich zu Ihrem Job.«
»Was nicht bedeutet, daß ich es gerne tat.«
»Na gut, Sie taten es nicht gern. Aber in Wirklichkeit sind Sie wütend auf mich, weil ich Ihnen die Nachricht überbrachte. Mir hat

das Ganze auch nicht gefallen. Stellen Sie sich mal vor, Sie wären dort gewesen und . . .«
»Halten Sie den Mund!« Zu meiner Überraschung schien sie in Tränen ausbrechen zu wollen.
Ich hielt den Mund und wartete ab, ob sie sich dafür oder dagegen entschied. Das letzte war schließlich der Fall, und sie fragte: »Was wollen wir eigentlich hier draußen?«
»Sehen Sie, Giles war ein Freund von mir«, sagte ich. »Sie waren gestern abend mit ihm zusammen. Er wollte zuerst nicht mit Ihnen gehen, erinnern Sie sich? Ich habe ihn dann praktisch dazu gezwungen. Deshalb konnte er sein Päckchen nicht abholen und bat mich, es für ihn zu tun. Und ich . . . nun, ich hatte keine Zeit. Und jetzt ist es für mich sehr wichtig, herauszufinden, daß mein Versäumnis nichts mit seinem Tod zu tun hat. Denken Sie bitte daran, daß die unglückliche Lage, in der ich stecke, einzig daher rührt, daß ich Ihnen gestern einen Gefallen tat. Ich versuche jetzt, soviel über die Sache herauszubekommen, wie ich nur kann, und bitte Sie, mir dabei zu helfen.«
»Aber wie kann dieses Päckchen dabei von irgendeiner Bedeutung sein?«
Ich zuckte die Achseln. »Es enthielt Kugelschreiber. Er benutzte nur Kugelschreiber mit seinem Monogramm und hatte seinen Vorrat davon zu Hause vergessen. Ich hatte sie ihm nicht gebracht, daher mußte er seine Bücher mit dem einzigen Kugelschreiber signieren, den er noch hatte, und der war plötzlich aufgebraucht. Darüber war er sehr wütend. Wäre er nicht so wütend gewesen, wäre er vielleicht zu dem anschließenden Autorenessen gegangen. So aber ging er nach der Signierstunde in sein Zimmer und duschte sich – um sich abzukühlen, nehme ich an – und fiel dabei hin. Also ist alles irgendwie meine Schuld.«
»Wenn es sich wirklich so abgespielt hat, was kann ich dann dabei tun?«
»Sie könnten mir helfen, mir zu beweisen, daß ich unrecht habe. Zu beweisen, daß er vielleicht aus einem andern Grund in sein Zimmer ging, daß er aus einem andern Grund wütend war und daß er aus einem andern Grund ausgerutscht ist. Ich will nicht denken müssen, daß ich dazu beigetragen habe, daß mein Freund starb.«
»Und wie soll ich Ihnen da helfen?«

»Ich möchte lediglich von Ihnen wissen, was alles passiert ist, seit ich ihn gestern abend das letztemal lebend gesehen habe, seit er mit Ihnen weggegangen ist.«

»Wir fuhren zum Fernsehstudio. Dort wurde eine Sendung aufgezeichnet.«

»Wie kamen Sie hin?«

»Wir nahmen ein Taxi. Wir fanden eins vor dem Hotel und fuhren direkt zum Studio. Dort wurde eine Talk-Show aufgezeichnet. Das ist alles.«

»Mußten Sie lange warten, bis Sie dran kamen?«

»Fünf oder zehn Minuten vielleicht. Sie kennen das ja. Sie lassen einen immer warten, damit man weiß, wer das Sagen hat.«

»Wie hat sich Giles bei der Aufnahme benommen?«

»Er war sehr gut. Die Sendung läuft in ungefähr drei Wochen, damit sie mit der Veröffentlichung seines Buches zusammenfällt.«

»Worüber wurde gesprochen?«

»Über sein Buch. Wovon es handelt und ob es sich für eine Verfilmung eignen würde. Über seine Schreibgewohnheiten. Er war glänzend. Es wird eine gute Sendung.«

»Ich werde sie mir ansehen«, sagte ich. »Hat er seinen Verlag erwähnt, in irgendeinem Zusammenhang?«

»Nein.« Es klang überrascht. »Hätte er es tun sollen?«

»Ich frage nur, weil Prisma Press auch mein Verlag ist, und weil ich wissen möchte, ob er auch etwas von der Publicity abbekommt.«

»Oh, sicher. Als sie den Titel des Buches zu Anfang und am Ende der Sendung erwähnten, haben sie auch den Verlag genannt.«

»Und was geschah, nachdem die Aufnahme beendet war?«

»Nichts weiter. Wir fuhren zurück.«

Es war inzwischen schon ziemlich dunkel geworden, und ich konnte ihr Gesicht im Licht der Straßenbeleuchtung nur undeutlich sehen. Ihre Stimme war tonlos geworden.

»Nachdem Sie ihn in sein Zimmer begleitet hatten, meine ich.«

»Wieso glauben Sie, ich hätte ihn in sein Zimmer begleitet?«

»Das hatten Sie doch vor, nicht wahr? Das letzte, was Sie sagten, bevor Sie mit ihm weggingen, war, daß Sie dafür sorgen würden, daß er so bald wie möglich wieder in sein Zimmer gelange.«

»Oh, ich verstehe, was Sie meinen«, sagte sie plötzlich in so gleichgültigem Ton, als hätte das alles wenig Bedeutung für sie. »Ich fuhr

mit ihm im Fahrstuhl bis zu seinem Stockwerk hinauf.«
Es hätte auf jeden Fall alles andere als überzeugend geklungen, aber jetzt, nachdem ich mit Eunice gesprochen hatte, wußte ich genau, an welchem Punkt wir angekommen waren. Sie hatte keine Chance.
»Natürlich hat er Sie in sein Zimmer gebeten«, bohrte ich.
»N-n-n-nein«, protestierte sie kraftlos.
»Seien Sie ehrlich, Henrietta. Er bat jede Frau in sein Zimmer. Sie müssen hineingegangen sein, sonst wären Sie jetzt nicht in diesem Zustand.«
Sie antwortete nicht. Sie wandte den Kopf ab, und ich war sicher, daß sie angefangen hatte zu weinen.
»Ich werde niemandem erzählen, was Sie mir jetzt sagen«, versprach ich. »Sie brauchen keine Details zu berichten. Erzählen Sie nur ungefähr, was passiert ist.«
Sie sah sich nach allen Seiten um, ob jemand in der Nähe sei. Es war niemand zu sehen. Dann sagte sie: »Es ist nichts geschehen, worüber ich mich schämen müßte, aber das Ganze ist so — widerlich.«
»Henrietta«, sagte ich, »ich kenne Giles besser, als Sie vielleicht denken. Ich kann mir einigermaßen vorstellen, was geschehen ist. Hat er — Ihnen etwas angetan?« Es war mir unangenehm, diese viktorianische Pause zu machen, vor der viktorianischen Wendung, die ich ihr folgen ließ.
»O nein, das hat er nicht«, erwiderte sie, wie mir schien, dankbar für die Umschreibung. »Er bat mich nur, hineinzukommen und ihn ins Bett zu stecken, weil ich — im Scherz natürlich — nach der Sendung gesagt hatte, ich brächte ihn jetzt wieder ins Hotel, um ihn ins Bett zu stecken.
Ich lachte, weil ich dachte, er meine es ebenfalls scherzhaft, und wünschte ihm eine gute Nacht. Aber er faßte mein Handgelenk und sagte: ›Ach, kommen Sie doch für ein Weilchen mit herein.‹ Nun, ich wollte nicht gern eine Szene machen, und ich konnte mir nicht vorstellen, daß er ernsthaft ... verstehen Sie ...« Sie schwieg verwirrt.
»Sie glaubten nicht, daß er ernsthaft versuchen würde, Sie zu verführen, meinen Sie?«
»Nun, ich dachte, er würde vielleicht versuchen, mich zu überreden, mit ihm ins Bett zu gehen, aber ich fand ihn kein bißchen anziehend

und habe außerdem einen Freund, der mir völlig genügt. Also ließ ich mich von ihm ins Zimmer ziehen und die Tür hinter mir schließen und sagte dann so kalt wie möglich: ›Wirklich, Mr. Devore, ich habe noch zu arbeiten‹, und daraufhin veränderte sich plötzlich seine Stimme.«

»Seine Stimme veränderte sich?«

»Sie wurde ganz hoch und piepsend – muß ich noch weiter erzählen?«

»Ich wäre Ihnen dankbar. Nur in groben Zügen. Sie brauchen nicht jedes Wort zu wiederholen.«

»Er wollte, daß ich ihn auszog. Er nannte mich Mami.«

»Und was machten Sie? Zogen Sie ihn aus?«

»Ich wußte nicht, was ich tun sollte. Ich wollte nicht anfangen zu schreien und einen dummen Skandal verursachen. Ich dachte, ich könnte ihm ein bißchen seinen Willen tun und ihn dadurch beruhigen, schließlich bin ich kein kleines Mädchen mehr und habe keine Angst vor Männern. Ich zog ihm Jacke, Schlips und Hemd aus und half ihm, Schuhe und Strümpfe auszuziehen. Aber weiter konnte ich wirklich nicht gehen. Er wollte, daß ich ihn bade. Und das war mir doch zuviel. Ich machte, daß ich wegkam.«

»Hat er nicht versucht, Sie aufzuhalten?«

»Nein. Er hat einfach losgeheult. Nachdem ich die Tür hinter mir zugemacht hatte, hörte ich ihn drinnen wie ein kleiner Junge weinen. Ich fuhr in die Bar hinunter und bestellte mir mehrere Drinks, und – Gott sei Dank – traf ich niemanden, den ich kannte. Dann ging ich in mein Zimmer und nahm eine Schlaftablette.«

Ich wartete, bis sie sich beruhigt hatte, dann sagte ich: »Als Sie ihn auszogen – ich meine, die Kleidungsstücke, die Sie ihm auszogen, was taten Sie damit?«

»Ach ja, das! Das war auch so eine abstruse Sache. Er gab mir Anweisungen. Er ließ mich die Schuhe in den Schrank stellen, mit den Spitzen nach vorn. Ich mußte seine Jacke auf den Bügel hängen und sein Hemd sorgfältig zusammenlegen.«

»Wie hat er Ihnen diese Weisungen erteilt?«

»Er sagte alles mit seiner Babystimme und in einem weinerlichen Ton. Also tat ich es. Wie ich Ihnen schon sagte, versuchte ich, ihn zu beruhigen. Er wollte auch, daß ich in seine Socken blies, bevor ich sie zusammenrollte. Ich weigerte mich, und er wurde gereizt und

verlangte, ich sollte ihn baden. Da rannte ich hinaus.«
Das war es also. Noch gestern abend hatte er darauf bestanden, daß seine Sachen ordentlich zusammengelegt wurden.
Henrietta unterbrach meinen Gedankengang. »Also, jetzt haben Sie, was Sie wollten. Er war auf *mich* wütend, und nicht wegen der fehlenden Kugelschreiber.«
»Vermuten Sie das nur, oder hat er es Ihnen heute morgen gesagt?«
Sie ließ sich von der Mauer gleiten. »Heute morgen habe ich ihn gar nicht gesehen. Nachdem ich ihn letzte Nacht verließ, habe ich ihn nicht mehr gesehen. Ich hatte auch kein Verlangen danach. Als ich heute morgen aufstand, frühstückte ich in meinem Zimmer, und um fünf nach neun rief ich unten an und erklärte, ich käme erst um zehn. Um diese Zeit würde er signieren, und es bestand keine Gefahr, daß ich ihm in die Arme lief.«
»Dann waren Sie also bei seiner Signierstunde heute vormittag gar nicht dabei?«
»Natürlich nicht.«
»Hat ihn nicht heute morgen jemand abgeholt?«
»Das weiß ich nicht. Ich jedenfalls nicht. Ich hatte es satt, ihn herumzuschleppen.«
Aber ich hatte den bestimmten Eindruck, daß er heute *vor* zehn Uhr eine Frau bei sich gehabt hatte. Irgend jemand hatte mir das gesagt. Sogar ein Name war dabei gefallen ... Zwecklos – es fiel mir nicht ein.
»Hören Sie, Henrietta«, sagte ich, »fangen Sie jetzt ja nicht an, sich einzureden, Sie seien an dem Geschehenen schuld. Es kann etwas völlig anderes gewesen sein. Hat Giles gestern abend irgend etwas gesagt, das darauf schließen läßt, daß er beunruhigt war, daß ihm etwas Sorgen machte?«
»Absolut nichts.«
»Denken Sie bitte einen Moment darüber nach! Ist irgend etwas Ungewöhnliches geschehen? Wurden Sie zu irgendeinem Zeitpunkt von jemandem aufgehalten? Hat jemand Giles angesprochen? Hat Giles etwas Merkwürdiges gesagt? Hat er seltsam gewirkt? Ich meine das nicht im Zusammenhang mit seinen Liebesspielchen. Gibt es irgendwas, wenn Sie jetzt zurückblicken, das Ihnen seltsam erschien?«
»Überhaupt nichts! Wirklich nicht!« Sie machte Anstalten zu

gehen. Daher fragte ich hastig: »Wann haben Sie ihn gestern abend verlassen?«

»Ich habe nicht auf die Uhr gesehen. Ich hatte das Gefühl, es war gegen elf, aber ich weiß es nicht. Hören Sie, ich möchte jetzt nicht mehr davon sprechen — und es bleibt dabei, es ist vertraulich.«

»Absolut. Und vielen Dank!«

Sie drehte sich um und eilte die Treppe hinunter.

Was sollte ich nun als nächstes tun? Ich wußte jetzt, was Giles bis gegen elf am vorhergehenden Abend gemacht hatte. Um zehn Uhr heute morgen hatte er signiert. Niemand hatte gesagt, er wäre zu spät gekommen, und man hätte es andernfalls sicher erwähnt. Was war in den elf Stunden zwischen dem gestrigen Abend und diesem Morgen geschehen und erklärte, was heute mittag passiert war? Gegen Ende dieses Zeitraums war jedenfalls eine Frau bei ihm gewesen. Das wußte ich mit Bestimmtheit, obwohl ich vergessen hatte, woher. Die Frage war nun: Wer war sie, und war sie die ganze Nacht mit ihm zusammengewesen?

Ich versuchte, mich an die Stelle von Giles zu versetzen. Solange Henrietta bei ihm gewesen und er mit seinem Spiel beschäftigt war, war er sicher nicht auf den Gedanken verfallen, auf dem Schreibtisch nachzusehen und festzustellen, ob das Päckchen und der Schlüssel sich dort befanden. Hatte er nach Henriettas Weggang vielleicht eine andere Frau gefunden, mit der er das Spiel weiterspielen konnte, und erst am Morgen das Fehlen des Päckchens bemerkt? Oder war er, nachdem Henrietta ihn im Stich gelassen hatte, enttäuscht eingeschlafen, ohne noch festzustellen, daß es fehlte? Oder hatte er es zwar festgestellt, jedoch gedacht, die Garderobe sei sowieso seit elf Uhr geschlossen, und war zu faul gewesen, um diesbezüglich etwas zu unternehmen?

Als ich die Halle betrat, hörte ich den Ausruf, den ich seit dem Autorenessen den ganzen Nachmittag unbewußt erwartet hatte.

»Darius! Ich habe dich den ganzen Tag lang gesucht.«

Ich glaubte nicht, daß es stimmte, aber es war nett von ihr, es zu behaupten.

»Hallo, Shirley«, sagte ich müde. »Tut mir leid, ich hatte einen schrecklichen Tag.«

»Ich weiß. Es spricht jeder davon. Wie gräßlich! Und ausgerechnet

du mußtest ihn finden! Ich nehme an, das war der Grund, warum du nicht zu meinem Stand gekommen bist, während ich signierte.«
»Ich habe die Zeit mit den Bullen verbracht, und es war nicht gerade ein Vergnügen«, verteidigte ich mich.
»Mein armer Liebling«, schnurrte sie.
»Ich fühle mich ziemlich mies. Ich glaube, ich gehe nach Hause und versuche, mich ein bißchen zu erholen.« Ich tat einen Schritt zurück. Sie sah überrascht und ein wenig gekränkt aus. »Nach Hause?«
Noch eine Minute früher hatte ich keineswegs die Absicht gehabt, nach Hause zu gehen, aber jetzt schien es mir das einzig Richtige zu sein. Mir fiel keine andere Möglichkeit ein, um eine weitere Nacht mit Shirley zu vermeiden, und das mußte ich unbedingt tun. Vielleicht konnte ich später einmal wieder mit ihr zusammensein, aber nicht in dieser Nacht, nicht während mir so klar vor Augen stand, daß ich niemals Giles' Leiche entdeckt hätte, wenn ich in der Nacht zuvor nicht bei Shirley gewesen wäre. Wenn ich heute darüber nachdenke, kommt mir meine damalige Einstellung unsinnig vor, aber zu jenem Zeitpunkt erschien sie mir sinnvoller als alles andere an jenem Tag.
»Es ist besser so, Shirley. Ich bin völlig ausgelaugt.« Ich brachte ein Gähnen zustande und entdeckte dabei, daß es nicht einmal schwierig war. »Bist du morgen wieder hier?«
»Weiß ich noch nicht«, sagte sie mit gleichgültigem Gesicht.
»Na, ich werde jedenfalls hier sein. Vielleicht sehen wir uns dann.«
Ich drehte mich um und verließ das Hotel. Zehn Stunden früher wäre ich jede Wette eingegangen, daß ich noch eine weitere Nacht mit Shirley verbringen würde. Jetzt dagegen wettete ich, daß sie nie mehr mit mir sprechen würde, und das tat mir verdammt leid.
Ich ging zu Fuß nach Hause. Es war ein gesunder Spaziergang am Park entlang, und ich beeilte mich nicht besonders. Meine Gedanken bewegten sich im Kreis, und ich kam zu keinem Schluß. Als ich in meiner Wohnung anlangte, konnte ich mich an keinen einzigen Schritt meines Weges mehr erinnern, obwohl es vom Hotel bis hierher über eine Meile weit ist.
Es war erst zehn Uhr dreißig, viel zu früh, um zu Bett zu gehen, aber ich wollte nicht länger wachbleiben. Bevor ich einschlief, fiel mir noch etwas ein. Isaac Asimov hatte doch gleichzeitig mit Giles signiert. Vielleicht hatte er Giles mit jemandem zusammen herein-

kommen gesehen. Asimov war morgen für irgendeine Diskussionsrunde vorgesehen — gegen elf, glaubte ich — ich mußte morgen früh auf der Anschlagtafel nachsehen. Es war irgendein Thema, das mich sowieso interessierte.

3

Ich schlief nicht besonders gut. Ich hatte schlimme Träume, an die ich mich nicht mehr genau erinnere. Gegen sechs Uhr morgens öffnete ich die Augen, hatte einen schlechten Geschmack im Mund und merkte, daß mein Kopfkissen naßgeschwitzt war.
Ich starrte eine Weile an die Decke und entschied schließlich, daß ich doch nicht mehr einschlafen könnte. Also quälte ich mich aus dem Bett, duschte und rasierte mich und mußte mir dann überlegen, wie ich es mit dem Frühstück halten sollte. Ich hatte keine Lust, dabei allein zu sein. Draußen war ein strahlender Morgen, warm genug, um zu Fuß bis zum Hotel zu gehen.
Der Imbißraum des Hotels war ziemlich voll, obwohl ich schon gegen halb sieben dort war. Nachdem ich mir Pfannkuchen mit Schinken bestellt hatte, hörte ich den Gesprächen an den Nebentischen zu.
Muhammad Ali schien der Hit der Buchmesse gewesen zu sein. Er war groß und frech gewesen, und das Publikum fand es anscheinend aufregend, einen Mann vor sich zu sehen, der einen mit einem einzigen Faustschlag wie eine Laus zerquetschen konnte.
Auch die Mutter von Joe Namath wurde viel kommentiert. Sie hatte ebenfalls Aufsehen erregt, als sie für die Biographie warb, die sie über ihren Sohn geschrieben hatte.
Nachdem ich mit meinem Frühstück fertig war, machte ich noch einen Rundgang durch das Lokal und hörte mir andere Gespräche an. Ich hörte Klagen über den Rabatt, den man bei Lehrbüchern bekam (nicht hoch genug), über die Pakete, in denen die Bücher geliefert wurden (nicht leicht genug zu öffnen), über den Zustand der Lieferungen (zu stark beschädigt) und lautes Gezeter über die Post (völlig unzulänglich!).
Ich war nicht etwa neugierig, verstehen Sie. Ich wollte lediglich

wissen, in welchem Maße Giles Tod die Atmosphäre der Buchmesse beeinflußt hatte. Die Antwort war einfach: Überhaupt nicht. Ich schnappte eine einzige Bemerkung auf, die Giles Tod betraf.
Ein Mann aus Poughkeepsie sagte: »Gestern ist jemand beim Duschen ausgerutscht und war sofort tot. Hast du davon gehört?« Er wußte nicht mal Giles Namen.
Die Antwort war: »Ich sage immer, man soll nicht duschen. Ein Vetter von mir ...« und es begann eine langweilige Geschichte, die ich nicht hören wollte.
Das Leben geht eben weiter.

Um Viertel vor neun fuhr ich mit dem Aufzug nach oben. Ich bezweifelte, daß der Sicherheitschef des Hotels bereits an seinem Schreibtisch saß, und wußte auch nicht mal, wo dieser Schreibtisch stand. Aber ich wußte, wo Sarahs Büro war. Wahrscheinlich war sie auch noch nicht da, aber ich konnte warten.
Ich hatte unrecht, sie war da. Ich sah sie durch die Glastür des Vorzimmers, klopfte und rief »Hallo«.
Sie wandte den Kopf, sah mich und sagte: »Kommen Sie herein.«
Sie lächelte nicht. Ich hatte schon bemerkt, daß sie nicht so leicht lächelte, aber sie runzelte auch nicht die Stirn. Sie trug ein dunkelgrünes enges Kleid mit tiefem Ausschnitt. Ein angenehmer Anblick an einem frühen Morgen.
»Wie geht es Ihnen, Darius?« fragte sie. »Sie sehen ein bißchen abgespannt aus.«
»Ich habe einen schlechten Tag und eine schlechte Nacht hinter mir. Aber es ist nicht weiter schlimm.«
Ihr kühler Gesichtsausdruck wurde milder. Sie blickte mich mitfühlend an. »Wegen Mr. Devores Tod?«
»Ja.«
»Wenn ich nicht während des Autorenessens zu Ihnen gekommen wäre ...«
»Wieso? Ich hätte mich ohnehin irgendwann daran erinnert. Wenn nicht durch Sie, dann durch etwas anderes.«
»Der Polizeiarzt ist erst gegen sieben Uhr dreißig erschienen.«
»Und was ist mit Eunice geschehen, mit Mrs. Devore, meine ich?«
»Ich nehme an, sie ist nach Hause gefahren. Möchten Sie Kaffee?«
»Nein, ich habe gerade welchen getrunken. Was ich dringend

brauchte, wären mindestens sechs Stunden Ruhe — vorzugsweise in Ihren Armen.«

Weshalb ich das sagte, weiß ich nicht, denn sie zog mich nicht eigentlich an, aber wenn man mein Alter erreicht hat und auf eine lange und erfolgreiche Karriere in punkto Frauen zurückblicken kann, rutscht einem so etwas wohl völlig automatisch heraus.

Sie lehnte sich in ihrem Sessel zurück und lächelte. »Tun Sie lieber nichts, was mich meinen Job kosten kann.«

Damit hatte sie mich aus dem Konzept gebracht. Ihre Gestalt straffte sich, und sie saß wieder in tadellos korrekter Haltung da. »Aber kann ich in geschäftlicher Hinsicht etwas für Sie tun?«

»Wann kommt der Sicherheitschef?«

»Marsogliani? Meistens ziemlich früh, aber ich weiß nicht, ob er schon da ist. Möchten Sie mit ihm sprechen?«

»Sehr gern sogar.«

Sie zuckte die Achseln. »Ich werde ihn anrufen, aber wissen Sie, er war gestern abend ein bißchen wütend auf Sie. Er sagte, Sie wären ein aufdringlicher Mensch.«

»Bin ich auch. Zumindest augenblicklich. Würden Sie mir zum Beispiel, bevor Sie anrufen, eine Frage beantworten?«

»Das hängt von der Frage ab.«

»Gibt es hier im Hotel ein Drogenproblem?«

»Ein Drogenproblem?«

»Ich meine, ist das Hotel in irgendeiner Weise in Rauschgifthandel oder -schmuggel verwickelt?«

»Natürlich nicht!«

»Na gut. Eigentlich meinte ich eher, ob hier so was vorgeht — ohne Wissen der Hotelleitung.«

Sie starrte mich nachdenklich an. »Warum fragen Sie das?«

»Ich sagte Ihnen doch, daß ich ein aufdringlicher Mensch bin.«

»Das sind Sie wirklich. Sie haben nicht das Recht, mir eine solche Frage zu stellen, und ich kann sie Ihnen nicht beantworten. Da müßten Sie sich an Marsogliani wenden.«

»Würden Sie ihn jetzt bitte anrufen?«

Sie wählte, und er hob sofort ab. Sie sagte ihm, daß ich ihn sprechen wollte, und ich hatte den Eindruck, er hätte abgelehnt, wenn Sarah sich nicht für mich eingesetzt hätte.

»Danke, Sarah«, sagte ich. »Ich würde nie etwas tun, wodurch Sie

Ihren Job verlieren, aber es kostet mich Überwindung.«
Sie lächelte ein bißchen.
Beim Hinausgehen traf ich ihre Sekretärin, die gerade das Vorzimmer betrat. Sie blickte erst Sarah und dann mich mit einem nachsichtig wissenden Lächeln an. Sie war eine gutaussehende Schwarze von etwa dreißig Jahren.
Ich hob ergeben die Hände. »Geschäftlich«, sagte ich, »rein geschäftlich.«
Sie lachte freundlich. Ich glaube, sie hätte nichts dagegen gehabt, wenn es anders gewesen wäre.

Marsogliani lächelte nicht, als ich sein Büro betrat, das ebenfalls im sechsten Stock lag. Er ließ mich warten, während er gemächlich ein paar Papiere studierte. Er zeigte deutlich, daß er sich nicht extra beeilte. Ich saß ihm ganz entspannt gegenüber, entschlossen, kein Anzeichen von Ungeduld merken zu lassen, aber meine Augen verfolgten jede Bewegung.
Es war schon nach neun, als er sein Spielchen endlich aufgab. »Was kann ich für Sie tun?« fragte er.
»Könnten Sie für mich herausfinden, ob sich bei Mr. Devores Autopsie Rauschgift ergeben hat?«
»Nein«, sagte er. »Rufen Sie die Polizei an, oder fragen Sie seine Frau. Kann ich sonst noch etwas für Sie tun?«
»Die Polizei wird mir keine Auskunft geben, und es wäre ziemlich rücksichtslos, seine Frau im Augenblick mit so was zu belästigen. Aber könnten nicht Sie bei der Polizei anfragen?«
»Die würde mir auch nichts sagen. Es geht mich nichts an.«
»Wirklich nicht? Im Hotelzimmer des Toten war Heroin.«
»Ich habe keins gesehen.«
»Aber es war dort. Jemand hat es weggewischt.«
Sein Gesicht rötete sich leicht. »Wer ist dieser Jemand? Ich?«
»Ich beschuldige niemanden, aber es war zuerst dort, und später war es nicht mehr dort. Es scheint mir wichtig zu wissen, ob es etwas mit Devore zu tun hatte. Wenn er nicht rauschgiftsüchtig war, könnte es von seinem Zimmervorgänger gestammt haben.« Ich sagte ihm nicht, woher ich diese Idee hatte. Ich wollte Strongs Job nicht gefährden, genauso wenig wie den von Sarah.
»Und wenn es so wäre, was dann?«

»Wäre es dann ein Einzelfall, oder gibt es hier im Hotel ein Drogenproblem?«
»Ich weiß nicht, was Sie mit Drogenproblem meinen.«
»Ich weiß es auch nicht so genau. Irgend etwas, das es nicht wünschenswert erscheinen läßt, daß Heroin in einem der Hotelzimmer gefunden wird.«
»Das wäre zu keiner Zeit und auf keinen Fall wünschenswert.«
»Wenn Sie aber doch welches finden würden, würden Sie es dann der Polizei melden?«
»Natürlich.«
»Oder würden Sie die Sache stillschweigend regeln?«
Marsogliani sah mich eine Weile an, dann sagte er: »Heutzutage gibt es überall Probleme im Zusammenhang mit Drogen, und es gibt kein Hotel, in dem nicht hie und da Drogenfälle vorkommen. Anders wäre es dagegen, wenn es in diesem Hotel etwas gäbe, das man als Drogenproblem bezeichnen könnte. Das würde ich mit Sicherheit der Polizei melden, und Ihnen würde ich es ebenso sicher *nicht* erzählen.«
»Sie würden zum Beispiel nicht stillschweigend das Heroin in einen Briefumschlag wischen und mitnehmen?«
»Nein, und Sie haben Glück, daß Sie so ein kleines Würstchen sind, sonst würde ich Sie in zwei Teile zerlegen und jedes einzeln aus meinem Büro feuern.«
»Da bin ich aber froh, daß ich so klein bin«, sagte ich sehr höflich und stand auf.
»Einen Moment! Wie war noch Ihr Name?«
»Darius Just.«
»Mr. Just, ich nehme an, Sie fragen das alles, weil Sie immer noch glauben, daß der Mann im Zimmer 1511 ermordet worden ist. Haben Sie Ihre Theorie der Polizei gegenüber erwähnt?«
»Nein, nachdem ich gesehen hatte, wie Sie darauf reagierten, dachte ich, daß ich zuerst gründlichere Nachforschungen anstellen müßte.«
»Verstehe. Nun, Mr. Just, dann lassen Sie es mich einmal so ausdrücken: Entweder wurde der Mann von Zimmer 1511 ermordet oder nicht. Wenn er nicht ermordet wurde, werden Ihre Nachforschungen zu nichts führen, aber sie dürften für das Hotel recht lästig sein, und ich sehe mich möglicherweise außerstande, der Versuchung zu widerstehen, Ihnen den Hals umzudrehen. Und falls er ermordet

wurde, werden Ihre unerwünschten und ungeschickten Nachforschungen den Mörder vielleicht dazu veranlassen, auf die selbe Weise mit Ihnen zu verfahren, um keinen Ärger zu haben. Denken Sie darüber nach!«

Ich verließ ihn, ohne etwas erreicht zu haben. Bevor ich mit Marsogliani gesprochen hatte, war ich ziemlich sicher gewesen, daß er das Heroin weggewischt hatte, um das Hotel zu schützen. Mein Gespräch mit ihm hatte mich weder in meiner Meinung bestärkt, noch vom Gegenteil überzeugt. Es war also alles offen wie bisher.

Ich ging den Flur entlang zum Aufzug und war mir meiner Niederlage bewußt. Rechts war die Glastür, durch die man in Sarahs Büro gelangte, aber ich hatte keinen Vorwand, zu ihr zu gehen. Die Entscheidung wurde mir abgenommen, denn Sarah stand plötzlich vor mir. Ihre hohen Absätze ließen sie fast so groß erscheinen wie ich. Sie sagte: »Mr. Marsogliani hat mich gerade angerufen. Er hat mir gesagt, er wollte Sie nie wieder sehen, ganz gleich aus welchem Grund. Ich dachte mir, daß Sie hier vorbeikommen würden, und hoffte, Sie seien noch am Leben. Er schien wütend zu sein.«

»Er war auch leicht wütend. Er hat mich nur nicht verprügelt, weil ich so klein bin.«

Sie sah mich prüfend von oben bis unten an. »Wenn auch nur ein Mensch auf der Welt Sie wegen Ihrer Größe so sehr verachtete, wie Sie selbst es tun, dann hätten Sie wirklich Grund, sich zu beklagen.«

»Noch vorgestern abend erklärten Sie . . .«

»Aber«, unterbrach sie mich, die Hände faltend, »ich habe mich dafür entschuldigt. Das ist nicht nett von Ihnen.«

»Sie haben recht«, sagte ich ernsthaft. »Diesmal bin ich an der Reihe, mich entschuldigen zu müssen. Ich entschuldige mich also hiermit.«

»Ich habe hier im Hotel ein Zimmer, das ich benützen kann, wann ich will«, sagte sie. »Würden Sie mit mir kommen? Hier werden wir nämlich bald gestört. Ich erwarte den Werbeleiter.«

»Wird er nicht weggehen, wenn er Sie nicht antrifft?«

Ihre Lippen spannten sich »Das wird er nicht wagen. Er wird auf mich warten. Ginger«, rief sie ins Nebenzimmer, »wenn jemand nach mir fragt, soll er auf mich warten. Lassen Sie ihn nicht wieder weg. Ich bin bald zurück . . . Kommen Sie, Darius?«

»Mit Vergnügen«, sagte ich und spürte, daß mir jeder einzelne

Zentimeter von ihr lieber wurde als von jeder Frau, die ich kannte, aber das bedeutet im ganzen gesehen leider nicht viel.
Sie stieg im dritten Stock aus und schien sicher zu sein, daß ich ihr folgte, was ich auch tat. Mit uns zusammen stieg noch ein jüngerer Mann aus, der jedoch in die andere Richtung ging. Er trug nicht wie auf der Messe üblich ein Namensschild.
Sie öffnete schnell eine Tür, und ich folgte ihr ins Zimmer. Sie hängte das Schild mit der Aufschrift: »Bitte nicht stören« hinaus und schloß dann die Tür.
»Was werden die Leute denken, wenn sie dieses Schild sehen?« fragte ich sie.
»Sollen sie denken, was sie wollen!«
Sie setzte sich. »Dies ist eins von den Zimmern für die Belegschaft. Sie sind praktisch, wenn jemand von uns sich nicht wohl fühlt oder über Nacht hierbleiben muß.«
»Wirklich sehr bequem«, sagte ich.
»Und jetzt sagen Sie mir bitte – Sie haben mich vorhin nach Drogenproblemen gefragt. Haben Sie Mr. Marsogliani dieselbe Frage gestellt?«
»Sie haben mir doch gesagt, ich sollte es tun.«
»Ich habe Ihnen gesagt, daß er derjenige sei, den man danach fragen müsse. Ich dachte nicht, Sie würden oder sollten es tun.«
»Ich habe es aber getan.«
»Warum? Warum fragen Sie nach Drogen?«
»Warum möchten Sie das wissen?«
»Ich werde Ihnen eine Information geben, wenn Sie es mir sagen.«
»Das ist der Lohn, aber nicht der Grund! Also, warum wollen Sie es wissen?«
»Weil ich fürchte, daß Sie glauben, Mr. Devore sei ermordet worden.«
»Das glaube ich auch. Ich bin sogar sicher, daß es so ist.«
»Ach, du lieber Himmel!« sagte sie.
»Ich weiß, es wäre schlecht für das Hotel«, bekannte ich matt.
»Ja, das könnte sein. Ich denke dabei an Dr. Asimov und sein Buch über den Mord auf der Buchmesse.«
Das hatte ich völlig vergessen. »Oh, verflixt«, sagte ich.
»Haben Sie ihm schon von Ihrem Verdacht erzählt?«
»Nein, das habe ich nicht, aber wenn es wirklich Mord ist, kommt es

doch heraus, und dann könnte Asimov es ausnützen. Aber machen Sie sich deswegen nur keine Sorgen. Ich kenne ihn. Wenn er es ausgeschmückt, es in seinen eigenen wässerigen Stil transformiert und alle Personen soweit verändert hat, daß sie seinen pseudoromantischen Vorstellungen entsprechen, wird kein Mensch mehr die wirkliche Geschichte dahinter vermuten. Und ich garantiere Ihnen persönlich dafür, daß er weder das Hotel nennen, noch irgendwelche Hinweise geben wird, die es verraten. Also, was wollten Sie mir erzählen?«

»Daß die ganze Sache vielleicht komplizierter ist, als Sie denken. Ich sage es Ihnen nicht gern ... Es ist höchst unerfreulich, und ich sollte es eigentlich gar nicht wissen ... Darius.«

»Ja?«

»Darius, es gibt wirklich ein Drogenproblem. Ich habe davon sprechen gehört.«

»Ist das nur Ihre Vermutung? Oder ist es eine bombensichere Information?«

»Nicht ganz. Aber ich möchte darauf wetten.«

»Also, was ist los?«

»Das hier ist vielleicht ein Umschlagplatz für Drogen.«

»Dieses Hotel?«

»Warum nicht? Tausende von Menschen kommen und gehen. Alles geschieht ganz anonym. Wenn Mr. Devore ermordet wurde, wer würde dann den Mörder in dieser Menge finden? Wer könnte jemanden identifizieren, der in sein Zimmer gegangen ist? Wer würde es überhaupt sehen und sich dafür interessieren? Es gibt kaum etwas Anonymeres und Unübersichtlicheres als so ein Riesenhotel.«

»Folglich könnte man es gut als Drogenumschlagplatz benutzen. Jemand bringt das Rauschgift her, und jemand anders verteilt es.«

»So ist es vermutlich. Ich weiß nur sehr wenig davon.«

»Und wieso meldet die Hotelleitung das nicht der Polizei?«

»Das Beweismaterial reicht wohl noch nicht aus, und Mr. Marsogliani ...«

»... möchte den Ruf des Hotels nicht gefährden?«

Sarah schüttelte den Kopf. »Das trifft nicht ganz zu. Wenn er erst mal genügend Beweise zusammen hat und sie der Polizei vorlegen kann, dann wird man dem Hotel dankbar sein. Was andernfalls schlechte Publicity wäre, ließe sich dadurch fast in positive Publicity verwandeln.«

»Und ich drohe ihm diesen Plan zu durchkreuzen, nur wegen einer solchen Bagatelle wie einem Mord.«

»Sie wissen nicht mit Bestimmtheit, daß es Mord ist. Und wenn ja, woher wollen Sie wissen, daß er mit dem Drogenproblem zusammenhängt?«

»Im Zimmer war Heroin«, sagte ich.

Sie sah mich erschrocken an. »Sind Sie sicher?«

»Nein, sicher bin ich nicht. Ich hatte keine Möglichkeit, es genau zu untersuchen, weil es plötzlich verschwunden war – aber daß es verschwand, genügt mir als Beweis.«

»War Mr. Devore denn rauschgiftsüchtig?«

»Ich bin überzeugt, er war es nicht.«

»Aber wenn er es nicht war, war er dann Ihrer Meinung nach ein Glied in der Verteilerkette? Würde das seinen Tod erklären? Daß er sich nicht so verhielt, wie es das . . . das . . .«

». . . das Syndikat haben wollte?«

»Ja. Und darum haben sie ihn . . . haben sie ihn . . .«

»Liquidiert?«

»Ja. Ist es das, was Sie glauben?«

»Nein«, sagte ich. Wieder hörte ich von jemandem eine Theorie, an die ich nicht selbst gedacht hatte und die beunruhigend plausibel klang.

»Sollten Sie die Nachforschungen nicht lieber Leuten überlassen, die so was berufsmäßig tun?«

»Ich glaube nicht, daß diese Leute die Tatsache akzeptieren werden, daß es ein Mord war.«

»Aber begreifen Sie denn nicht, daß, falls er ermordet wurde und Rauschgift im Spiel ist, verzweifelte, gefährliche Leute in die Sache verwickelt sind und Sie selbst in Gefahr geraten, wenn Sie der Wahrheit zu nahe kommen?«

Ich sagte bedrückt: »Ich bin nicht scharf darauf, ermordet zu werden. Ich werde vorsichtig sein.«

Sie lächelte plötzlich. »Dann lassen Sie doch Mr. Marsogliani die Sache weiterverfolgen. Er weiß schon, wann er zur Polizei gehen muß.«

Mir kam es so vor, als ob sie zu prompt reagierte und zu betont

munter. Marsogliani hatte mich gewarnt und dann Sarah angerufen und unsere Sitzung hier arrangiert, um mich weiter unter Druck zu setzen. Das Ganze war von Sarah ein bloßes Theater gewesen, um mich kooperativ zu stimmen. Ich sagte kalt: »Ich muß jetzt gehen, ich will zu einer Diskussion«, und rannte hinaus.
Ich fuhr in den dritten Stock hinunter und setzte mich äußerst verärgert in den noch völlig leeren Saal. Erst um Viertel vor elf würden die Teilnehmer der Diskussionsrunde eintreffen, deren Thema lautete: »Versuch einer Erklärung des Unerklärlichen.«
Ich ging in Gedanken noch einmal das letzte Gespräch mit Sarah Voskovek durch.
Es hatte also alles zu einer Intrige gehört. Das besondere Zimmer, in dem man nicht gestört wurde, das Geheimnis, das man wir anvertraute. Das alles schuf eine Atmosphäre, die mir Angst einjagen und mir den Mund verschließen sollte.
Es regte mich deshalb so auf, weil ich angefangen hatte, Sarah füı eine nette Person zu halten.
»Mr. Just?«
Ich blickte auf. Michael Strong vom Sicherheitsteam stand vor mir.
»Hallo«, sagte ich. »Schon dienstfrei?«
»Frühstückspause«, erwiderte er. »Ich möchte die Diskussion anhören.« Im Konversationston fügte er hinzu: »Das ist die interessanteste Messe, seit ich hier im Hotel angestellt bin. Darf ich mich zu Ihnen setzen, Mr. Just?«
»Warum nicht«, antwortete ich. »Sie werden sich doch wohl nicht selbst hinausschmeißen, weil Sie kein Messeabzeichen tragen?«
Er lachte schwach und setzte sich auf den Platz neben mir.
Wenn man in Betracht zog, daß es in diesem Raum mehrere hundert freie Plätze gab, konnte der Eifer, mit dem er meine Nähe suchte, nur zweierlei bedeuten: Entweder eine besondere Zuneigung zu meiner Person oder einen Befehl seines Chefs, mich im Auge zu behalten. Ich hatte Sarah gesagt, daß ich an einer Diskussion teilnehmen wollte, und wahrscheinlich waren zu diesem Zeitpunkt nicht besonders viele Diskussionen angesetzt, vielleicht nur diese eine. Es konnte ihm also nicht schwergefallen sein, mich zu finden.
Strong holte einen gelben Schreibblock aus seiner Jacke und wählte einen Kugelschreiber aus dem Sortiment in seiner Brusttasche. Er wollte Notizen machen. Er spielte seine Rolle gut.

»Wie geht es Ihrem Chef?« fragte ich.
Strong sah mich mit großen Augen an. »Er hat eine gräßliche Laune, Mr. Just.«
»Glauben Sie, meinetwegen?«
»Ich weiß es nicht. Warum Ihretwegen?«
»Ich habe ihm meine Theorie bezüglich des Heroins vorgetragen.«
»Was für Heroin? Wovon sprechen Sie?« Er hatte die Stimme zu einem Flüstern gesenkt, obwohl sich im Umkreis von acht Metern niemand in unserer Nähe aufhielt.
Ich senkte ebenfalls die Stimme. »Ich habe Marsogliani mitgeteilt«, log ich absichtlich, um zu sehen, wie er reagierte, »ich wüßte ziemlich sicher, daß das Hotel ein Drogenumschlagplatz sei und daß er nicht wollte, daß die Polizei davon Wind bekam.«
Ich erfuhr auch, was ich wissen wollte, denn ein Ausdruck höchsten Erstaunens erschien auf Strongs Gesicht.
Jetzt war die Sache mit Sarah für mich klar. Strong war nicht gerade ein helles Licht, sicher nicht der Mann, dem Marsogliani sich anvertraute, und wahrscheinlich hatten sich Sarah und er nicht die Mühe gemacht, Strong über meine Person aufzuklären. Wenn es kein abgekartetes Spiel gewesen wäre und das mit dem Drogenproblem im Hotel stimmte, dann hätte Strong mit größerer Wahrscheinlichkeit Gerüchte darüber gehört als Sarah. Aber da Sarah und nicht er mir davon berichtet hatte und er offenbar über das, was ich ihm sagte, höchst erstaunt war, lag der Fall für mich klar. Zum erstenmal war ich stolz, daß es mir gelungen war, alles so logisch zusammenzufügen.
»Wie lange arbeiten Sie schon als Sicherheitsmann hier, Mike?«
»Ah – zweieinhalb Jahre«, stotterte er.
»Und während der ganzen Zeit haben Sie nie etwas Derartiges bemerkt – etwas im Zusammenhang mit Drogen und ähnlichen Dingen?«
»N-nein«, sagte er ernsthaft und starrte mich ganz entsetzt an. »Sie müssen wahnsinnig sein, zu Mr. Marsogliani so etwas zu sagen.«
»Nicht, wenn es wahr ist.«
»Aber es ist nicht wahr. Ich wundere mich nur, daß er Sie nicht verprügelt hat.«
»Ich bin zu klein, als daß man sich an mir vergreift.«
Strong starrte mich immer noch voll Entsetzen an. »Sie haben es

doch hoffentlich sonst niemandem gesagt?«
»Nur heute morgen Mr. Marsogliani und jetzt Ihnen.« Das stimmte auch. Ich hatte es Sarah nicht gesagt. Ich hatte sie danach gefragt, und sie hatte es mir gesagt.
»An Ihrer Stelle würde ich lieber nicht darüber sprechen.«
»Weil es dem Hotel schadet?«
»Sicher. Besonders wenn es nicht stimmt.«
»Okay!« sagte ich leichthin und lehnte mich auf meinem Stuhl zurück.
Strong fragte ziemlich abrupt und nervös: »Sie haben doch Mr. Marsogliani nicht etwa erzählt, daß ich Ihnen sagte, das Pulver stamme vielleicht noch von Mr. Devores Zimmervorgänger, so als ob es ...« – er stockte – »als sei es ganz alltäglich, solches Zeug hier im Hotel zu finden?«
Ich hatte Mitleid mit ihm. Mir war ziemlich klar, daß Marsogliani Strong in hohem Bogen zum Hotel hinausbefördern würde, wenn er von dessen Bemerkung erfuhr. Ich hatte nicht die Absicht, den armen Kerl um seinen Job zu bringen. Daher sagte ich: »Ich habe ihn darauf hingewiesen, daß das Pulver vielleicht schon vorher dort lag, aber Sie habe ich dabei mit keinem Wort erwähnt.«
Er sah nicht überzeugt aus. Er schien verwirrt und starrte mich an, als versuchte er, sich über meine Aufrichtigkeit klarzuwerden. Ich konnte es nicht ändern. Ich sah keine Möglichkeit, ihn davon zu überzeugen, daß ich ein ehrlicher Mann war.
Eine Stimme unterbrach uns. Ich sah auf. Es war Asimov, der zehn Minuten zu früh zur Stelle war.
»Darius! Du bist gekommen, um mich mein Sprüchlein sagen zu hören. Ich bin gerührt«, begrüßte er mich.
»Das ist immer interessant, dir zuzuhören, Isaac.«
»Möchtest du die andern Diskussionsteilnehmer kennenlernen?«
»Warum nicht?« Ich wandte mich an Strong. »Sie müssen mich entschuldigen.« Er murmelte etwas, das wie Zustimmung klang, und ich verließ ihn. Als ich mich später noch einmal nach ihm umsah, war er nicht mehr da. Offenbar war er zu Marsogliani gegangen, um ihm Bericht zu erstatten. Es tat mir ein bißchen leid, daß ich ihn so aufgeregt hatte, weil ich mir über die Doppelzüngigkeit von Sarah Klarheit verschaffen mußte.
Die Diskussionsrunde erwies sich als eine Gruppe von ziemlich be-

eindruckenden Namen. Mit eifriger und fröhlicher Miene machte Asimov mich mit dem Astronomen Carl Sagan bekannt. Er war groß und schlank, hatte schwarzes Haar und dunkle Augen und sprach sehr schnell. Asimov stellte mich als einen »wirklichen Schriftsteller« vor, eine Bemerkung, nehme ich an, die darauf abzielte, deutlich zu machen, daß er sich ebenfalls zu den »wirklichen Schriftstellern« rechnete.

Sagan nickte liebenswürdig, aber ich habe ein sicheres Gespür für Leute, die schon von mir gehört haben. Sagan hatte es nicht.

Walter Sullivan von der *New York Times* war der Moderator. Er war eifrig bemüht, höflich zu sein, und als ich ihm als Schriftsteller vorgestellt wurde, sagte er so begeistert: »Oh, ja«, als ob er sich jeden Abend mit meiner Hilfe in den Schlaf lesen würde. Ich ließ mich beinahe täuschen.

Die beiden andern kannte Asimov nicht persönlich, aber sie bedurften keiner Vorstellung. Der eine war Charles Berlitz, der gerade ein Buch über das Bermudadreieck geschrieben hatte, und der andere war Uri Geller, der israelische Magier, der im Fernsehen Schlüssel verbiegt.

Asimov und Sagan bildeten eine Partei, Berlitz und Geller die andere. Doch die Diskussion verlief völlig spannungslos. Ich weiß nicht, ob die geringe Anzahl an Zuschauern den Geist der Diskussionsrunde dämpfte, auf jeden Fall wurde es eine ruhige Stunde.

Ich blickte auf, und wieder stand Asimov vor mir. Ich muß so sehr in Gedanken versunken gewesen sein, daß ich nicht merkte, daß die Zuschauer sich zerstreut hatten und nur noch eine Handvoll Leute an der Tür standen und sich mit Charles Berlitz unterhielten.

Asimov grinste breit. »Komm, iß mit mir zu Mittag, falls du nichts Besseres zu tun hast.«

Da mit ihm zu essen mein erhofftes Ziel war, das ich durch meine Anwesenheit bei der Diskussion hatte erreichen wollen, sagte ich: »Na klar komme ich mit!« Aus Höflichkeit erkundigte ich mich: »Und was ist mit deinen Freunden? Den andern Diskussionsteilnehmern?«

»Die sind schon weg«, sagte er. »Sie sind nur zur Diskussion gekommen.«

»In diesem Fall – da du nichts Besseres vorhast – gehe ich gern

mit dir essen.«
»Nur keine falsche Bescheidenheit.« Offenbar war seiner guten Stimmung damit noch nicht Genüge getan, denn er fügte hinzu: »Das Essen geht natürlich auf meine Rechnung.«
Ich hätte dagegen protestieren können, aber dieses Angebot war so wenig charakteristisch für ihn, daß es mir die Sprache verschlug. Also blieb es aus Mangel an Einwänden von meiner Seite dabei, daß er das Essen bezahlte.
Asimov schlug vor, daß wir das Hotel verlassen und in ein chinesisches Restaurant gehen sollten.
Unterwegs sagte er: »Hör mal, erinnerst du dich an die Kleine mit dem dicken Busen, die am Sonntag abend über dich hergefallen ist?«
»Ich erinnere mich«, erwiderte ich grimmig.
»Sie wußte nicht, wer du warst, weißt du. Sie kam gestern kurz vor der Signierstunde zu mir und hat sich untertänigst bei mir entschuldigt – was ich nett von ihr fand. Dann fragte sie mich, wer du seist. Du hättest sehen sollen, wie blaß sie wurde, als ich ihr sagte, du seist Darius Just. Geh zu ihr, und gib dem armen Ding eine Chance, es wiedergutzumachen.«
»Das hat sie schon getan«, sagte ich. »Wir können sie vergessen.«
Den Rest des Weges schwatzte er über seine Artikel, in denen er Astrologie und andere Irrglauben verdammte, und die Briefe, die er darauf bekäme. Ich antwortete ihm nur zerstreut, da ich mich lieber auf meine eigenen Gedanken konzentrierte, und schließlich erreichten wir das Restaurant, das wie die meisten seiner Art einer dämmrigen Höhle glich – etwas, das ich begrüßte.
Nachdem wir uns gesetzt hatten, stürzte sich Asimov auf die Speisekarte und bestand darauf, für uns beide die Wahl zu treffen, was mir recht war, denn er bestellte chinesische Ente und Schweinefleisch süßsauer, beides Gerichte, die ich beim Hinsetzen beiläufig erwähnt hatte, und außerdem Suppe und eine Vorspeise.
»Du scheinst guter Stimmung zu sein, Isaac«, bemerkte ich.
»Na ja, ich habe die Signierstunde hinter mir und heute die Diskussion und gleich nach dem Essen kann ich nach Hause verschwinden, mich um die Post kümmern und einen Artikel schreiben, der überfällig ist.«
»Und wie steht's mit dem *Mord auf der Buchmesse*? Hast du das

Lokalkolorit, das du brauchst?«
»Genügend«, sagte er leichthin. »Ich werde nicht allzuviel benötigen, glaube ich.«
»Hast du den Handlungsablauf schon entwickelt?«
»Nein, aber das mache ich nie im voraus. Den Aufhänger habe ich, und das übrige mache ich, während ich schreibe.«
»Und was passiert, wenn du dich mittendrin verhedderst und nicht mehr klarkommst?«
»Das passiert nicht«, meinte er fröhlich, »ich komme immer klar!«
Der Kellner erschien und belegte den Tisch mit den Vorspeisenschüsseln. Ich wußte, daß anschließend die Suppe und dann die Hauptgerichte kamen und dazwischen der Tee, und daß es keinen Zweck haben würde, unser Gespräch weiterzuführen. Sobald das Essen auf dem Tisch steht, ist es reine Zeitverschwendung, mit Asimov reden zu wollen. Die Welt besteht dann nur noch aus ihm selbst und dem Essen. Ich aß also schweigend und ließ ihn in Ruhe.
Als er das letzte Stück Ente hinuntergeschlungen hatte, fragte ich: »Und wen läßt du in deiner Geschichte auf der Buchmesse abmurksen? Giles?«
Er sah aus, als hätte ich an einer Schnur gezogen und sein Licht ausgelöscht. Sogar der Nachglanz des guten Essens schien zu verblassen.
»Weißt du, die Sache mit Giles geht mir wirkliche nahe. Gerade deswegen, weil sie mir eigentlich nicht nahegeht. Verstehst du, was ich meine?«
»Nein.«
»Nun, ich albere mit allen Leuten herum, wie zum Beispiel auch mit dir. Ich bringe es nie fertig, auszudrücken, was Menschen mir wirklich bedeuten. Ich begrabe alles unter meinen Blödeleien. Weißt du, ich mochte ihn eigentlich nur ein ganz klein wenig«, bekannte er, als handle es sich um ein Geständnis.
»Dagegen gibt es kein Gesetz«, sagte ich. »Ich mochte ihn auch nicht.«
»Aber ich mag es nicht, wenn ich Leute nicht mag.«
»Du kannst nicht immer alles so haben, wie du möchtest ... Soll das heißen, daß du Giles nicht in deinem Buch verwenden wirst?«
»Unter seinem Namen natürlich nicht. Und auch nicht so, daß man ihn wiedererkennt. Wer will schon Ärger mit Eunice bekommen?

Trotzdem wäre es möglich, daß ich mich von der Sache mit Giles inspirieren lasse. Natürlich müßte es dann ein Mord und kein Unfall sein.«
Ich dachte, na gut, versuchen wir's noch mal. Laut sagte ich: »Ich glaube, daß es ein Mord und kein Unfall war.«
Er starrte mich einen langen Augenblick an, dann sagte er mit einer Stimme, die eine halbe Oktave höher klang als normal:
»Die Polizei meint, er wurde getötet?«
»Nicht die Polizei«, verbesserte ich. »Die hält es für einen Unfall, wie mir bekannt ist, und alle andern auch. Meines Wissens bin ich der einzige, der an Mord glaubt. Ich möchte Beweise dafür finden, und ich muß mit dir darüber sprechen.«
»Mit mir?«
»Warum nicht?«
»Es war bestimmt kein Mord. Laß die Idee fallen, Darius.«
»Das kann ich nicht. Ich habe ihn vorgestern abend im Stich gelassen, und ich muß herausfinden, daß das nicht zu seinem Tod beigetragen hat. Und selbst wenn ich genau wüßte, daß das nicht der Fall war, fühlte ich mich verpflichtet, mein Versäumnis irgendwie gutzumachen.«
»Das macht ihn auch nicht wieder lebendig.«
»Darüber bin ich mir völlig im klaren. Aber wenn ich die Sache aufdecke, wird mir das helfen, mit mir selber ins reine zu kommen.«
»Und was soll ich dabei tun? Etwa die Rolle von Watson spielen?«
»Ich möchte nur, daß du mir feststellen hilfst, was in dem Zeitraum, seit ich ihn zum letzten Mal lebend gesehen habe und seinem Tod mit ihm passiert ist.«
»Wie kann ich dir dabei helfen? Ich habe ihn vorgestern abend ganz kurz gesehen und dann nie wieder, außer beim Signieren. Und im übrigen«, er machte ein nachdenkliches Gesicht, »sterbe ich nicht gerade vor Verlangen, in diese Sache verwickelt zu werden. Wenn man erst einmal anfängt, ein Zeuge zu sein, weiß der Himmel, wieviel Zeit man mit der Polizei und bei Gericht verplempert. Und ich muß schließlich Termine einhalten.«
Daß er seine Termine erwähnte, brachte mich auf einen etwas sonderbaren Bestechungsversuch. »Sieh die Sache doch mal so: Wenn es sich herausstellt, daß es Mord war, und meines Erachtens wird es das, hättest du eine fertige Handlung für deinen verdammten

Kriminalroman.«
»Aber dann wirst du ihn schreiben wollen.«
»Ich? Nie! Ich habe Besseres zu schreiben als Krimis. Du wirst ihn schreiben!«
»Ich könnte ja von dir in der ersten Person schreiben und mich selbst in der dritten Person hineinbringen.«
»Unter der Bedingung, daß du mich nicht verleumdest«, sagte ich.
»Ich müßte dich nur als einen Meter achtundfünfzig groß beschreiben, weil das das Interessanteste an dir ist.«
»Einsdreiundsechzig, verdammt noch mal!«
»Mit hohen Absätzen.«
»Hör zu, du tust, was du willst, innerhalb der Grenzen des guten Geschmacks natürlich, und dann zeigst du mir das Manuskript, und ich diskutiere mit dir darüber und füge vielleicht hier und dort eine Fußnote bei, um die Sache klarzustellen.«
»Also gut. Aber laß mich zuerst meinen Verleger anrufen. Ich will mit der Geschichte nichts zu tun haben, wenn er die Idee ablehnt.«
»Tu das!«
Er blieb etwa drei Minuten lang weg, während ich mir überlegte, ob ich selbst überhaupt Lust dazu hatte. Ich bezweifelte, daß Asimov etwas wissen konnte, das das ganze Manöver wert war. Sicher hätte er mir auch so geholfen, wenn ich ihn noch ein bißchen überredet hätte. Warum, zum Teufel, hatte ich ihm diesen Vorschlag überhaupt gemacht? Doch dann dachte ich wieder: Wenn es Mord ist und ich es beweisen kann und die Einzelheiten herausfinde, warum soll ich dann nicht auch von den Lorbeeren etwas abbekommen? Ich begann zu hoffen, daß der Verleger zustimmen würde.
Er tat es. Ich sah es schon an Asimovs Grinsen, als er am andern Ende des Lokals erschien. »Larry ist essen gegangen«, sagte er, »aber Cathleen meint, ich könnte es machen, wie ich wollte. Sie ist sicher, daß Larry derselben Ansicht ist. Also berichte mir jetzt mal alle Einzelheiten, und dann werden wir . . .«
»Nein«, entgegnete ich scharf. »Wir werden jetzt gar nichts tun. Wir müssen zuerst feststellen, ob es sich überhaupt durchführen läßt. Im Augenblick möchte ich nur mit dir über die Signierstunde sprechen.«
»Das Buch muß bis August fertig sein, Darius.«
»Das ist *dein* Problem. Wenn bei der ganzen Sache nichts heraus-

kommen sollte, mußt du eben deine Geschichte so schreiben, wie du sie geplant hast. Du wirst also nicht schlechter dran sein als vor zehn Minuten.«

»Na gut. Was möchtest du über die Signierstunde wissen?«

»Wann ist Giles zum Signieren gekommen?«

»Etwa um fünf vor elf. Ich saß schon dort und wartete auf ihn.«

»Wer hat ihn hereingebracht?«

»Hereingebracht?« Asimov sah mich verständnislos an.

»Irgendeine Frau hat ihn angeschleppt und dafür gesorgt, daß er pünktlich dort war. Das hat mir jemand gesagt.« (Ich erinnerte mich immer noch nicht, wer es gewesen war, aber ich war mir ganz sicher.)

Er schüttelte den Kopf. »Ich habe niemanden gesehen.«

»Na gut. In was für einer Laune war er?« fragte ich ungeduldig weiter. »War er wütend? Hat er geschrien?«

Asimov blickte wieder verständnislos drein. »Ich habe nichts gehört. Begreif doch, um mich herum drängten sich ungefähr hundert Leute! Ich war ziemlich beschäftigt. Und dann kam in letzter Minute noch diese Kleine, um sich zu entschuldigen.«

»Ja, ich weiß«, sagte ich mürrisch. »Sprich weiter.«

»Darum habe ich mich nicht besonders um Giles gekümmert. Ich bemerkte nur kurz, wie er sich etwa vier Meter von mir entfernt auf seinem Platz niederließ. Ich rief: ›Hallo, Giles!‹, und er sah mich mit einem seiner Hundeblicke an. Es kam wir so vor, als ob er verärgert sei, aber ich hatte keine Zeit, seinen Gesichtsausdruck oder meinen Eindruck davon weiter zu analysieren. Schließlich warteten die Leute darauf, daß ich anfing zu signieren.«

»Aber irgendwann verursachte er einen Zwischenfall, oder?«

»Ja, das war nicht zu übersehen. Erstens hörte er mit dem Signieren auf, und dadurch entstand eine Stockung. Die Leute, die meine Unterschrift bekommen hatten, gingen ja anschließend zu Giles. Als Giles aufhörte zu signieren, bewegte sich die Schlange nicht weiter.«

»Wußtest du, was passiert war?«

»Nicht sofort. Ich fragte: ›Was ist los?‹, und jemand in der Schlange erklärte mir, Mr. Devores Kugelschreiber sei leer, und ich sagte, daß ich einen übrig hätte. Aber jemand anderer gab ihm einen – aber der war auch gleich darauf leer –«

»So schnell?«
»Ja, zum zweiten Mal innerhalb von fünf Minuten! Dann lief Nellie Griswold von Hercules Books mit einem Kugelschreiber zu ihm. Es gab noch einen kleinen Wortwechsel wegen irgendwas, aber dann schien alles in Ordnung zu sein, und man beruhigte sich.«
»Und Giles? Ich nehme an, er hat mich verflucht.«
»Nein, ich habe nichts davon gehört, daß er dich verflucht hat. Warum sollte er auch?«
»Verdammt noch mal, Isaac, er hatte mir einen Garderobenschein gegeben, mit dem ich ein Päckchen mit Kugelschreibern für ihn an der Garderobe abholen sollte. Ich habe es vergessen. Das war der Auftrag, den ich nicht erledigt habe. Deswegen hat er sich so aufgeregt. Hat er kein Wort davon gesagt?«
»Ich habe jedenfalls nichts gehört. Aber ich verstehe jetzt, wieso dich das so quält. Warum, zum Teufel, hat er den Schein nicht jemandem gegeben, der verläßlich ist?«
»Du zu Beispiel hast uns vorher sitzenlassen, wenn du dich damit meinen sollest. Du sagst also, Isaac, daß es bei dem Zwischenfall nur um leergewordene Kugelschreiber ging? Sonst um nichts? Das war wirklich alles?«
»Soviel ich weiß, ja.«
»Ich will aber, daß sonst noch etwas schiefgelaufen ist. Irgendwas, für das ich nicht verantwortlich bin.«
»Ich kann dir da nicht helfen. Ich habe dir erzählt, was ich weiß.«
Asimov hatte inzwischen die Rechnung bezahlt. Er war offensichtlich bereit zum Gehen. »Warum fragst du nicht – wie war doch ihr Name . . .?«
»Nellie Griswold?«
»Nein, die Frau deines Verlegers. Die Besitzerin von Prisma Press, wie heißt sie nur schon?«
»Teresa?«
»Teresa Valier. Ja.«
Ich war überrscht. »Was hat denn die damit zu tun?«
Asimov erhob sich. »Sie hat neben ihm gesessen. Sie hat die Bücher aufgeschlagen und ihm gereicht, damit er sie signieren konnte.«
Ich stellte die einzig natürliche Frage: »Wieso hast du mir das nicht gleich gesagt?«
Und er gab mir die einzig natürliche Antwort darauf: »Ich dachte,

du hättest es gewußt.«
Ich sah auf meine Uhr. Es war schon nach zwei.
»Willst du zu ihr? Soll ich mit dir kommen?« fragte Asimov.
»Ich gehe vielleicht zu ihr. Aber wenn — nein, du brauchst nicht dabeizusein.«
Also trennten wir uns, und ich habe ihn für den Rest der Buchmesse nicht wiedergesehen.

Es war jetzt zwanzig nach zwei, das hieß, daß Teresa schon vom Essen zurück sein konnte, oder auch noch nicht.
Die Büros von Prisma Press waren nur etwa zwei Blocks entfernt, und da sie für mich eine Art zweites Zuhause waren, konnte ich auch eben vorbeigehen.
Ich hatte Glück. Ich traf Teresa in der Halle.
Ihre sonst laute und fröhliche Begrüßung fiel heute erheblich weniger fröhlich aus, und als ich sagte: »Ich brauche zehn Minuten von deiner Zeit, Terry. Es ist wegen Giles!« schwand jede noch übrige Spur von Fröhlichkeit schlagartig dahin. Als wir aus dem Lift gestiegen waren und an der erschrockenen Empfangsdame vorbeieilten, weinte sie.
Ich folgte ihr rasch. »Na komm, Teresa, die Leute werden denken, ich hätte dir den Laufpaß gegeben.«
»Ich weine nicht, wenn man mir den Laufpaß gibt. Und ich will nicht über Giles sprechen, Darius.«
»Bitte, bitte, nur ganz kurz.« Wir waren in ihrem Büro. Im Vorbeigehen hatte ich gesehen, daß Tom nicht in seinem Büro war, und das war gut so. Ich wollte nicht, daß er sich in unser Gespräch einmischte. Ich schloß die Tür. »Hör mal, Teresa. Ich muß wissen, was passiert ist.«
»Was gibt es da zu wissen. Er fiel hin und war tot, und ich hasse es, wenn Menschen, die ich kenne, sterben. Besonders wenn ich sie, kurz bevor sie starben, gehaßt habe. Ich fühle mich dann so — verdammt verantwortlich.«
Die Tränen flossen noch immer. Sie zog ein paar Papiertaschentücher aus einer Schachtel aus ihrem Schreibtisch.
»Ich meinte, was bei der Signierstunde passiert ist. Ich muß es unbedingt wissen.« Dann fügte ich verzweifelt hinzu: »Weine nicht, Terry! Wenn du mit mir redest, wirst du sehen, daß es meine

und nicht deine Schuld war.«
»Deine Schuld? Du hattest doch gar nichts damit zu tun!«
»Du hast gehört, wie Giles sagte, es sei meine Schuld gewesen, nicht wahr?«
Sie sah mich jetzt mißtrauisch an. »Er hat überhaupt nicht von dir gesprochen. Wovon redest du eigentlich? Es sei denn, als ich nicht dabeiwar.«
Ich seufzte. »Bitte, Terry, erzähle mir alles. Und nachher erkläre ich dir, wieso es nicht deine Schuld war, und dann gehe ich wieder.«
Sie sah auf ihre Uhr. »Ich erwarte jemanden.«
»Er wird schon warten«, sagte ich drängend. »Ich habe ja auch schon oft genug auf dich gewartet. Na komm! Und fang bitte ganz von vorne an.«
»Es begann vor einigen Monaten, als ich arrangierte, daß Giles sein neues Buch auf der Messe signieren sollte, und ich ihm bei dieser Gelegenheit versprach, die Bücher für ihn aufzuschlagen. Das gefiel ihm und hat dazu beigetragen, daß er einverstanden war.
Dann kam diese Geschichte, daß er uns verlassen wollte, und eine Zeitlang dachte ich, er sollte sich zum Teufel scheren. Aber Tom wollte trotzdem, daß alles planmäßig ablief.
Ich war also fünfzehn Minuten vor Beginn dort, und der andere Autor, der gleichzeitig signieren sollte, ebenfalls, und dann kam Giles endlich . . .«
Ich unterbrach sie. »Soweit mir bekannt ist, wurde er von einer Frau mehr oder weniger hereingezerrt, stimmt's?«
Sie starrte mich an. »Wirklich? Ich habe niemanden bei ihm gesehen.«
»Und? War er wütend?«
»Ich weiß es nicht. Ich war wütend, weil ich mit Tom wegen dieser Geschichte einen Streit gehabt hatte. Tom sagte, wenn ich Giles bei Stimmung hielte und es eine gute Signierstunde würde, hätten wir vielleicht eine Chance, es noch mal bei ihm zu versuchen. Und ich fragte: ›Was meinst du mit bei Stimmung halten? Wie weit soll ich da gehen?‹ Und er – ach, es war gräßlich. Darum habe ich Giles gar nicht angesehen. Ich habe nur registriert, daß er da war, und dann angefangen, die Bücher für ihn aufzuschlagen. Aber ich hatte keine Kugelschreiber dabei.«
»Hättest du denn welche haben müssen?«

»Das gehört normalerweise dazu. Aber bei Giles war es etwas anderes. Er bestand immer darauf, seine eigenen Kugelschreiber zu benutzen. Trotzdem bringe ich gewöhnlich welche mit, nur für alle Fälle. Aber diesmal dachte ich, soll er sehen, wie er zurechtkommt. Ich mußte ihm irgendwie meine Feindseligkeit zeigen, darum hatte ich keine Kugelschreiber mitgebracht.«

»Macht dich das etwa für seinen Tod verantwortlich?« fragte ich.

»In gewisser Weise, ja«, erwiderte sie. »Wenn ich die Kugelschreiber bei mir gehabt hätte, wäre der Zwischenfall wahrscheinlich nicht passiert, und er wäre nicht so aufgeregt gewesen, daß er —«

»Daß er in sein Zimmer gerast wäre, um zu duschen und so blind vor Wut war, daß er ausrutschte, hinfiel und starb?«

»So ähnlich, ja.«

»Vielleicht war es so ähnlich. Tatsache aber ist, daß ich ihm am Abend vorher einen Vorrat an Kugelschreibern bringen sollte und es vergessen habe. Du siehst also, daß es in erster Linie mein Fehler war und nicht deiner. Und jetzt erzähle mir bitte, was passiert ist. Die Einzelheiten dieses Vorfalls, meine ich.«

»Ungefähr eine Stunde lang ging alles gut. Er signierte alle Bücher, die ich ihm vorlegte, in der gleichen Weise: Mit den besten Wünschen, seinen Namen und das Datum. Er sprach kein Wort dabei, und ich konnte hören, wie der andere Autor — wie heißt er doch schon — der, der so viele Bücher schreibt . . .?«

»Isaac Asimov.«

»Ja. Ich hörte ihn ununterbrochen plappern. Er sprach mit jedem und flirtete mit den Mädchen.«

»Ich weiß«, sagte ich. »Ich kenne seine Masche.«

»Den Leuten gefällt das. Sie kamen dann von ihm zu Giles und erwarteten etwas Ähnliches, statt dessen stießen sie auf tödliches Schweigen.«

»Er war wütend über mein Versäumnis, ihm die Kugelschreiber zu bringen«, erklärte ich. »Kleinigkeiten, die von seinen Gewohnheiten abwichen, regten ihn auf. Bitte, erzähl weiter.«

»Schließlich war sein Kugelschreiber leer, und er blieb einfach sitzen und lehnte sich auf seinem Stuhl zurück. Ich fragte: ›Was ist los?‹ und er sagte: ›Er ist leer!‹ Es klang ganz aufgebracht. Natürlich geriet dadurch die Schlange ins Stocken, und Asimov stand auf und wollte wissen, was los sei. Ich blieb einfach sitzen, zu bestürzt, um etwas zu tun. Asimov bot ihm einen Kugelschreiber an, und jemand, der vor Giles stand und auf ein Autogramm wartete, bot ihm ebenfalls einen an. Er schob ihm seinen Kugelschreiber einfach hin und nahm ihm den leeren aus der Hand – als Souvenir, nehme ich an. Fünf Minuten schien alles in Ordnung zu sein, und dann war der neue Schreiber plötzlich ebenfalls leer. Es war wie in einem Alptraum. Als sollte ich dafür gestraft werden, daß ich keinen Ersatz mitgebracht hatte.«

»Und was hast du dann getan?«

»Ich stand auf und ging weg, um neue Kugelschreiber zu holen. Mir fiel nichts Besseres ein, als zum Empfang hinunterzufahren. Als ich zurückkam, erfuhr ich, daß ein Mädchen von Hercules Books ihm schon einen gegeben hatte. Anscheinend hatte es deswegen auch noch irgendwelchen Ärger gegeben, aber wieso weiß ich nicht, ich war ja nicht dabei, und ich will es auch gar nicht wissen. Die Signierstunde verlief dann ohne weitere Störungen bis zum Ende. Nachher ging ich sofort weg. Ich habe weder mit Giles gesprochen, noch ihn angesehen. Ich habe ihn überhaupt nicht mehr wiedergesehen, und als ich hörte, er sei tot, bin ich beinahe umgekippt. Ich wußte, daß ihn der Ärger mit den Kugelschreibern zur Raserei gebracht hatte. Ich mußte mit einer Migräne nach Hause gehen.«

»Aber jetzt geht es dir wieder besser?« fragte ich.

»Ein bißchen«, antwortete sie kläglich. »Gott sei Dank hält Tom wenigstens durch. Er ist sehr tapfer.«

»O ja, er ist tapfer«, sagte ich. »Und du behauptest, Giles hat während des ganzen Vorfalls kein Wort von mir erwähnt?«

»Nein. Höchstens als ich nicht dabeiwar.«

»Wie lange warst du weg?«

»Ich weiß nicht, vielleicht fünf Minuten.«

»Komisch.«

»Wieso ist das so wichtig, ob er etwas über dich gesagt hat oder nicht?«

»Wenn er während der ganzen Zeit kein Wort über mich gesagt hat, war er womöglich aus einem ganz andern Grunde aufgeregt. Hör mal, Teresa, hat Giles etwas getan ... fällt dir vielleicht irgend etwas ein, das darauf hinweisen könnte, daß er sich noch aus einem andern Grund als wegen der Kugelschreiber so aufgeregt hat?«

Teresa schüttelte heftig den Kopf. »Soviel ich weiß, waren es Kugel-

schreiber, Kugelschreiber, Kugelschreiber.«
Ich breitete ratlos die Arme aus. »Ich habe aber gehört, daß er sich über mich beschwert haben soll.«
»Vielleicht hat das Mädchen von Hercules Books etwas gehört. Sie war ja bei ihm, während ich weg war.«
»Das könnte sein. Kann ich das Telefon im Konferenzzimmer eine Weile benutzen?«
»Natürlich. Mach die Tür zu, wenn du ungestört sein willst.«
»Danke«, sagte ich und ging hinaus.
Ich wollte wirklich ungestört sein, weil ich nachdenken wollte, als könnte dabei etwas passieren, das mir mit einem Schlag die Wahrheit enthüllte. Doch es passierte nichts. So sorgfältig ich auch die Fakten, die ich im Zusammenhang mit Giles seit dessen Tod in Erfahrung gebracht hatte, unter die Lupe nahm, es war nichts dabei, das logischerweise zu seiner Ermordung hätte führen können.
Das einzige, was mir zu tun blieb, war, die restliche Lücke im Verlauf der Signierstunde auszufüllen.
Ich wählte die Nummer von Hercules Books und verlangte Nellie Griswold. Man teilte mir mit, daß sie auf der Buchmesse sei. Ich sah auf die Uhr. Es war kurz nach drei. Wenn sie wirklich dort war, würde sie noch etwa zwei Stunden lang bleiben. Auf dem Weg zum Hotel dachte ich weiter nach, beschwingt durch den milden sonnigen Nachmittag. Es gab zwei, nein drei Dinge an diesem Fall, die mir Rätsel aufgaben. Das erste war, in welchem Zusammenhang er wohl mit dem Rauschgift stand? Ich habe weiß Gott kein Talent zu tiefen Einblicken in die menschliche Seele, aber Giles hatte eine Zeitlang bei mir gewohnt, und bis zu einem gewissen Grad kannte ich ihn. Er verschmähte Kaffee wegen des Coffeingehalts. Er regte sich über chemische Zusätze in Lebensmitteln auf. Er schwärmte für naturbelassene Nahrungsmittel. Außerdem kannte ich viele von seinen frühen Schriften, die Ansichten enthielten, welche mit Süchtigkeit unvereinbar waren. Aber sie konnten auch ein Gegenpol sein. Jedes Ding hat schließlich zwei Seiten. Das eine schließt das andere nicht aus.
Ein zweites Rätsel war die Frage, ob er sich über mich beschwert hatte. Die Signierstunde war eine Tortur für ihn gewesen, und Sarah hatte ihn wütend meinen Namen murmeln gehört. Das wollte ich gern bestätigt haben und womöglich Genaueres darüber in Er-

fahrung bringen. Dabei konnte mir Nellie Griswold vielleicht helfen.

Und schließlich war da noch die Frage, wer die Frau gewesen war, die ihn am Morgen hereingebracht hatte. Hatte sie denn kein Mensch gesehen? Je länger ich nachdachte, desto mehr schien es mir, sie sei wahrscheinlich den ganzen Morgen und auch in der vorhergehenden Nacht mit Giles zusammengewesen, und sie könnte vielleicht der Schlüssel zu der ganzen Sache sein.

Ich hatte praktisch schon den Fuß auf der Rolltreppe, um in den Messeraum zu fahren, als mich der Gedanke an diese Frau überfiel, und ich beschloß, das Gespräch mit Nellie noch eine Weile aufzuschieben.

Statt dessen fuhr ich mit dem Aufzug in den fünften Stock.

Im Pressesaal ging es hektisch wie immer zu. Leo Durocher war gerade wegen seiner Autobiographie interviewt worden, und ich erhaschte noch einen Blick auf ihn, als er herauskam. Ich sah mich nach Henrietta Corvass um. Sie hatte mich vermutlich schon eher erblickt, denn als ich sie entdeckte, hatte sie mir den Rücken zugewandt und war im Begriff, hinauszugehen.

Ich folgte ihr rasch und holte sie in der Halle ein. Ich faßte sie am Ellenbogen, aber sie schüttelte mich ab.

»Warten Sie doch«, sagte ich.

Sie drehte sich zu mir um. Ihre Augen verengten sich und wurden bitter. »Was, zum Teufel, wollen Sie von mir?«

Es war klar, daß sie bereute, am Abend zuvor mit mir gesprochen zu haben. Es war ihr unangenehm, daß ich zuviel von ihr wußte. Ich breitete die Hände aus und sagte leise: »Es hat nichts mit gestern abend zu tun, wirklich nicht!«

»Womit dann?«

»Mit gestern früh.«

»Was war gestern früh?«

»Sie sagten, Sie hätten Giles gestern morgen nicht abgeholt. Bitte, denken Sie noch einmal darüber nach. Falls Sie ihn doch abgeholt haben, dann . . .«

»Sie müssen verrückt sein«, fuhr sie mich an. »Völlig übergeschnappt. Glauben Sie denn, nach dem, was passiert war, wäre ich noch in seine Nähe gegangen?«

»Aber Sie wollten doch sicher nicht, daß er zu spät zum Signieren

kommen würde, nicht wahr?«
»Ich habe einen Dreck um seine Signierstunde gegeben.«
»Aber jemand hat ihn hinbegleitet, das weiß ich ganz genau. Wer war es dann?«
»Ich habe niemanden zu ihm geschickt. Wie ich Ihnen schon sagte, war ich gar nicht mal da. Sollte jemand aus eigenem Antrieb zu ihm gegangen sein, na schön.«
»Und wer könnte es wohl gewesen sein?«
»Ich weiß es nicht. Es ist mir auch egal.«
»Könnten Sie es für mich in Erfahrung bringen?«
»Nein, das werde ich nicht tun. Machen Sie es selbst.« Sie drehte sich auf dem Absatz um und ließ mich stehen.
Ich starrte verblüfft hinter ihr her und ging in den Pressesaal zurück.
Es war nicht sofort zu erkennen, wer von den Anwesenden zum Pressebüro gehörte, aber ich wandte mich an einen jungen Mann mit eingesunkenen Wangen, blaßblondem Haar und erschöpftem nervösem Gesichtsausdruck. »Entschuldigen Sie«, sagte ich. »Sie arbeiten doch hier im Pressesaal, nicht?«
»Ja. Warum?« fragte er vorsichtig.
»Ich bin Darius Just. Ich bin Schriftsteller.«
Er entspannte sich sichtlich. Er lächelte sogar. »Ach ja, ich habe von Ihnen gehört. Mein Name ist Gordon Hammer.«
»Danke, Gordon«, sagte ich. »Könnten Sie mir vielleicht eine Frage beantworten?«
»Ich kann es versuchen.«
»Wieviele Frauen arbeiten noch hier, außer Henrietta?«
»Schwer zu sagen. Einige sind nur gelegentlich zur Aushilfe hier. Sie machen Botengänge.«
»Genau auf die kommt es mir an. Welche von ihnen hat gestern morgen Giles Devore abgeholt, damit er pünktlich zur Autogrammstunde erschien?«
Er sah mich verdutzt an. »Ich glaube, keine. Das gehört nicht zu unseren Aufgaben.«
»Trotzdem hat es eine getan«, erklärte ich mit Bestimmtheit. »Würden Sie für mich herausfinden, welche es war? «
Er protestierte schwach: »Ich weiß nicht, wie ...« Aber dann ging er zu einem der Mädchen und sprach mit ihr, und von ihr zu einer

anderen. Ich behielt ihn im Auge, während ich wartete. Er kam zurück und kratzte sich am Kopf. »Ich glaube, es war keine von ihnen.«
»Sind Sie sicher?«
»Es könnte Stephanie gewesen sein. Aber die ist heute nicht da. Sie hat nur Sonntag und Montag gearbeitet. Jetzt geht sie wieder zur Schule.«
»Wissen Sie ihre Adresse?«
»Nein, aber Henrietta vielleicht.«
Als ich mich zum Gehen wandte, berührte er mich leicht an der Schulter. »Mr. Just?«
»Ja?«
»Hat Stephanie vielleicht etwas falsch gemacht? Sie ist nämlich erst vierzehn.«
»Nein, nein«, sagte ich hastig. »Ich will nur etwas überprüfen. Giles Devore war ein Freund von mir, und ich versuche, soviel wie möglich über seinen letzten Tag herauszufinden – für – für einen Nachruf, den ich schreibe.«
Das schien ihn zu überzeugen, denn er sah ungeheuer erleichtert aus. »Ich verstehe, dann ist ja alles in Ordnung.«
Es war natürlich nicht in Ordnung. Der Gedanke, eine Vierzehnjährige zu fragen, was gestern vormittag vorgefallen war, schmeckte mir gar nicht, wenn ich bedachte, was vorgefallen sein konnte.
Inzwischen war es fast vier Uhr und damit Zeit, Nellie von Hercules aufzusuchen.

Obwohl ich sie nicht kannte, entdeckte ich sie mühelos, als ich mich ihrem Messestand näherte. Man hatte sie mir als »nett« beschrieben, mit jenem charakteristischen männlichen Augenzwinkern, das diesem nichtssagenden Wort eine unmißverständliche Bedeutung verleiht. Das, was ich sah, paßte genau dazu.
Sie war einsfünf- oder siebenundsiebzig groß, mit braunem schulterlangem Haar und gut geformten Brüsten. Ihre Nase war ein wenig lang, die Augen waren ein bißchen klein, keine perfekte Schönheit also.
»Miss Griswold?« fragte ich.
Ich hatte mein Namensschild angesteckt, um in den Messeraum zu gelangen, und sie las es und sagte aufgeregt: »Mr. Just! Ich bewun-

dere Ihre Bücher sehr. Wissen Sie, daß Hercules daran interessiert ist, Ihr neues Buch als Taschenbuch herauszubringen?«
»Davon weiß ich nichts«, sagte ich.
»Die Valiers haben uns Auszüge gezeigt, und diese haben einen guten Eindruck auf unseren Cheflektor gemacht. Ich habe auch einiges gelesen, es gefiel mir sehr.«
Sie gefiel mir. Sie gefiel mir sogar so gut, daß ich meine zweitbeste Schreibmaschine dafür gegeben hätte, wenn ich Giles hätte vergessen und Nellie zum Abendessen hätte einladen können. Aber Giles ging vor.
»Würden Sie mir wohl ein paar Fragen beantworten, Miss Griswold?«
Sie schien nur interessiert und nicht irgendwie mißtrauisch zu sein. »Was für Fragen?«
»Sie waren doch gestern bei der Autogrammstunde von Devore und Asimov zugegen?«
»Ja, Asimov ist einer unserer wichtigsten Autoren, wissen Sie?«
»Ich weiß«, sagte ich, »aber ich interessiere mich für Devore. Ich hörte, Sie haben ihm einen Kugelschreiber gebracht.«
»Ach ja, das war vielleicht eine Aufregung. Waren Sie auch dort?«
»Nein.«
»Dann werde ich Ihnen erzählen, was passiert ist.« Sie war die erste Person, die bereitwillig über das Thema sprach. »Ich war hauptsächlich wegen Asimov dort«, fuhr sie fort. »Ich sollte dafür sorgen, daß er genügend Bücher hatte und alles reibungslos klappte. Isaac machte die Sache Vergnügen. Er kann zwölf Stunden dasitzen und fröhlich grinsend etwas in die Bücher kritzeln. Daher wandte ich meine Aufmerksamkeit schließlich Devore zu, und bei ihm war es völlig anders. Er sah aus, als ob er Qualen litte.«
»Das tat er auch«, murmelte ich.
Sie beachtete meinen Einwurf nicht weiter. »Sein Kugelschreiber war plötzlich leer, und aus irgendeinem Grund hatte Teresa Valier, die neben ihm saß, keine Ersatzschreiber dabei. Er tauschte seinen Kugelschreiber schließlich mit dem Mann, der vor ihm stand, und es sah so aus, als sei die Störung damit behoben. Doch dann kam Krise Nummer zwei, als nämlich auch der zweite Schreiber leer war.
Devore schien völlig aus der Fassung zu sein. Er blieb wie angenagelt sitzen, und sein Gesicht zuckte, und Teresa lief einfach weg.

Natürlich geriet dadurch die Schlange ins Stocken. Darum rannte ich zu Devore hinüber und brachte ihm einen neuen Kugelschreiber. Ich hatte ja genügend.
Er nahm ihn so automatisch entgegen, als sei er gar nicht wirklich da. Er sah nicht mal hin, als er anfing zu schreiben. Nach ein oder zwei Sekunden jedoch hielt er an und flüsterte mit dünner Stimme: ›Er ist ja rot.‹ Ich hatte ihm einen mit rotem Farbstoff gegeben. Und das war Krise Nummer drei. Aber ich beruhigte ihn: ›Das macht doch nichts, Fans mögen das.‹ Da schrieb er weiter.
Inzwischen war Teresa mit einem Kugelschreiber zurückgekommen, aber er nahm ihn nicht. Er signierte weiter mit dem roten Stift, und es gab keine Störungen mehr. Aber als die Signierstunde vorüber war, schleuderte er meinen roten Kugelschreiber gegen die Wand und ging, ohne mit jemandem zu sprechen, hinaus. Er war wirklich wütend. Vermutlich hatte ich Glück, daß er ihn nicht mir an den Kopf warf.
Zwei Stunden später war er tot. Und ich fragte mich, ob er nicht vielleicht so aufgeregt war, daß er beim Duschen die Balance verlor, und ob nicht vielleicht mein roter Kugelschreiber das Faß zum Überlaufen gebracht hatte.«
»Jeder will an seinem Tod schuld sein. Tatsache ist jedoch, daß ich seinen Vorrat an Kugelschreibern hatte und sie ihm nicht brachte. Wenn ich das nicht versäumt hätte, wäre das ganze Theater nicht passiert. Wenn also jemand schuld ist, dann ich.«
Sie blickte mich mitfühlend an. »Das ist wirklich schlimm.«
»Aber lassen wir das. Hören Sie, Nellie, hat er irgend etwas getan oder gesagt, daß er noch aus einem andern Grund aufgeregt war?«
Sie überlegte eine Weile und schüttelte dann nachdenklich den Kopf. »Wenn noch etwas anderes gewesen sein sollte, dann könnte ich jedenfalls nicht sagen, was es war.«
»Also gut, nur noch eine Frage. Haben Sie gesehen, wer ihn in den Saal gebracht hat?«
Sie schüttelte wieder den Kopf. »Ich habe ihn nicht mal hereinkommen sehen.«
Ich blieb einen Moment lang mit gerunzelter Stirn stehen. Niemand hatte ihn mit einer Frau hereinkommen sehen, trotzdem war ich ganz sicher, daß es so gewesen war. Wer hatte mir das nur erzählt? Plötzlich erinnerte ich mich. Ich sah das Gesicht vor mir und hörte

die Stimme. Die Garderobenfrau! Als Giles zu ihr kam und nach dem Päckchen fragte, für das er keinen Schein bei sich hatte, war er von einer Frau in seiner Begleitung zur Eile angetrieben worden. Sie hatte sogar irgendeinen Namen genannt.
»Hören Sie, Nellie, als Sie bei Giles waren, haben Sie da zu irgendeinem Zeitpunkt gehört, daß er mich erwähnt hat? Daß er wütend auf mich war?«
»Nein, soweit ich mich erinnere, war das einzige, was er in meiner Anwesenheit gesagt hat: ›Er ist rot.‹«
»Danke«, sagte ich. »Vielen Dank. Ich glaube, ich bin in Sie verliebt. Also vergessen Sie mich nicht.«
Ich drängte mich so schnell, wie es die Menschenmenge zuließ, aus dem Messeraum.
Es war schon gefährlich spät, aber ich mußte mir die Zeit nehmen, um auch die letzten Zweifel zu bereinigen. Wenn ich nicht ganz sicher war, fehlte mir die Schlagkraft, um die Sache zu klären.
Es dauerte eine Weile, bis ich mich durchgedrängt hatte und dann bis der Aufzug kam, aber schließlich war ich im fünften Stock. Ich entdeckte Gordon Hammer, faßte ihn an der Schulter und schüttelte ihn. Er blickte mich erschrocken an. »Die Vierzehnjährige, von der Sie mir erzählt haben – wie hieß die doch?«
»Stephanie?«
»Ja, ja. Sie ist ein kleines Mädchen, nicht? Sie sagten, sie wäre erst vierzehn.« Ich streckte meinen Arm in Schulterhöhe aus, in *meiner* Schulterhöhe, was natürlich sehr klein hieß. Aber für eine Vierzehnjährige vielleicht nicht.
Hammer schürzte die Lippen, lachte ein bißchen, und schien nach Worten zu suchen. Schließlich sagte er: »Nein, sie ist größer als Sie, wenn Sie es mir nicht verübeln.«
Vermutlich sah ich ihn finster genug an, um erkennen zu lassen, daß ich es ihm verübelte, denn das Lachen wich seinem üblichen ängstlichen Ausdruck. Dann fügte er hinzu: »Außerdem ist sie dick, richtig fett. Niemand würde sie als klein bezeichnen.«

Das räumte für mich die letzten Zweifel fort, falls nicht noch eine völlig unbekannte Person im Spiel war. Ich mußte rasch in den zweiten Stock hinunter. Es war schon halb fünf, und ich hatte Angst, die Person zu verpassen, die ich als nächste brauchte, diejenige näm-

lich, die die unbekannte Frau gesehen hatte. Da der Aufzug nicht sofort kam, lief ich die Treppen zu Fuß hinunter. Ich bahnte mir einen Weg durch die Menge zur Garderobe und drängte mich an den zwei oder drei Personen, die dort warteten, vorbei.
»Hören Sie«, begann ich atemlos, »wo ist die Garderobenfrau?«
»Ich bin die Garderobenfrau«, anwortete eine ältere, noch hübsche Frau mit weißem Haar und einer Brille. Auf ihrem Namensschild stand Dorothy.
»Die andere, meine ich. Gelbgefärbtes Haar, dicke Arme, getönte Brille. Mir fällt ihr Name nicht ein . . .«
Dorothy lächelte. Sie schien die Gesuchte mühelos nach meiner Beschreibung zu erkennen. »Das ist Hilda. Sie hat ab vier Uhr frei.«
»Wissen Sie, wo sie wohnt?«
»Nein«, sagte sie und wandte sich den andern Wartenden zu.
»Bitte, beantworten Sie mir noch eine Frage«, bat ich. »Gibt es hier irgendwo eine Frau, die Sie und Hilda die ›kleine Strenge‹ nennen?«
Sie lächelte wieder. »Oh, sicher, das ist die . . .« Dann brach sie ab und sagte steif: »Ich weiß nicht, wovon Sie sprechen, außerdem bin ich beschäftigt.«
Aber ich war schon wieder unterwegs. Es war also jemand aus dem Haus, jemand, den beide, Hilda und sie, kannten. Eine Frau, die klein war und streng und ihnen gut bekannt. Also nichts wie zum sechsten Stock hinauf. Ich hatte noch Zeit bis um fünf.

Das hintere Büro schien leer zu sein, und mein Herz sank. Ich kochte vor Wut und wollte die Angelegenheit unverzüglich klären.
Die gutaussehende schwarze Sekretärin saß an ihrem Schreibtisch. Sarah hatte sie Ginger genannt.
»Kann ich etwas für Sie tun?« fragte sie.
»Ich weiß nicht. Können Sie mir sagen, wo Miss Voskovek ist?«
»Ich weiß nicht, wo sie ist, aber ich weiß, daß sie zurückkommt. Möchten Sie nicht warten?«
Ich setzte mich kommentarlos und rutschte unruhig auf meinem Stuhl hin und her. Nur die Aussicht, daß Sarah zurückkommen würde, ließ mich auf meinem Platz ausharren.

Kurz vor fünf hörte ich endlich draußen ihre Schritte. Sie kam herein, sah mich an und blieb verdutzt stehen. »Etwas nicht in Ordnung, Darius?«
»Ich muß Sie sprechen.«
»Können Sie einen Augenblick warten, bis ich etwas erledigt habe?«
»Müssen Sie anschließend so schnell wie möglich nach Hause?«
»Nein«, sagte sie zweifelnd, »nicht, wenn es sich um etwas Wichtiges handelt.«
»Es ist wichtig.«
»Dann warten Sie bitte.« Sie schien nicht besonders beunruhigt zu sein. Nach einer Weile ordnete Ginger einige Papiere auf ihrem Schreibtisch und nahm ihre Handtasche aus einer Schublade. »Ich gehe jetzt, Sarah«, sagte sie munter.
»In Ordnung, Ginger. Einen schönen Abend noch.«
Sarah betrat das Vorzimmer, warf einen Blick in den Flur und schloß dann die Tür. Sie machte mir ein Zeichen, mit in ihr Büro zu kommen.
Ich setzte mich auf die Couch, Sarah blieb stehen.
»Wußten Sie, daß die Angestellten hier Sie die ›kleine Strenge‹ nennen?«
»Ich habe schon mal so etwas gehört«, erwiderte sie gleichgültig. »Woher wissen Sie es?«
Ich ignorierte die Frage. »Sie haben gehört, daß Giles Devore haßerfüllt meinen Namen aussprach. Mit zusammengebissenen Zähnen, nehme ich an.«
»Ob mit zusammengebissenen Zähnen oder nicht, auf jeden Fall hat er's getan.«
»Sicher. Aber nicht, während er signiert hat. Da hielten sich drei Personen entweder die ganze Zeit oder einen Teil davon in seiner Nähe auf. Isaac Asimov, Teresa Valier und Nellie Griswold. Und nicht eine von ihnen hat gehört, daß er von mir gesprochen hat.«
»Ich habe nicht behauptet, daß es während der Signierstunde war, ich glaube, ich sagte, ›später‹.«
»Ich erinnere mich nicht mehr an Ihre genauen Worte«, sagte ich. »Ich hatte jedoch den Eindruck, es wäre beim Signieren gewesen. Wenn Sie aber meinen, es wäre später gewesen, akzeptiere ich das natürlich – aber war es nicht eher früher?«

»Wieso früher?«
»Sie waren vor Anfang der Signierstunde dort und haben sich bei Asimov entschuldigt und nach mir gefragt, nicht wahr?«
»Das sagte ich Ihnen doch schon.«
»Ja, und während Asimov mit Ihnen sprach, bemerkte er, daß Giles gekommen war, darum vermute ich, daß Sie beide zusammen hineingegangen waren.«
»Dann vermuten Sie es nur weiter.«
»Es ist mehr als eine Vermutung. Keiner von den Presseleuten will Giles in den Pressesaal begleitet haben, aber jemand war bei ihm, denn die Garderobiere hat ihn an jenem Morgen gesehen. Er hat versucht, ein Päckchen abzuholen, für das er keinen Schein bei sich hatte, und die Garderobenfrau sagte mir, die ›kleine Strenge‹ hätte ihn gedrängt, er käme zu spät. Wie finden Sie das, kleine Strenge?«
Sarah nahm hinter ihrem Schreibtisch Platz. »Ich habe Sie nicht angelogen. Er hat sehr klar zum Ausdruck gebracht, daß er wütend auf Sie war. Und während der Signierstunde hat es diesen Zwischenfall wirklich gegeben, und ich hatte mich wirklich bei Asimov entschuldigt und mich erkundigt, wer Sie sind. Ich kam zu Ihnen, um Sie vor Mr. Devores Zorn zu warnen. Das ist alles.«
»Aber Sie haben mir nicht die ganze Wahrheit gesagt, stimmt's? Sie haben mir nicht gesagt, daß Sie schon vor der Signierstunde mit ihm zusammengewesen sind.« Ich machte eine Pause. »Oder vielleicht — auch schon die vorangegangene Nacht.«
»Wenn es so wäre«, erwiderte sie, »ginge es Sie nichts an, aber zufälligerweise trifft es nicht zu. Ich habe die Nacht zu Hause verbracht. Wenn Sie mir nicht glauben, hat es keinen Zweck, daß Sie hier sitzen und mir weitere Fragen stellen.«
»Aber wenn Sie nichts zu verbergen hatten, wieso haben Sie mir dann nicht gesagt, daß Sie vor dem Signieren mit Giles zusammengewesen sind?«
»Warum um alles in der Welt sollte ich Ihnen das sagen? Ich habe Ihnen das gesagt, was ich für nötig hielt. Ich wußte zu jenem Zeitpunkt ja nicht, daß der Mann inzwischen tot war und daß Sie später einen Mord vermuten würden. Und selbst wenn ich es gewußt hätte, wäre das immer noch kein Grund gewesen, es Ihnen zu sagen, denn Sie sind ja nicht die Polizei.«

»Nein, ich bin nicht die Polizei. Aber wenn Sie sich wirklich Sorgen machen, ich könnte wegen der Drogensache Schwierigkeiten bekommen, dann führen Sie mich nicht in die Irre und lassen mich durch Unwissenheit oder Mißverständnisse in Gefahr geraten.«
»Devores Tod kann nichts mit Drogen zu tun haben.«
»Da stimme ich Ihnen zu. Bitte, erzählen Sie mir jetzt alles, was von dem Moment an geschah, als Sie ihn gestern früh trafen.«
Sie rutschte unbehaglich auf ihrem Stuhl hin und her. Dann sagte sie: »Also gut. Das war so: Ungefähr gegen neun Uhr gestern früh, kurz nachdem ich zur Arbeit gekommen war . . .«
»Übrigens«, unterbrach ich sie, »wie kam es, daß Sie am *Memorial Day* arbeiten mußten?«
»Das sagte ich Ihnen doch schon, nicht wahr? Wir starten gerade eine wichtige Werbeaktion, und die Grafikabteilung hatte Mist gebaut. Ich bin die ganze Woche hiergewesen und die Grafiker auch.«
»Und Marsogliani? Der war doch auch hier. Hat er auch etwas mit der Werbeaktion zu tun?«
»Nein, natürlich nicht. Aber er ist immer hier, wenn im Hause eine größere Veranstaltung stattfindet.«
»Also dann, was passierte um neun Uhr morgens, kurz nachdem Sie angefangen hatten zu arbeiten?«
»Von der Anmeldung wurde mir mitgeteilt, daß man dort merkwürdige Anrufe aus Zimmer 1511 erhielte.«
»Warum hat man das Ihnen gesagt und nicht Marsogliani?«
»Marsogliani war noch nicht da, und bei kleineren Schwierigkeiten werde ich gelegentlich eingeschaltet. Ich genieße hier im Hotel den vielleicht etwas übertriebenen Ruf, im Lösen von Problemen geschickt zu sein.«
»Und was taten Sie?«
»Ich sah nach, wer dieses Zimmer bewohnte. Es war Giles Devore. Das ging mich etwas an, denn er war eine von den wichtigen Personen der Messe, und wenn etwas mit ihm nicht in Ordnung war, konnte das negative Publicity bedeuten. Ich beschloß daher, zum fünfzehnten Stock hinaufzufahren.«
»Was für Telefonanrufe waren das?« fragte ich, ohne mir im geringsten darüber im Zweifel zu sein.

»Der Angestellte am Empfang, der die Anrufe entgegengenommen hatte, war nicht ganz sicher. Er sagte, sie wären völlig verworren und unverständlich gewesen, und irgendwann hätte es geklungen, als weine er. Darum fuhr ich nach oben, um nachzusehen.
Er öffnete mir auf mein Klopfen, er war vollkommen angezogen, aber seine Haare waren zerzaust, und sein Blick wirkte fiebrig. Im Zimmer herrschte eine schreckliche Unordnung. ›Sind Sie die Garderobenfrau?‹ fragte er mich. Ich erklärte ihm, wer ich sei, und er bat mich: ›Bitte, kommen Sie herein und helfen Sie mir.‹ Dann setzte er sich auf das Bett, und sein Gesicht zuckte, als wollte er anfangen zu weinen. ›Ich habe überall nachgesehen‹, klagte er, ›aber es ist nirgends zu finden. Es hätte schon gestern abend hier sein müssen, aber ich habe nicht gemerkt, daß es nicht da war, ich war beschäftigt.‹«
»Er war beschäftigt«, hakte ich ein. »Hat er Ihnen gesagt, womit?«
»Er war erst ziemlich spät abends von einer Fernsehaufnahme zurückgekommen und hatte sich nicht wohl gefühlt. Eine Frau war bei ihm gewesen, und er hätte dringend Hilfe gebraucht. Sie war aber eine schlechte Person und . . .«
»Sie war schlecht?«
»Das hat er wieder und wieder gesagt.«
»Ihren Namen hat er nicht genannt?«
»Nein, und ich habe ihn auch nicht gefragt.«
»Nein, natürlich nicht. Erzählen Sie weiter, bitte.«
»Er hatte Hilfe gebraucht, aber sie hat sich geweigert, obwohl er sie darum gebeten hatte. Als ich ihn in ziemlich kühlem und geschäftsmäßigem Ton fragte, ob ich einen Arzt rufen solle, wehrte er heftig ab. Er erklärte immer wieder, daß er Hilfe gebraucht und sie sie ihm verweigert hätte. Er zerfloß vor Selbstmitleid. Es war sehr peinlich.«
»Hatten Sie den Eindruck, daß er unter Drogenwirkung stand?«
Sie zögerte einen Moment. »Ich dürfte es Ihnen eigentlich nicht sagen, es ist streng vertraulich. Die Autopsie ist abgeschlossen, und unsere Sicherheitsabteilung hat vor einigen Stunden einen Bericht bekommen. Ich habe ihn gesehen – es gibt kein Anzeichen dafür, daß er Drogen nahm. Wie ich Ihnen bereits sagte, hat Mr. Devores Tod nichts mit Drogen zu tun.«

»Er könnte auch ein Händler gewesen sein.«
Sie verzog das Gesicht. »Glauben Sie wirklich, dieser schlappe kleine Junge sei Drogenhändler gewesen?«
»Kleiner Junge? Er war doch ein Riese.«
»Was hat denn das damit zu tun. Kleine Jungen gibt es in allen Größen. Ich hätte mir ihn als Süchtigen noch vorstellen können, aber keinesfalls als Händler.«
»Das kann ich, ehrlich gesagt, auch nicht. Aber irgend etwas muß doch seine Ermordung verursacht haben.«
»Keineswegs. Sein Tod kann ein Unfall gewesen sein. Alle außer Ihnen sind ganz sicher, daß es einer war.«
Ich zuckte die Achseln.
»Er sagte dann, er hätte sich so mies gefühlt, nachdem diese sogenannte schlechte Frau weggegangen war, daß er sofort eingeschlafen sei, ohne an das Päckchen zu denken.«
»Er schlief also ein, nachdem sie weg war, und könnte man sagen, daß er erst kurz vor Ihrem Kommen wieder erwachte?«
»Einige Zeit vorher. Auf dem Nachttisch stand eine halbvolle Tasse Kaffee, die wahrscheinlich mit einem Tauchsieder zubereitet worden war.«
»Sie meinen, er hat sich das Frühstück nicht durch den Zimmerkellner bringen lassen?«
»Nein, ich glaube nicht. Aber das könnte man nachprüfen.«
»Wenn es nötig sein wird, werden wir es tun. Wenn er die ganze Nacht geschlafen hat, so bedeutet das, daß er das Hotel oder auch nur sein Zimmer nicht mehr verlassen hat, um nach einer ›mitfühlenderen‹ Frau zu suchen. Und wenn er das nicht getan hat, fallen verschiedene Motive für seine Ermordung aus. Wenn also die Nacht ausscheidet, bleibt das Päckchen als einziger ungewöhnlicher Vorfall, um die ganze Tragödie zu erklären. Dieser Gedanke mißfällt mir.«
»Weil es als Motiv nicht ausreicht?«
»Ja. Aber mir mißfällt das Ganze, weil ich ihm dieses Päckchen am Abend bringen sollte und es vergaß. Das war der Auftrag, von dem ich Ihnen gestern mittag erzählte ... Es sei denn, da ist noch etwas, von dem wir bis jetzt noch nichts wissen. Sarah, hat irgend etwas, das er sagte oder tat, den Eindruck auf Sie gemacht, daß ihn noch etwas anderes als das Fehlen des Päckchens beschäftigte?«

»Die Frau, die am Abend bei ihm war, hat ihn beschäftigt«, sagte sie bestimmt. »Aber sonst war es nur das Päckchen.«
»Also gut. Und was noch?«
»Er sagte, als er aufgewacht sei, wäre ihm das Päckchen eingefallen, und er hätte es gesucht. Er muß so wütend gewesen sein, nehme ich an, daß er außer sich war, denn er hatte die Kissen aus dem Bett gerissen, Handtücher lagen auf dem Boden verstreut, und Decken waren aus dem Schrank gezerrt. Vielleicht hat er halb unbewußt gedacht, Sie hätten das Päckchen versteckt, um ihm einen Streich zu spielen. Dann hat er den Empfang angerufen. Vermutlich um zu fragen, ob die Garderobenfrau das Päckchen noch hätte oder wem sie es andernfalls gegeben hätte.«
»Hören Sie«, unterbrach ich sie. »Als er am vorhergehenden Abend zurückkam, hätte er das Päckchen doch noch bekommen, oder nicht? Wie lange ist die Garderobe geöffnet?«
»Bis Mitternacht.«
»Und wenn er keinen Schein gehabt hätte?«
»Das hätte die Sache kompliziert. Aber wenn er das Päckchen beschrieben hätte, hätte man ihm sicher erlaubt, es in Gegenwart des stellvertretenden Direktors zu öffnen.«
»Hat er Ihnen gesagt, was in dem Päckchen war?«
»Nein, wissen Sie es denn?«
»Ja, es waren Kugelschreiber. Die Kugelschreiber mit seinem Monogramm. Hätte er den verdammten Schein doch nur behalten, dann hätte er es beim Heimkommen abholen können. Bitte, erzählen Sie weiter.«
»Inzwischen war es halb zehn geworden, und er sagte, er müßte zum Signieren. Ich sagte: ›Also gut, räumen wir das Zimmer auf, und dann gehen wir. Ich werde dafür sorgen, daß Sie Ihr Päckchen bekommen, wenn es noch an der Garderobe ist.‹ Ich versuchte, ihn zu beruhigen, verstehen Sie, denn er schien mir gefährlich nahe daran, die Beherrschung zu verlieren.«
»Sie räumten also gemeinsam das Zimmer auf?«
»Ja, ich räumte die Handtücher und die Decken in den Schrank und machte das Bett. Er half mir nicht besonders viel.«
»Und seine Kleidung wurde ordentlich aufgehängt oder weggelegt?«
»O ja, das war das erste, was wir taten.«

»Sie ließen also keine Kleidungsstücke auf den Stühlen oder auf dem Bett liegen?«

»Nein«, sagte sie bestimmt. »Als ich fertig war, war es ungefähr zehn vor zehn, und ich fühlte mich dafür verantwortlich, daß er pünktlich zur Signierstunde erschien. Als wir nach unten fuhren, bestand er darauf, zuerst zur Garderobe zu gehen. Darum stiegen wir im zweiten Stock aus. Ich wußte, daß es schwierig sein würde, rasch mit Hilda klarzukommen, und als sie sich weigerte, etwas ohne Schein herauszugeben, drängte ich Devore zum Gehen. Ich versprach ihm, das Päckchen in ein paar Minuten zu besorgen, sobald ich ihn sicher am Signiertisch abgeliefert hätte.«

»Aber Sie holten das Päckchen dann nicht?«

»Nein«, sagte sie und schüttelte den Kopf. »Ich wollte ihn ja nur beruhigen. Ich wäre nie auf die Idee gekommen, er könnte es zum Signieren brauchen. Er hatte mir ja auch nicht gesagt, was drin war. Und selbst wenn ich gewußt hätte, daß es Kugelschreiber waren, hätte ich wahrscheinlich gedacht, davon gäbe es schließlich genug, und man könne sich von jedermann welche ausleihen, falls es nötig sei.«

»Aber keine mit dem Monogramm von Devore, mit denen man Bücher von Devore mit dem Autogramm von Devore signieren kann.«

»Das wußte ich nicht. Jedenfalls – als wir den Pressesaal betraten, machte er sich von mir los, als käme er erst jetzt wieder richtig zur Besinnung. Ich ließ ihn gewähren, da ich annahm, er würde seinen Platz schon selber finden. Das tat er auch, denn ich sah ihn später dort sitzen.«

»Und niemand hat Sie mit ihm hereinkommen gesehen?«

»Die Leute haben ihn gesehen und mich auch, aber ich weiß nicht, ob jemand uns zusammen hereinkommen sah. Der Raum war überfüllt, weil eine andere Signierstunde gerade zu Ende war, und Devore hat sich ja auch gleich am Eingang von mir getrennt.«

»Aber Sie müssen anschließend dort geblieben sein, denn Sie wußten doch von dem Zwischenfall mit Giles. Oder hat es Ihnen jemand erzählt?«

»Nein, ich blieb dort. Ich sah Asimov und hatte den Wunsch, zu ihm zu gehen und mich bei ihm zu entschuldigen. Er benahm sich sehr nett, und ich fragte ihn, wer Sie wären. Er sagte es mir, und das hat

mich ziemlich in Verlegenheit gebracht.«
»Blieben Sie die ganze Zeit über dort, bis zu dem Zwischenfall mit Giles?«
»Ja, ich blieb bis zum Schluß, weil ich mich noch immer für ihn verantwortlich fühlte und befürchtete, es könnte etwas passieren, das dem Ruf des Hotels schadete.«
»Und Sie haben ihn während der ganzen Zeit nichts über mich sagen gehört?«
»Nein, da nicht.«
»Wann war es dann?«
»Als er mit dem Signieren fertig war, warf er den Kugelschreiber, den er benutzt hatte, gegen die Wand. Er prallte ab und fiel zu Boden . . .«
»Den roten Kugelschreiber?«
»Ich weiß nicht, was für einer es war. Mr. Devore war offensichtlich wütend und hatte die Beherrschung verloren. Er sprang auf und ging zur Tür. Einige Leute versuchten, ihn aufzuhalten und mit ihm zu sprechen, aber er beachtete sie nicht. Er sah aus, als ob er schwankte, und ich hatte Angst, er könnte ohnmächtig werden. Da ich mich immer noch für ihn verantwortlich fühlte, folgte ich ihm unauffällig, nahm seinen Arm und führte ihn zum Aufzug.«
»Und was geschah dann?«
»Unterwegs fragte ich ihn, ob er bei der Garderobe vorbeigehen und das Päckchen abholen wollte, aber er sagte: ›Zu spät.‹ Und dann mit einer Art Flüstern: ›Dieser Darius. Dieser Darius Just!‹ Er sagte es mit solchem Haß, daß es mir durch und durch ging. Es lag eine tödliche Schärfe in seiner Stimme, und ich hatte das Gefühl, ich müßte Sie warnen.«
»Aber Sie unternahmen nicht sofort etwas.«
»Ich wußte nicht, wo ich Sie finden sollte. Außerdem mußte ich ihn auf sein Zimmer bringen.«
»Und was geschah dann? Haben Sie sich vor der Tür von ihm getrennt, oder sind Sie mit ihm hineingegangen, oder was?«
Meine Frage schien sie in Verlegenheit zu bringen. Sie begann in den Papieren auf ihrem Schreibtisch herumzukramen. Dann sah sie auf und sagte mit ganz kleiner Stimme: »Ich habe Ihnen alles erzählt, was wichtig ist.«
»Warum lügen Sie nicht einfach und behaupten, Sie hätten ihn bis

zu seinem Zimmer gebracht und seien dann ohne einzutreten weggegangen?«
»Woher wissen Sie, daß das eine Lüge wäre?«
»Weil ich einiges über Giles in Erfahrung gebracht habe. Ich kann daher davon ausgehen, daß die Ereignisse vom Abend zuvor Frustrationen in ihm ausgelöst hatten und er bislang noch keine Entspannung gefunden hatte. Daß er das Päckchen nicht bekam und das Mißgeschick während der Signierstunde müssen den Druck noch verstärkt haben. Ich bin ziemlich sicher, daß selbst wenn Sie ihn allein in sein Zimmer gehen lassen wollten, es Ihnen nicht gelungen wäre. Er faßte Sie am Arm und zog Sie hinein. Stimmt's?«
»Ja, er zog mich hinein«, gestand sie unglücklich.
»Und als Sie drin waren, fing er an zu weinen, und dann bat er Sie, ihn auszuziehen und ihn zu baden.«
Sie sah mir direkt in die Augen und meinte bitter: »Sie wissen also Bescheid!«
»Ich habe erst gestern davon erfahren.«
Sie blieb stumm. Ich ließ einige Sekunden verstreichen, dann fragte ich mit ausdrucksloser, ruhiger Stimme: »Haben Sie mitgemacht?«
»Nein, das habe ich nicht. Als er es mir sagte, ging ich hinaus.«
»Sie hätten nicht hinausgehen können, wenn er versucht hätte, Sie daran zu hindern.«
»Er hat nicht versucht, mich daran zu hindern. Ich war im Nu draußen. Er hätte mich nicht so schnell packen und festhalten können.«
»Ich verstehe.«
»Ich nehme an, die Frau vom Abend vorher hat ihn ebenfalls abgewiesen«, überlegte Sarah nachdenklich.
»Ja, das hat sie.«
»Ich ließ den armen Kerl weinend dort sitzen, aber ich versichere Ihnen, daß ich nicht mehr mit ihm zu tun hatte, als ich Ihnen sagte. Natürlich ...«
»Ja?«
»Natürlich bedauere ich jetzt, daß ich nicht etwas freundlicher zu ihm gewesen bin. Als er versuchte, sich allein zu duschen, in dem Zustand, in dem er war, da ...«
»Jeder will sich unbedingt dafür verantwortlich machen«, brummte ich verdrossen. »Hören Sie, sind Sie sicher, daß keine Kleidungs-

stücke in seinem Zimmer verstreut lagen?«
»Als ich wegging, trug er alle seine Sachen am Leib. Er hatte auch nicht ein einziges Stück ausgezogen.«
»Schon gut. Haben Sie, als Sie ihn verließen, jemanden im Flur gesehen?«
»Nein.«
»Sind Sie sicher?«
»Ziemlich. Hören Sie, Darius. Ich habe viele Männer gekannt, aber das hier war mir neu und stieß mich ab. Es hat mich ziemlich schockiert, obwohl ich nie geglaubt hätte, daß mich irgend etwas in dieser Beziehung noch erschrecken könnte ... wieso sehen Sie mich so an, Darius? Ich bin zweiunddreißig Jahre alt und habe einen siebenjährigen Sohn.«
Ich breitete die Hände aus. »Entschuldigen Sie, ich habe keineswegs so was gedacht. Außer, daß Ihr Name zu Ihrem Akzent paßt. Deshalb glaubte ich, Sie wären unverheiratet.«
»Ich bin geschieden«, erklärte sie. »Und wie ist Ihr Familienstand?«
»Ich bin allein«, sagte ich schnell.
»Immer gewesen?«
»Ich war noch nie verheiratet, obwohl es Sie vermutlich nicht schockieren wird, wenn ich Ihnen verrate, daß ich ebenfalls kein Heiliger bin.«
»Ich hätte Ihnen das Gegenteil ohnehin nicht geglaubt. Aber lassen Sie mich erklären, weshalb ich so sicher bin, daß niemand im Flur war. Als ich Devores Zimmer verließ, fühlte ich mich irgendwie beschmutzt, und ich hoffte von ganzem Herzen, daß niemand mich aus seinem Zimmer kommen sähe. Daher habe ich genau registriert, daß niemand im Flur war.«
»Kein Mensch?«
Sie zögerte. »Nun, ich hatte flüchtig den Eindruck, als sähe ich einen Schatten in der Nähe von Giles' Zimmer, als ich um die Ecke zu den Aufzügen bog. Vielleicht war es aber nur Einbildung, die von der Spannung herrührte.«
»Können Sie nichts Genaueres über Ihren Eindruck sagen?«
»Nein, denn da ich nicht gesehen werden wollte, lief ich die Treppe hinunter und nahm den Aufzug erst von der darunterliegenden Etage aus.«

»Schade! Könnten Sie sagen, ob der Schatten, den Sie zu sehen glaubten, groß oder klein war? Ob er zu einem Mann oder einer Frau gehörte?«

»Nein, nichts dergleichen.«

»Zu dumm. Wenn Sie gegen elf Uhr zwanzig Giles Zimmer verließen und ich ihn zwei Stunden später tot auffand, zu einem Zeitpunkt also, zu dem er schon eine Weile tot gewesen sein muß, ist es sehr gut möglich, daß es der Schatten des Mörders war, der zu Giles ging.«

»O Gott!«

Es war schon kurz nach sechs. »Müssen Sie jetzt nach Hause?« fragte ich.

»Gewöhnlich gehe ich zu irgendeiner Zeit.«

»Ich meinte, ob Sie jetzt zu Ihrem Sohn müssen?«

»Nein. Er ist bei seiner Großmutter, meiner früheren Schwiegermutter. Die andere Seite hat ebenfalls Rechte auf ihn, und die Scheidung ist einigermaßen freundschaftlich über die Bühne gegangen.«

»Würden Sie dann wohl mit mir zu Abend essen?«

»Werden wir dabei von Mr. Devore sprechen?«

Ich beschloß, ehrlich zu sein. »Ein bißchen vielleicht, weil ich die letzten dreißig Stunden fast an nichts anderes denken konnte. Aber ich schwöre, daß ich mich ehrlich bemühen werde, über andere Dinge zu sprechen.«

»Wenn es so ist, nehme ich Ihre Einladung an, Darius.«

Wir entschieden uns für ein kleines armenisches Lokal, das ich kannte und das wahrscheinlich an einem Dienstagabend nicht allzu voll sein würde. Außerdem war es nahe genug, daß wir zu Fuß hingehen konnten. Irgendwie hatte ich das Bedürfnis nach Bewegung.

»Wissen Sie«, sagte Sarah, als wir uns schließlich an einem der Holztische in einer Nische im hinteren Teil des Lokals gegenübersaßen, »ich bin Ihnen dankbar, daß Sie mich eingeladen haben, das lenkt mich von unserer Werbeaktion ab. Ich habe das Ganze so satt. Morgen treffen wir die letzten Entscheidungen, und dann nehme ich mir eine Woche frei. Darauf freue ich mich schon.«

»Wohin fahren Sie?«

»Ich weiß es noch nicht. Vielleicht bleibe ich auch einfach zu Hause und schlafe den ganzen Tag oder sehe fern.«

Ich habe vergessen, worüber wir alles gesprochen haben, ich weiß nur noch, daß der Ball hin und her flog, nie die Grenzen übersprang,

nie das Netz streifte, sich nie im Unterholz verlor.
Ich erfuhr einiges aus ihrem früheren Leben. Ihr Vater war in ihrem Heimatland ein hoher Regierungsbeamter gewesen. Er war dann in Ungnade gefallen, unter Umständen, die in einem solchen Land Gefängnis oder Schlimmeres bedeuten. Zum Glück gelang es ihm, mit Sarah zusammen zu fliehen, und so kamen sie in die Vereinigten Staaten. Das war jetzt zehn Jahre her. Inzwischen war ihr Vater gestorben. Sie hatte schon bald, nachdem sie hergekommen war, geheiratet – zu bald, denn es hatte zu nichts geführt – außer zu dem Sohn, den sie mit ihrem Mann produziert hatte.
»Ich konnte schon Englisch, als ich ankam«, erzählte sie. »Ich wollte eigentlich Englischlehrerin werden. Ich liebe die Sprache. Sie scheint gut zu mir zu passen. Ich dachte, ich spreche sie perfekt, aber hier merkt jeder sofort, daß ich Europäerin bin.«
»Sie sprechen zu perfekt«, bemerkte ich. »Können Sie Ihre Muttersprache noch?«
Sie lachte und sagte rasch etwas in einer Sprache, die sich slawisch anhörte. Ich versuchte ein paar Worte zu wiederholen, und wir übten ein wenig, während wir unser Moussaka aßen. »Sie sind nicht gerade ein Sprachgenie«, stellte sie fest.
»Ich weiß«, sagte ich. »Ich komme schon schwer genug mit dem Englischen zurecht. Meine Lektoren weinen über meine Manuskripte. Was habe ich da in dem Kauderwelsch zu sagen versucht, das Sie mich wiederholen ließen?«
»Sie stellen zu viele Fragen.«
»Na, hören Sie mal. Es ist doch wohl natürlich, daß ich das wissen möchte.«
»Sie verstehen mich falsch. Die Worte, die ich Sie wiederholen ließ, bedeuten: Sie stellen zu viele Fragen.«
Sie stellte mir übrigens ebenfalls viele Fragen, und ich redete eine Menge dummes Zeug über meine Anfänge als Schriftsteller, während wir unseren Kaffee und dazu jeder einen Schnaps tranken.
Aber nach einer Weile schien ihre Lebendigkeit sie allmählich zu verlassen, und schließlich flog ein Stirnrunzeln wie ein Schatten über ihr Gesicht.
»Was ist los?« fragte ich.
Sie schauderte ein wenig. »Ich weiß nicht. Ich fange an, mir Dinge einzubilden.«

»Was für Dinge?«
»Ich glaube, es ist, weil ich Ihnen sagte, ich hätte jenen Schatten gesehen. Das hat mich anscheinend in eine melodramatische Stimmung versetzt.«
»Wieso?«
»Als wir hierhergingen, schien es mir, als ob uns jemand folgte.«
»Uns folgte? Ich habe nichts gemerkt.«
»Sie haben nicht darauf geachtet. Ich eigentlich auch nicht. Aber ich habe einen Mann gesehen.«
»Um uns herum waren Tausende von Männern.«
»Ich habe ihn mehrmals gesehen. Immer in unserer Nähe, aber in einem gewissen Abstand. Und gerade eben ist er hier ins Lokal gekommen.«
Ich drehte mich um, denn ich saß mit dem Rücken zur Tür, aber sie sagte: »Er ist schon wieder weg. Er hat nur einen Moment lang hereingeschaut, als wollte er sich vergewissern, daß wir noch hier sitzen.«
»Haben Sie ihn erkannt?«
»Nein, es war ein Fremder.«
»War es derselbe Mann, den Sie auf der Straße gesehen hatten?«
»Ich bin nicht ganz sicher. Ich habe ihn ja nur einen Moment lang gesehen. Aber warum sollte sonst jemand hereinkommen und sofort wieder hinausgehen? Der Mann hat sich nach allen Seiten umgeschaut und ist wieder gegangen.«
Ich zeigte auf die Uhr, die über uns an der Wand hing. »Er kam herein, um zu sehen, wie spät es ist, und es war nicht derselbe Mann, wie der auf der Straße, und der Mann auf der Straße ist uns nicht gefolgt. Und außerdem haben Sie nichts zu befürchten, wenn Sie mit mir zusammen sind. Lassen Sie sich von meiner Größe nicht täuschen. Wissen Sie was? Machen wir einen Spaziergang, es ist überhaupt noch nicht spät.«
Sie lächelte. »Wohin sollen wir gehen? Lassen Sie mich raten. In Ihre Wohnung?«
Ich fühlte, wie ich rot wurde, denn natürlich lag meine Wohnung in Gehweite. Ich sagte: »Wenn Sie mich anflehen würden, mit in meine Wohnung kommen zu dürfen, würde ich es Ihnen nicht verweigern, aber ich gebe Ihnen mein Ehrenwort, daß ich keine schlechten Absichten habe.«

»Kommt ganz darauf an, was Darius Just unter schlecht versteht«, murmelte sie.
»Ich habe lediglich die Absicht, einen Spaziergang zu machen«, betonte ich. »Einen richtigen Spaziergang im Dämmerlicht am Park entlang. Und wenn wir damit fertig sind und Sie im Umkreis von zehn Meilen wohnen, werde ich Sie mit dem Taxi nach Hause bringen. Oder wenn Sie das vorziehen, verfrachte ich Sie allein in ein Taxi und bezahle den Fahrer im voraus.«
»Na gut, gehen wir spazieren, Darius.«

Als wir beim Park ankamen, war es ungefähr halb neun. Die Dämmerung war schon weit fortgeschritten. Ich legte den Arm um Sarahs Taille und fragte: »Ist Ihnen kalt?«
»Kein bißchen«, erwiderte sie, aber ich ließ meinen Arm, wo er war, für den Fall, daß es noch kalt werden sollte, und sie legte ihren um mich, vielleicht aus demselben Grund.
Wir gingen in die Richtung meiner Wohnung, aber ich verriet ihr nichts davon, und ich schwöre, daß ich nicht vorhatte, sie dorthin zu manövrieren. Es war reiner Zufall.
Ihre gedrückte Stimmung von vorhin schien vorüber, aber das fiel mir nicht besonders auf, denn ehrlich gesagt, hatte ich es schon völlig vergessen.
Ich sagte in einem sanften Ton, den ich nicht als den meinen erkannt hätte, hätte ich ihn von außen gehört: »Schade, daß man um diese Zeit nicht mehr in den Park gehen kann.«
»Wirklich sehr schade«, bestätigte Sarah. »Es wäre so schön, an einem Abend wie heute aus der Hektik der Stadt in diese friedliche grüne Oase zu fliehen.«
»Und ob. Aber wissen Sie was? Wir brauchten ja nicht weit hineinzugehen. Warum setzen wir uns nicht auf eine Bank ziemlich am Rand, mit einem Licht in der Nähe? Dort sind wir wenigstens etwas vor dem Verkehrslärm geschützt.« (Ich gebe ehrlich zu, daß ich hoffte, wir würden uns ein wenig küssen.)
»Oh, nein. Wenn nun was passiert . . .«
»Es wird nichts passieren. Und wenn doch, werde ich schon damit fertig. Vergessen Sie nicht, daß ich einen Meter und achtundfünfzig Zentimeter groß bin und hundertzehn Pfund wiege. Ich kann auf mich aufpassen und auf Sie auch.« Ich zog sie weiter, obschon ich

mich nicht besonders wohl dabei fühlte, und ich war erleichtert, als wir nur etwa sieben Meter hinter dem Eingang eine leere Bank fanden. Sie war genügend weit von der Straße und der Durchfahrtstraße, die durch den Park führt, entfernt, um eine Illusion von Abgeschiedenheit zu vermitteln, und nahe genug am Parkrand für eine Illusion von Sicherheit. »Hier«, sagte ich. »Das ist ja geradezu perfekt.«

Das Licht der Straßenlampe, die vom frischen grünen Laub halb verdeckt war, beleuchtete ihr Gesicht nur schwach und ließ es um so verführerischer erscheinen. Es schien mir völlig natürlich zu sein, wenn ich sie küßte. Wozu sonst war ich in den Park gegangen? Und wozu sonst war sie hier?

Doch irgendwie fehlte mir die Selbstsicherheit, die ich gewöhnlich bei solchen Gelegenheiten bewies.

Bei Sarah war ich verwirrt. Sie war freundlich gewesen, ohne im geringsten mit mir zu flirten. Wollte sie nun geküßt werden oder nicht? Zu meinem Leidwesen fand ich mich in meine Teenagerzeit zurückversetzt. Ich ertappte mich dabei, wie ich mein Gesicht ganz langsam dem ihren näherte, sorgfältig auf ein Anzeichen achtend, ob sie mir entgegenkommen – oder zurückweichen würde.

Eine Weile schien es, als würde es klappen, aber plötzlich zuckte sie zurück – abrupt, doch nicht aus Sprödigkeit oder Mißbilligung – sondern vor Entsetzen.

»Darius!« Ein erstickter Schrei.

Anscheinend war ich mehr in den Vorgang vertieft gewesen, als sie, denn sie hatte bemerkt, was ich nie bemerkt hätte. Trotzdem ist es schmeichelhafter für mein Ego, wenn ich es so darstelle: Sie sah in die richtige Richtung. Ich nicht. Ich drehte mich um und sprang auf die Füße. »Was zum Teufel wollen Sie?«

Er war etwa fünf Meter von uns entfernt, aber ich konnte nur erkennen, daß es ein Mann war. Ein Weißer von mittlerer Größe und stämmig. Er trug eine dunkle Jacke, ein dunkles Hemd und dunkle Hosen, und wenn das Licht nicht schwach seine Hände und sein Gesicht beleuchtet hätte, wäre er so gut wie unsichtbar gewesen.

»Der Mann aus dem Lokal«, flüsterte Sarah aufgeregt.

»Das wissen Sie doch gar nicht«, flüsterte ich zurück, ohne ihn aus den Augen zu lassen.

Der Schatten bewegte sich vorwärts. Er näherte sich mit kleinen

Schritten, und jetzt beleuchtete das Licht noch etwas anderes.
»Er hat ein Messer!« wisperte Sarah entsetzt.
Grob stieß ich Sarah ein Stück von mir weg. »Bleiben Sie da«, sagte ich leise. »Und wenn wir anfangen zu kämpfen, laufen Sie weg.«
Ich tat einen Schritt rückwärts auf das Gras, so daß die Bank einen Moment lang zwischen uns war, während ich ihn nicht aus den Augen ließ und die Situation abschätzte. Wenigstens hatte er keinen Revolver, mit dem er mich aus sicherer Entfernung hätte abschießen können. Wenn er mich lautlos tötete, hatte er hinterher mehr Zeit zu entkommen.
Behutsam umkreiste der Unbekannte die Bank, um an mich ranzukommen. Er würde das Messer nicht nach mir werfen, da war ich ganz sicher. Zum Messerwerfen benötigt man mehr Geschicklichkeit, als die meisten denken, und nur die wenigsten verfügen darüber. Wenn man das Ziel verfehlt, steht man unbewaffnet da.
Ich wich vor ihm zurück, ließ jedoch zu, daß er um die Bank herumkam. Ich wußte, was ich tun würde, und wollte erreichen, daß genügend freier Raum zwischen uns war.
So normal, wie es mir möglich war, sagte ich dann: »Tritt hinter ihn, Sarah.« Ich war sicher, der Unbekannte wußte, daß sie sich nicht von der Stelle rühren würde, aber wir sind alle nur Menschen. Der Mann mit dem Messer mochte noch so genau wissen, daß niemand es wagen würde, sich ihm von hinten zu nähern, seine Augen bewegten sich einen winzigen Moment in Sarahs Richtung, und darauf hatte ich gewartet.
Mit einem lauten Schrei warf ich mich nach vorn. Mein rechter Fuß zielte mit der Spitze geradeaus nach seinem Unterleib. Ich war viel zu weit von ihm entfernt und hätte mich auch so nicht zu sehr auf meine Zielsicherheit verlassen können, daher hatte ich weder die Hoffnung, ja nicht einmal die Absicht, ihn dort zu treffen.
Es ist jedoch schwierig, seine Reaktion zu kontrollieren, wenn jemand mit dem Fuß nach dieser empfindlichen Stelle zielt, besonders wenn die Bewegung von einem unerwarteten Schrei begleitet wird. Der Unbekannte zog unwillkürlich den Unterleib ein, und seine Hände fuhren schützend abwärts. Ich machte aus dem Tritt einen Sprung und griff genau im richtigen Moment zu. (Ich habe diese Art des Angriffs viele Male ausgeführt und mit Vergnügen registriert, wie gut sie funktioniert.) Ich packte den Arm mit

dem Messer am Handgelenk, drehte ihn unsanft, dabei seiner Abwärtsbewegung folgend und riß ihn dann mit aller Kraft nach hinten hoch.
Das Messer flog im Bogen davon, wie geplant, und der Arm mußte, dem Schrei nach zu urteilen, ausgekugelt sein. Er ging zu Boden, und ich prallte mit dem Kopf gegen einen Baumstamm hinter ihm.
Ich habe einen ziemlich harten Schädel, aber was ist das schon im Vergleich zu einem alten, festverwurzelten Baumstamm? Daher sah ich eine Menge farbige Sterne, ging ebenfalls zu Boden und war weg.
»Darius . . .!«
Ich hörte Sarah schreien. Es gelang mir, mich zu bewegen und auf die Beine zu kommen. Aber meine Knie waren wie Pudding, und ich klammerte mich an den Baumstamm.
»Wa . . .«
Ich war benommen und hatte Schmerzen. Es fiel mir schwer, etwas klar zu erkennen. Sarah hielt das Messer in beiden Händen. »Darius, was soll ich tun?«
Sie saß auf der Brust des Unbekannten, der völlig unbeweglich dalag. Aber nicht nur wegen der ausgekugelten Schulter, sondern weil sie das Messer mit der Spitze genau auf eines seiner Augen gerichtet hielt. Er hätte sich sicher mit Leichtigkeit schneller unter ihr wegrollen können, als sie reagiert hätte, wenn man in Betracht zog, daß sie kein Experte im Nahkampf war, aber seine ausgerenkte Schulter erschwerte ihm jede Bewegung. Ich konnte sehen, daß er zögerte, sein Auge zu riskieren – und damit das Gehirn dahinter.
»Was soll ich machen, Darius?«
»Halten Sie ihn einen Moment lang so in Schach.« Es gelang mir, zu ihnen hinüberzuhumpeln.
Ich blickte auf den Unbekannten nieder. Er sah in dem trüben Licht krank und verschwitzt aus. Sein Arm mußte höllisch weh tun, und er starrte aus einer Entfernung auf die Spitze eines Messers, die es ihm unmöglich machte, sie richtig auszumachen. Ich versuchte, mir sein Gesicht einzuprägen. Er hatte eine stumpfe, irgendwie schiefe Nase, die ich sicher nicht so leicht vergessen würde.
»Wer zum Teufel hat Sie beauftragt?« fragte ich. »Entweder Sie sagen mir, was das soll, oder Ihre Freunde werden Sie in Zukunft Mr. Einauge nennen.«

Sarah schien jeden Moment das Messer fallen zu lassen, so sehr zitterte sie.
»Geben Sie mir das Messer, Sarah«, sagte ich und bückte mich danach. Das Manöver mißlang. Sie wartete nicht, bis ich das Messer in der Hand hielt, wodurch es in der gleichen Stellung geblieben wäre, sondern reichte es zu mir hinauf.
Der Unbekannte bewegte sich rasch. Er rollte sich auf seinen gesunden Arm und schleuderte Sarah von sich. Es gelang ihm, auf die Füße zu kommen, und er stolperte, seinen verwundeten Arm umklammernd, davon, ehe ich etwas dagegen unternehmen konnte.
»Lassen Sie ihn laufen«, murmelte ich. »Wir kriegen ihn doch nicht.« Ich blickte stumpfsinnig das Messer an. Es war ein Springmesser. Ich ließ die Spitze verschwinden und steckte es ein.
»Gehen wir zur Polizei?« fragte sie.
»Wozu? Was glauben Sie, werden die machen, außer daß sie die Geschichte zu Protokoll nehmen und zu den Akten legen?«
Mein Kopf schmerzte wie ein kranker Zahn.
»Aber wie wollen Sie nach Hause kommen?« fragte Sarah. »Schaffen Sie es bis zur Straße? Wir können ein Taxi rufen.«
»Ich brauche kein Taxi«, sagte ich. »Ich bin schon fast zu Hause. Es ist nur zwei Block weit. Wenn Sie mir ein bißchen helfen, kann ich gehen. Sorgen Sie nur dafür, daß ich es bis an die Haustür schaffe. Dann — können Sie nach Hause fahren. Keine Gefahr für Sie — das verspreche ich Ihnen.«
»Stützen Sie sich auf meine Schulter«, befahl sie, ohne meine Worte zu beachten.
Aber ich konnte noch nicht aufhören. »Ich bin nicht in der Lage, Ihre Tugend zu gefährden. Tut mir leid.«
»Oh, halten Sie den Mund«, sagte sie. »In welche Richtung?«

Es war ein seltsamer Heimweg. Zwei Blocks, dann links und einen halben Block vom Park weg. Dann zwölf Stockwerke mit dem Aufzug hinauf. Es kam mir wie eine Ewigkeit vor. Mein Kopf schmerzte unerträglich, und es fiel mir schwer, gerade zu gehen. Ich weiß noch, daß ich in der Halle viel ernster und gesetzter mit dem Pförtner sprach als sonst. »Hallo, George«, sagte ich, »wie geht es Ihnen? Das hier ist Miss Voskovek. Sie kommt nur für einen Moment zu mir hinauf, George. Sie wird sofort wieder gehen.«

»Ja, Mr. Just«, sagte George und grinste.
Sarah flüsterte mir ins Ohr: »Sie wissen ja gar nicht, wann ich wieder gehe.«
»Sie müssen sofort wieder gehen. Wir müssen an Ihren guten Ruf denken.«
»Sie brauchen einen Arzt, daran sollten wir jetzt besser denken.«
»Kein Arzt«, sagte ich. Der Aufzug kam.
Im Aufzug war niemand, und ich erinnere mich, wie schön es war, mich gegen die Wand lehnen und die Augen schließen zu können. Sarah ließ ihre Hand an meinem Ellenbogen. »Haben Sie Ihren Schlüssel?« fragte sie. Ich zog ihn aus der Tasche und gab ihn ihr. Sie öffnete die Tür, und ich trat ein und sagte: »Gut, meine Liebe, Sie können jetzt gehen. Ich schlafe sicher sofort ein.«
»Nein, ich gehe nicht. Du lieber Gott, schauen Sie einmal, wie Sie aussehen? Was der Portier wohl gedacht hat?«
Ich versuchte, an mir hinunterzusehen, aber es tat mir zu weh.
»Ach, nur ein bißchen Dreck«, murmelte ich und schloß die Augen.
»Und ganz schön zerrissen.« Sie zerrte an meiner Jacke.
Ich versuchte, sie abzuwehren, aber das kostete schrecklich viel Kraft, so daß ich es schließlich aufgab. Bis sie zu meinen Hosen kam.
»Jetzt aber Schluß«, protestierte ich schwach, »was machen Sie denn da?«
»Herunter damit«, befahl sie. »Herunter mit dem ganzen Zeug. Sie könnten nicht schnell genug herauskommen, wenn wir zusammen ins Bett gehen wollten.«
»Aber wir tun es ja nicht, und ich will mich nicht ausziehen.«
»Mir egal, was Sie wollen. Ich ziehe Sie aus!«
Und sie tat es auch. Sie drängte mich ins Badezimmer, ließ Wasser in die Wanne und seifte mich ab. Das war ebenfalls ein verdammt komisches Gefühl. Ich fing an zu lachen. Aber ich hielt es nicht lange aus. Es tat mir zu weh.
Sie trocknete mich ab und sagte: »Heben Sie das Bein hoch. Warum lachen Sie?«
»Armer Giles«, sagte ich. »Von so was hat er geträumt. Und Sie wollten es nicht tun.«
»Weil es seine Idee war. Dies hier ist meine. Da liegt der Unterschied. Außerdem war das Sex, und das hier ist Krankenpflege.«
»Sind Sie Krankenpflegerin?« fragte ich. Ich glaube, eine Minute

lang konnte ich mich wirklich nicht erinnern, wer sie war.
»Nein«, sagte sie, »aber ich bin eine Mutter.«
»Ach so? Und ich bin ein kleiner Junge? Das bin ich aber nicht.«
»Also bitte! Wo ist Ihr Schlafanzug?«
Ich sagte es ihr, und es gelang ihr, mich hineinzuzwängen, und dann lag ich im Bett, und Mann, war das ein herrliches Gefühl!
Nach einer Weile flößte sie mir etwas warme Milch ein, und dann befühlte sie sehr sachte meinen Kopf, aber nicht sachte genug, als daß es nicht höllisch weh getan hätte, als ihre Finger über eine Beule glitten, die sich anfühlte, als habe jemand eine Billardkugel an meinen Kopf geklebt.
»Ich kann nicht sagen, ob Ihr Schädelknochen gebrochen ist oder nicht«, sagte sie.
»Er ist nicht gebrochen«, erklärte ich. »Wenn er es wäre, läge ich jetzt im Koma. Lassen Sie mich schlafen, dann bin ich morgen früh wieder in Ordnung.«
Sie zog sich einen Sessel ans Bett und setzte sich.
»Sie können doch nicht die ganze Nacht hierbleiben!«
»Wie wollen Sie mich daran hindern?«
Ich stöhnte. Und von da an erinnere ich mich an überhaupt nichts mehr. Ich glaube, ich redete eine Menge. Ich weiß nicht, ob ich über Giles' Tod sprach, aber ich muß es wohl getan haben. Dann schlief ich ein. Ich erinnere mich nicht, daß ich träumte. Ich war wie bewußtlos. Ich hätte genausogut tot sein können.

4

Ich muß gegen elf Uhr eingeschlafen sein. Ich erwachte kurz vor neun.
Eine Zeitlang bewegte ich mich nicht. Ich starrte an die Decke und überlegte, was zum Teufel eigentlich passiert war. Dann wandte ich den Kopf, weil ich das bestimmte Gefühl hatte, es sei jemand da, und sah Sarah Voskovek in einem Sessel sitzen und mich mit ihren großen dunklen Augen angstvoll beobachten.
Ich setzte mich auf und sank mit einem Stöhnen zurück, weil ein stechender Schmerz durch meinen Kopf fuhr.

»Wissen Sie, wer ich bin?« fragte Sarah.
Ich hielt mir mit beiden Händen die Stirn und erwiderte verdrießlich: »Natürlich weiß ich, wer Sie sind. Sie sind Sarah Voskovek. Und wenn Sie eine Minute warten, fällt mir alles wieder ein. Wir haben gestern abend zusammen gegessen, nicht wahr?«
»Ja. Und was ist dann passiert?«
»Im Park gab es einen Kampf. Und dann? Brachten Sie mich dann nach Hause?«
»Ja.«
»Und blieben hier. Entschuldigen Sie, aber ich muß ins Bad. Würden Sie mir aufhelfen?«
Sie begleitete mich bis an die Badezimmertür. Hinterher war mir besser, und ich sagte es ihr, als ich herauskam.
»Und wie fühlen Sie sich sonst?« fragte sie.
»Ganz gut«, sagte ich. »Bis auf die wunde Stelle an meinem Kopf. Ansonsten bin ich ziemlich normal. Ich erinnere mich nachgerade an alles, nur nicht an die Einzelheiten, wie ich nach Hause gekommen bin.«
»Es gibt nichts zu erinnern, Darius. Ich habe Sie ins Bett gebracht.«
»Und dann haben Sie die ganze Nacht neben mir gewacht? Müssen Sie denn nicht zur Arbeit? Es ist schon nach neun.«
»Ich habe im Hotel angerufen, daß ich später komme. Wie wäre es mit Frühstück?«
»Gern. Nehmen Sie, was Sie finden.«
Sie machte ein Omelett mit Pilzen und Schinken und Bambussprossen, von denen sie eine Dose fand. Und dazu Tomatensauce. Und Kaffee. Und vorher gab es Ananassaft. Es schmeckte mir großartig.
Draußen war es ziemlich wolkig, was ebenfalls großartig war. Ich wollte nicht, daß die Sonne mir aufs Gehirn schien. Nicht, bevor das Pochen in meinem Schädel ein wenig aufgehört hatte. Sarah schien es nicht eilig zu haben. Sie aß langsam und ich ebenfalls.
Schließlich fragte sie: »Erinnern Sie sich an irgend etwas, das Sie sagten, als Sie gestern abend im Bett lagen?«
»Habe ich geredet?« Ich war erstaunt.
»Ja. Sie wollten es unbedingt, und ich hielt es für besser, Sie ge-

währen zu lassen. Wenn das, was Sie sagten, zusammenhanglos geworden wäre, hätte ich gewußt, daß ich einen Arzt rufen müßte.«

»Demnach war es also nicht der Fall?«

»Nein. Sie sprangen zwar ziemlich abrupt von einem Thema zum andern, aber das, was Sie sagten, klang ganz vernünftig.«

Ich hielt meine Augen auf den Teller gesenkt. »Habe ich irgend etwas – Peinliches gesagt?«

»Wenn Sie damit meinen, ob Sie Ihr Intimleben diskutierten oder aggressiv gegen mich wurden, ist die Antwort nein.«

»Worüber habe ich denn gesprochen?«

»Über alles mögliche. Über Ihre Schriftstellerei, Ihre Verleger, Ihre Eltern. Dr. Asimov.«

Jetzt, wo ich etwas im Magen hatte, ging es meinem Kopf wieder besser. »Ich glaube, daran erinnere ich mich noch. Was habe ich über ihn gesagt?«

»Sie sagten, er wäre so überzeugt von seiner Intelligenz, daß er sich nicht die Mühe mache, sie zu zeigen. Und Sie könnten daraus lernen, so groß zu sein, daß es Sie nicht mehr kümmert, ob Sie auch danach aussehen.«

»Vielleicht meinte ich damit, daß ich nicht in den Park hätte gehen sollen, um Ihnen zu beweisen, wie groß ich bin.«

»So habe ich es auch verstanden. Sie gaben übrigens keine schlechte Figur ab, wissen Sie das?«

»Vielleicht. Es war auch kein reiner Zufall. Der Kerl ist uns gefolgt, wie Sie sagten. Er wäre mir sicher bis zu meiner Wohnung gefolgt und hätte versucht, mich dort zu schnappen, aber der Park war eine so gute Gelegenheit, daß er sie sich nicht entgehen ließ.«

»Ich glaube, ich werde das mein Leben lang nicht vergessen.«

Ich rieb mir behutsam die Stirn. »Es war halb so schlimm«, sagte ich. »Schließlich sind wir noch am Leben. Für mich ist das Ganze der endgültige Beweis dafür, daß Giles ermordet wurde. Wenn jemand einen Mord vertuschen will, dann mordet er auch weiter. Aus welchem Grund sollte man mir sonst gefolgt sein – ausgerechnet mir – und mich überfallen haben?«

»Sie werden es wieder versuchen, mein Lieber.«

»Das würde mich nicht überraschen«, sagte ich mit einem mulmigen

Gefühl, das ich mich jedoch nicht zu zeigen bemühte. »Ich werde möglichst vorsichtig sein ... Habe ich übrigens gestern abend darüber gesprochen – über den Mord?«

»Nicht sehr viel. Es war kurz bevor Sie einschliefen. Ihre Stimme war allmählich leiser geworden. Plötzlich setzten Sie sich auf und sagten: ›Der Kugelschreiber. Ich hätte es nicht tun sollen‹, oder so ähnlich. Sie streckten die Hand aus, und ich ergriff sie. Sie schienen sich zu entspannen und schliefen ein.«

»Ich habe also über Kugelschreiber gesprochen. Ich glaube, ich werde nie darüber wegkommen, daß ich meinen Freund am letzten Abend seines Lebens im Stich gelassen habe. Und dann schlief ich ein, während ich Ihre Hand hielt?«

»Ja. Und nach einer Weile ließ ich sie los.«

»Wissen Sie«, sagte ich, »ich habe noch nie eine Nacht mit einer Frau allein in einer Wohnung verbracht, ohne ihr mein Bett anzubieten.«

»Und es ist das erste Mal, daß ich eine Nacht lang neben dem Bett eines Mannes im Lehnstuhl saß«, erwiderte sie ruhig. »Jetzt wissen wir also beide, wie so was ist.«

Mir fiel ein, daß ich mir noch nicht die Zähne geputzt und mich rasiert hatte. Und während des Zähneputzens schoß es mir ganz plötzlich durch den Kopf. Ich schrie mit dem Mund voller Zahncreme: »Als ich gestern abend über Kugelschreiber sprach, was sagte ich da? Der Kugelschreiber oder die Kugelschreiber, Einzahl oder Mehrzahl?«

Sie breitete hilflos die Hände aus. »Ich könnte es nicht beschwören. Einzahl, glaube ich.«

»Und ich sagte: ›Ich hätte es nicht tun sollen.‹«

»Ich glaube, ja.«

»Könnte ich auch gesagt haben: ›Er hätte nicht dort sein sollen?‹«

»Möglich«, antwortete sie zweifelnd. »Sie waren im Begriff, einzuschlafen. Sie haben nicht besonders deutlich gesprochen.«

»Das muß es sein«, sagte ich. »Natürlich. Sind Sie fertig, Sarah? Können wir gehen?«

»Ich glaube, wir nehmen besser ein Taxi«, schlug sie vor. »Ich will nicht, daß Sie sich zu sehr anstrengen. Außerdem sieht es nach Regen aus.«

»Na klar doch«, sagte ich und bemühte mich, nicht zu murmeln. »Ich möchte so schnell wie möglich dort sein. Allmählich bekommt das Ganze einen Sinn.« Während der fünf Minuten, die die Fahrt zum Hotel dauerte, fragte ich: »Könnten Sie mir einen Gefallen tun?«

»Vielleicht. Was ist es denn?«

»Man hat mir gesagt, die Polizei hätte eine komplette Liste von Giles' Sachen, die sich in seinem Zimmer befanden, zusammengestellt, und der Sicherheitsdienst des Hotels bekäme eine Abschrift davon. Könnten Sie es arrangieren, daß ich die Liste sehen kann?«

Sie sah mich unschlüssig an. »Ich müßte Tony Marsogliani ...«

»Fragen Sie ihn bitte nicht. Lassen Sie sie sich von einem seiner Untergebenen schicken. Wenn Marsogliani merkt, daß sie für mich sein soll, wird er sie Ihnen nicht geben.«

Sie sagte mit leichtem Unbehagen: »Ich will es versuchen.«

An einer Ampel kurz vor dem Hotel kam es mir plötzlich wieder zu Bewußtsein, und ich sagte: »Oh, und danke, daß Sie mir gestern abend geholfen haben. Es war eine ziemliche Zumutung für Sie!«

»Sie haben mich ja nicht dazu gezwungen. Ich hätte ja gehen können.«

»Also dann – ich danke Ihnen sehr.«

»Ist schon in Ordnung.«

Ich saß da und sah sie an. Worte schienen mir unzulänglich. Und im Moment, als das Taxi wieder anfuhr, küßte ich sie.

Es war nur als Geste der Dankbarkeit und Freundschaft gedacht, und sie erwiderte sie, als wäre sie erfreut und sonst nichts.

Nein. Ich lüge. Es war verdammt viel mehr. Es war ein richtiger Kuß, und er dauerte eine ganze Weile. So lange, daß der Taxifahrer erst sagen mußte: »He, mein Freund, wir sind da«, damit ich mich losriß.

Ich gab ihm doppelt soviel Trinkgeld wie üblich, nur aus dem Grund, weil ich in die ganze Welt verliebt war. Wir stiegen aus. Es fing gerade an zu regnen.

Es war schon nach zehn, als wir uns trennten. Sie ging zum Aufzug und ich zur Rolltreppe. Wir winkten uns zum Abschied liebevoll zu. Aber es war kein wirklicher Abschied. Ich wußte, ich würde

sie wiedersehen.
Ich suchte mir meinen Weg wie eine Taube, die ihren Schlag sucht, durch den Dschungel der Messe bis zum Stand von Hercules Books.
Nellie war nicht zu sehen. Ich fühlte einen Anflug von Panik. Jetzt, da ich zu begreifen begann, konnte ich es nicht mehr abwarten, bis sich die letzten Teile zusammenfügten.
Angstvoll fragte ich das Mädchen im Stand: »Wissen Sie, wo Miss Griswold ist?«
»Sie kommt sofort zurück«, antwortete das Mädchen.
Ich sah sie schon von weitem, der Vorteil, wenn man nach einer Person ausschaut, die groß ist. Ich ging ihr rasch entgegen, hoffend, daß niemand sie aufhalten würde.
»Nellie!« Ich winkte ihr zu, weil sie mich sonst nicht gesehen hätte, der Nachteil, wenn jemand klein ist.
»Darius«, begrüßte sie mich. »Wie fühlen Sie sich? Haben Sie noch nicht genug von diesem Rummel hier?«
»Beinahe.«
»Ich jedenfalls völlig. Ich gehe heute abend nach dem Festbankett gleich nach Hause und ins Bett. Und dann komme ich erst Montag wieder zur Arbeit.«
»Hören Sie, Nellie«, sagte ich. »Ich muß noch etwas über Giles Devore wissen. Über die Signierstunde, Sie wissen doch.« Ich sah mit flehendem Blick zu ihr auf, während ich das sagte, und zum ersten Mal fiel mir auf, daß ein Mädchen auch zu groß sein konnte.
»Aber ich habe Ihnen doch alles erzählt!«
»Nur noch eine Kleinigkeit. Sie erinnern sich doch, daß er den roten Kugelschreiber wegwarf, als er fertig war. Den roten Stift, den Sie ihm gegeben hatten.«
»Ja, das tat er. Ich habe ihn nicht aufgehoben. Brauchen Sie ihn denn? Ich bezweifle, daß er . . .«
»Nein, ich brauche ihn nicht. Aber als Sie ihn ihm brachten, saß er mit einem andern Kugelschreiber dort, einem, der leer war. Es war der zweite Schreiber, der leer war, und Sie brachten ihm einen dritten?«
»Ja.«
»Meine Frage lautet: Was machte er mit dem zweiten Kugelschrei-

ber, als Sie ihm den dritten brachten? Warf er ihn weg oder legte er ihn vor sich auf den Tisch, oder was machte er damit?«
»Oh, wie soll ich mich daran noch erinnern? Weggeworfen hat er ihn jedenfalls nicht. Er sah mich kommen und – ja, jetzt weiß ich es wieder, er steckte ihn in die Tasche.«
»Sind Sie sicher?«
Sie nickte. »Ich erinnere mich jetzt, weil ich das Gefühl hatte, er befürchte, ich könnte ihm den Kugelschreiber wegnehmen. Er steckte ihn nämlich schnell ein. Ich sagte sogar noch: ›Ich will Ihren Kugelschreiber nicht, Mr. Devore. Ich bringe Ihnen nur einen neuen.‹ Ich weiß es jetzt wieder genau.«
»Ja«, sagte ich. »Seine Frau hat mir erzählt, daß er seine leeren Kugelschreiber immer behielt. Daß er den roten wegwarf, war ungewöhnlich.«
»Ist das alles, was Sie wissen wollten?«
»Ja, das ist alles, was ich brauche. Vielen, vielen Dank.« Ich verspürte den Impuls, sie zu küssen. Aber mir fiel ein, daß ich mich zu sehr hochrecken müßte, und ich dachte, zum Teufel damit.
Als nächstes mußte ich zu Sarah zurück. Sie hatte kaum eine halbe Stunde Zeit gehabt, aber falls sie das betreffende Papier noch nicht haben sollte, würde ich warten.
Ich kam in ziemlichem Tempo zur Tür herein. Ginger sah auf und winkte mich mit einem Lächeln in Sarahs Büro.
Sarah telefonierte. Sie blickte auf und bewegte begrüßend die Fingerspitzen, sprach jedoch weiter und hörte dann eine Weile zu.
Ich machte mich darauf gefaßt, noch warten zu müssen, aber sie schob mir die Fotokopie einer Liste über den Schreibtisch zu.
Ich ergriff sie mit klopfendem Herzen. Wenn es nicht so war, wie ich hoffte, war es natürlich trotzdem noch möglich, jedoch nicht ganz so wahrscheinlich. Und ich hätte vielleicht dann nicht den Mut, die Falle zu stellen.
Ich ging das Verzeichnis der Kleidungsstücke und seiner andern Habseligkeiten durch (großer Gott, da stand »eine einzelne Tablette, vermutlich Aspirin«). Ich fand es nicht. Ich studierte noch einmal alles ganz genau – und noch einmal. Nichts. Es stand nicht auf der Liste.
Ich holte tief Atem. Dann setzte ich mich und überlegte.

Es stimmte alles, aber es hörte sich nicht wirklich zwingend an. Das Ganze wirkte eher zufällig und fadenscheinig, und wenn ich nichts Konkretes vorzuweisen hatte, würde mir niemand glauben. Und damit ich etwas vorweisen konnte ...
Sarah hatte ihr Gespräch beendet. »War es das, was Sie haben wollten? Ich brauchte nur darum zu bitten. Man hat sie mir sofort herübergeschickt. Gut so?«
»Mehr als gut. Ich weiß jetzt, wer Giles getötet hat.«
Ich nahm an, sie würde mich fragen, wer, aber sie tat es nicht. Sie fragte nur: »Sind Sie auch sicher, daß es stimmt?«
»Ganz sicher. Aber ich glaube nicht, daß ich jemand davon überzeugen kann, wenn nicht noch etwas hinzukommt. Hören Sie, war Marsogliani da, als Sie in seinem Büro anriefen?«
»Er ist zwar hier, aber nicht in seinem Büro. Deswegen habe ich die Liste so schnell bekommen. Heute ist einer von den Tagen, an denen er sich in der Sicherheitszentrale im Erdgeschoß aufhält.«
Ich dachte nach. Dann fragte ich: »Was halten Sie eigentlich von Marsogliani?«
»Als Sicherheitschef?«
»Ja.«
»Soviel ich weiß, ist er seit zehn Jahren hier, und man ist mit ihm zufrieden.«
»Wäre es möglich, daß er in Rauschgiftgeschäfte verwickelt ist?«
Sie starrte mich an wie einen Verrückten. »Er? Nie!«
»Das ist natürlich nur ein Eindruck, den Sie von ihm haben?«
»Er müßte der beste Schauspieler der Welt sein, um so schmutzig sein und auf mich einen so sauberen Eindruck machen zu können.«
»Seit wann kennen Sie ihn?«
»Seit ich hier bin. Fast sieben Jahre.«
»Und es ist Ihre feste Überzeugung, daß er ehrlich ist?«
»Absolut«, sagte sie, jede einzelne Silbe betonend.
»Dann muß ich es versuchen. Ich muß das Risiko eingehen. Hören Sie, Sarah, ist Zimmer 1511, das Zimmer von Giles, noch immer unbewohnt?«
Sie führte ein weiteres Telefongespräch, dann sagte sie: »Mr. Devore hatte es bis heute gemietet, und sein Verleger hat uns dafür

garantiert. Es war also kein Verlust, daß wir es bisher noch nicht wieder vermietet haben. Aber heute nachmittag wird jemand einziehen, wahrscheinlich gegen drei.«

Ich sah auf meine Uhr. Es war kurz nach elf. »Dann habe ich genügend Zeit, glaube ich. Ich muß mit Marsogliani sprechen.«

»Ich könnte ihn bitten, herzukommen. Aber wenn er im Büro im Erdgeschoß ist . . .«

»Nicht nötig. Ich gehe lieber nach unten und überrasche ihn. Könnten Sie mich hinführen? Oder lieber nicht. Ich möchte nicht, daß Sie in die Sache verwickelt werden. Könnte jemand anders mich zu ihm bringen?«

Sie ging ins Vorzimmer, kam zurück und sagte: »Ginger wird Sie begleiten . . . Bitte, seien Sie vorsichtig, Darius!«

»Oh, ich werde schon aufpassen, Sarah. Was ich jetzt brauche, ist Glück.«

»Sie wollen schon wieder beweisen, wie groß Sie sind, stimmt's?«

Ich blieb einen Augenblick lang stehen. »Nein, ich weiß jetzt, wie groß ich bin. Ich bin groß genug. Was ich zu beweisen hoffe ist, wie klug ich bin.« Und inwieweit, fügte ich bei mir selber hinzu, ich ein Mörder bin.

Ginger brachte mich ins Souterrain und durch ein Labyrinth von Gängen bis vor eine Glastür, die eine plötzliche Vision von Licht und Komfort in der gleichförmigen elfenbeinfarbenen Umgebung mit den röhrendurchzogenen Decken bildete. Mein Herz tat einen Sprung, als ich Marsogliani hinter der Tür erkannte, mit seinem dicken Bauch und der halbgerauchten Zigarre im Mund. Er sprach ins Telefon.

»Danke, Ginger«, sagte ich. Sie lächelte und ging eilig davon. Die Tür war nicht verschlossen. Ich trat ein. Marsogliani blickte auf, und ich sagte: »Schon gut, ich warte. Ich bin Darius Just.«

Zuerst sah er überrascht aus, dann äußerst verärgert. »Ich weiß, wer Sie sind«, brummte er. »Wie Sie sehen, bin ich beschäftigt.«

»Dann werde ich warten.«

»Ich habe aber vor, beschäftigt zu bleiben.«

»Alles, was ich brauche, ist eine halbe Stunde Ihrer Zeit. Mit der Polizei möchte ich mich nicht so gern einlassen.«

Er sprach zu der Person am Telefon: »Rufen Sie mich bitte später

noch einmal deswegen an.«
Er legte auf und drehte sich zu mir um. »Was wollen Sie? Und machen Sie schnell.«
»Lassen Sie mich zwei Minuten sprechen, ohne mich zu unterbrechen«, sagte ich. »Sie haben einen Drogenfall hier im Haus. Ich weiß es, und Sie wissen es auch. Also geben Sie sich keine Mühe, es abzustreiten. Ich bin in der Lage, es aufzuklären. Ich könnte damit zur Polizei gehen, aber das würde für mich eine Menge Ärger bedeuten und schließlich auch für das Hotel. Wenn Sie mir helfen, können Sie das Verdienst für alles, was dabei herauskommt, für sich in Anspruch nehmen. Und dem Hotel wird es nützen.«
»Und was kommt für Sie dabei heraus?«
»Giles Devore wurde getötet, weil ich etwas zu tun versäumte ...«
»Wegen dieses Päckchens mit den Kugelschreibern?«
»Ja. Und ich will es wiedergutmachen, indem ich die Person, die ihn getötet hat, finde.«
Marsogliani seufzte schwer. »Sie wollen meine Hilfe. Was für eine Art von Hilfe soll das sein?«
»Wenn Sie mir helfen, kann ich dem Mörder eine Falle stellen. Ich brauche zwei Leute. Sie und Ihren Mann, Michael Strong. Wir waren alle drei oben in Giles' Zimmer, nachdem ich die Leiche gefunden hatte, und wenn wir jetzt alle drei nach oben gehen und Sie mir fünfzehn Minuten Zeit geben – und nicht mehr –, fassen wir den Mörder.«
»Sie meinen, er wird einfach so hereinspazieren? Er wird an den Schauplatz seines Verbrechens zurückkehren?«
»Ich sage nicht, daß es ein Mann ist«, wandte ich vorsichtig ein. »Und ich sage auch nicht, daß es so einfach sein wird. Aber wir drei waren vorgestern dort, und die Leiche lag im Badezimmer. Wir wissen, wie es zu dem Zeitpunkt dort ausgesehen hat. Wir werden daher in der Lage sein, das, was passiert, zu begreifen, verstehen Sie?«
»Nein, ich verstehe überhaupt nichts. Sagen Sie mir jetzt, was Sie vorhaben, oder machen Sie, daß Sie hinauskommen.«
»Wenn ich gehe, dann gehe ich zur Polizei. Dort glaubt man mir zwar vielleicht auch nicht, aber man wird meinen Verdacht überprüfen müssen, weil er mit Drogen im Zusammenhang steht. Und

wer weiß, was dabei noch alles auftaucht und wie nachteilig das für Sie und das Hotel werden könnte. Wenn Sie mir jedoch fünfzehn Minuten Zeit in Zimmer 1511 geben, wissen wir alles, was wir wollen. Und wenn ich mich geirrt haben sollte, gehe ich einfach und vergesse die ganze Geschichte. Die Polizei bleibt dann auf jeden Fall aus dem Spiel. Was halten Sie von meinem Vorschlag?«
Es entstand eine Pause von fast einer Minute, dann fragte er: »Wollen Sie, daß wir alle drei zusammen hinaufgehen, oder soll Strong uns oben treffen?«
»Wir gehen alle zusammen«, erwiderte ich schnell. »Aber ich möchte auf einem andern Wege nach oben gelangen als durch die Halle oder einen der Gänge mit den Messeräumen. Könnten Sie also veranlassen, daß Strong herunterkommt, damit wir zusammen den Weg benutzen, auf dem sonst Leichen heruntertransportiert werden?«
»Dann wird aber niemand wissen, daß wir in jenem Zimmer sind. Und trotzdem wird der Mörder zu uns kommen?«
»Fünfzehn Minuten sind alles, was ich brauche.«
»Und durch was für eine Zauberei wird der Mörder dort plötzlich erscheinen?«
»Ich habe alles vorbereitet«, sagte ich. »Es wird klappen.«
Michael Strong wurde mit Hilfe des Walkie Talkie herunterbeordert. Er sah mich im Moment, als er eintrat, und blieb überrascht auf der Schwelle stehen. Seine rötlichen Augenbrauen zogen sich hoch.
»Hallo, Strong«, sagte Marsogliani. »Wir brauchen Ihre Hilfe. Wir wollen nach oben ins Zimmer 1511. Der Mann hier meint, wenn wir dort fünfzehn Minuten warten, kommt jemand hereinspaziert und gesteht, daß er Devore getötet hat. Wir werden ihm seine fünfzehn Minuten lassen, und sollte danach nichts passiert sein, möchte ich Sie bitten, ihn so schnell wie möglich rauszuschmeißen, denn wenn Sie es nicht tun, habe ich die Absicht, ihn umzubringen.«
Strong erwiderte nichts. Aber seine Augen waren trübe und feindselig. Ich hatte keine Freunde in diesem Raum, und das überraschte mich nicht. Wir fuhren mit dem Lastenaufzug zum fünfzehnten Stock. Keiner von uns sagte ein Wort.
Marsogliani ging uns voran, mit schnellen, überraschend weichen

Schritten. Wir folgten ihm. Irgendwo mußten wir links abbiegen, dann ließ Marsogliani uns mit seinem Nachschlüssel ein.
Er sah auf seine Uhr. »Es ist jetzt elf Uhr zweiundvierzig«, stellte er fest. »Ich gebe Ihnen Zeit bis elf Uhr siebenundfünfzig. Keine Sekunde länger.«
»In Ordnung. Hören Sie, könnten Sie die Tür offenlassen, damit jemand herein kann, ohne das Schloß aufzubrechen?«
»Na gut«, sagte er. Er ließ die Tür geschlossen aber unverriegelt. Dann trat er zurück und lehnte sich an den Schreibtisch, den Blick auf die Tür gerichtet. »Noch vierzehn Minuten«, sagte er.
Michael Strong stand auf der andern Seite des Bettes und beobachtete ebenfalls die Tür. Und ich auch, ich stand mit dem Rücken der verdammten Badezimmertür zugewandt.
»Noch zehn Minuten«, sagte Marsogliani sanft.
Ich sagte noch sanfter: »Sie brauchen sie nicht zu zählen.«
Mehrere Minuten verstrichen. Ich fischte ein Stück Papier aus meiner Jackentasche. Es war das Programm der Buchmesse. Ich flüsterte Strong zu: »Leihen Sie mir einen Augenblick Ihren Kugelschreiber?«
Er sagte mit normal lauter Stimme: »Was bitte?«
Ich winkte ihm mit eifriger Geste zu schweigen. »Wir haben nur noch fünf Minuten. Geben Sie mir Ihren Kugelschreiber.«
Die Spannung hatte dazu geführt, daß wir uns alle drei in einer irgendwie irrealen Welt befanden, womit ich gerechnet hatte. Strong nickte, öffnete die Jacke auf der linken Seite und nahm einen von drei Kugelschreibern aus der Innentasche.
»Nicht den«, sagte ich drängend. »Den andern.«
Er hielt mir den Stift hin, den er aus der Jacke genommen hatte. »Wie bitte?«
»Den andern«, flüsterte ich, »den andern.«
Und dann, als er wie angewurzelt vor Verblüffung dastand, stürzte ich mich auf seine Jacke, riß einen von den andern Kugelschreibern heraus und schwang mich über das Bett, auf die andere Seite.
Die Spannung hatte ihren Zweck erfüllt. Strong verlor die Fassung. Er stieß einen wütenden Schrei aus. »Geben Sie ihn mir«, schrie er, »geben Sie mir meinen Stift.«
»Weshalb?« fragte ich. »Was ist drin?«

Er stürzte um das Bett herum, und ich stolperte rückwärts gegen die Kante. Inzwischen war Marsogliani mit lautem Brüllen zum Leben erwacht. »Was zum Teufel machen Sie da, Just?«
»Ich habe seinen Kugelschreiber«, rief ich, auf den Zehenspitzen balancierend und Strong scharf beobachtend. »Ich habe seinen Kugelschreiber, und ich möchte ihn öffnen. Halten Sie ihn fest.«
Marsogliani begann zu begreifen, was vorging, denn als Strong sich wieder auf mich stürzen wollte, prallte er mit Marsogliani zusammen, dessen Arme sich rasch bewegten, Strong mit einem Ruck herumschleuderten und ihm die Ellenbogen auf den Rücken drehten.
»Bleiben Sie ruhig stehen, Strong«, befahl Marsogliani, »oder ich werfe Ihre Arme aus dem Fenster und lasse den Rest von Ihnen hier . . . Was haben Sie da, Just?«
»Einen Kugelschreiber«, antwortete ich und streckte ihn ihm über dem Schreibtisch entgegen. »Ich werde ihn jetzt öffnen.«
Ich hielt ihn, die Spitze nach oben gerichtet, und drehte ihn langsam auseinander. Es dauerte die längsten zwei Sekunden meines Lebens. Denn wenn nichts passierte, war ich in solchen Schwierigkeiten, daß ich mir die Konsequenzen nicht einmal vorzustellen wagte. Ich hatte den untern Teil abgedreht. Ein weißes Pulver rieselte auf den Schreibtisch. Mit schwankender Stimme sagte ich: »Ich gebe Ihnen einen Hunderter, Marsogliani, wenn das nicht Heroin ist.«
Es waren noch keine siebenundvierzig Stunden vergangen, seit ich den Toten gefunden hatte.
Die nächsten beiden Stunden verliefen ziemlich hektisch. Strong tobte, und wir mußten ihn zu zweit in Schach halten. Sein Schrei, als das Pulver herauskam, beseitigte die letzten Zweifel, daß wir ein Glied in der Kette des Rauschgifthandels entdeckt hatten.
Marsogliani nahm ihm die andern Kugelschreiber ab, öffnete sie jedoch nicht. Er rief ein paar seiner Leute vom Sicherheitsstab herauf, die Strong wegbrachten und »unter Arrest« stellten. Von jetzt an war das Ganze Marsoglianis Kind, und das war mir nur recht.
»Woher wußten Sie es?« fragte er mich.
Ich erzählte es ihm, und er schrieb es auf und starrte mich dabei an, als sei ich verrückt. »War das alles, was Sie in der Hand hatten?«

»Mir hat es gereicht.«
»Sie hatten eine verdammt dünne Chance.«
»Ich mußte es riskieren. Ich mußte genügend Spannung inszenieren, um ihn aus der Fassung zu bringen, und ich mußte es in Ihrer Gegenwart tun. Man hatte mir versichert, daß Sie ehrlich sind.«
»Sie müssen mit der Polizei reden, das ist Ihnen doch wohl klar?« sagte er.
»Ich bin in der Stadt und stehe zur Verfügung, wenn sie mich braucht . . . verstehen Sie, er hat Giles Devore getötet.«
»Scheint so«, grunzte Marsogliani. »Wenn das da Heroin ist, und ich stimme mit Ihnen überein, daß es vermutlich so ist . . .«
»Aber Sie haben doch gehört, wie er geschrien hat, wir sollten es ihm wiedergeben, oder man würde ihn töten. Zum Teufel«, fügte ich heftig hinzu, »er hat gestern abend einen Versuch gemacht, mich umbringen zu lassen.«
»Das, was er gesagt hat, spielt wahrscheinlich keine Rolle. Er ist nicht über seine Rechte informiert worden und hatte keinen Anwalt dabei. Aber wenn es Heroin ist, dann haben wir es bei ihm gefunden, und darauf kann man aufbauen.«
Die Polizei erschien, und es stellte sich heraus, daß es wirklich Heroin war. Ich gab den Beamten genügend Informationen, um ihnen zu erklären, wieso Strong verdächtig war.
Ich erzählte ihnen auch, daß Marsogliani der gleichen Ansicht war wie ich, und tat so, als habe er die Falle gestellt.
Es war schon nach zwei, als sie endlich genug hatten. Sie sagten mir, ich solle mich zur Verfügung halten, und gaben mir die Erlaubnis zu gehen.
Als ich in Sarahs Büro kam, ging es auf halb drei.
Ihre ersten Worte waren: »Ich weiß es schon. Es war Michael P. Strong.«
Ich setzte mich und streckte die Beine von mir. »Sie haben schon zu Mittag gegessen, nehme ich an?«
»Nein«, sagte sie. »Ich mußte mich beschäftigt halten, damit ich nicht immer an Sie dachte und daran, was Sie vorhatten. Darum habe ich wie irre an der Werbeaktion gearbeitet und die letzten Entscheidungen getroffen. Jetzt bin ich fertig.«
»Ich habe auch noch nicht gegessen, und wenn Sie mit Ihrem

Projekt fertig sind, warum machen Sie sich dann nicht einen schönen Tag und gehen mit mir essen?«

»Ich hatte gehofft, wir würden das tun.«

»Nun, Ihr Wunsch geht in Erfüllung.«

Wir traten aus dem Hotel an die frische Luft und in die Helligkeit des Tages. Die Sonne stieß hin und wieder zwischen den Wolken hindurch. Wir nahmen ein Taxi, um uns wirksamer aus dieser Umgebung entfernen zu können als zu Fuß. Wir fuhren zu einem skandinavischen Restaurant mit Selbstbedienung am Rande der Stadt. Außer daß ein Kellner uns zweimal eine Tasse Kaffee brachte, wurden wir nicht gestört.

Sarah sagte: »Sie haben heute früh herausgefunden, wer es war, nicht wahr? Als Sie etwas über einen Kugelschreiber sagten, der nicht dort war, wo er eigentlich sein sollte.«

»Ich glaube, ich bin schon gestern abend drauf gekommen. Als ich völlig benebelt und schon halb eingeschlafen war. Als Sie mir erzählten, was ich gesagt hätte, fiel es mir wieder ein.«

»Könnten Sie mir das näher erklären?«

»Natürlich, mit Vergnügen. Bisher habe ich es nur Marsogliani und der Polizei erzählt und zwar in möglichst knapper Form. Ich brenne geradezu darauf, es genauer zu berichten. Das Ganze hängt ausschließlich mit Kugelschreibern zusammen. Von Anfang bis Ende, verstehen Sie? Mit den Kugelschreibern, die ich in Giles' Zimmer zu bringen vergaß, den Kugelschreibern, die Strong benutzt hat, um das Heroin zu transportieren, und den Kugelschreibern, die leer waren. Wenn ich darüber schreiben müßte, würde ich es *Der Fall mit den drei Kugelschreibern* nennen. Aber Asimov wird das Buch schreiben, und es soll *Mord auf der Buchmesse* heißen.«

»Wenn ich mir vorstelle, daß jemand Heroin in Kugelschreibern mit sich herumträgt!«

»Wieso nicht?« Fast jeder hat einen Kugelschreiber bei sich. Und dauernd leihen die Leute sich Kugelschreiber voneinander. Jeder konnte sich Strong nähern, sich kurz einen Kugelschreiber von ihm leihen und ihm einen andern zurückgeben.«

»Wieso eigentlich drei Kugelschreiber? Sie sagten, der Fall mit den drei Kugelschreibern.«

»Wegen der Kugelschreiber, die Giles im Laufe der Signierstunde

benutzt hat. Er hatte einen Kugelschreiber, mit dem er anfing. Einen alten. Nennen wir ihn Kugelschreiber eins. Er hätte mehrere haben müssen, und er hatte sie auch – nämlich in dem Päckchen, das ich abzuholen vergaß. Weil ich sie ihm nicht gebracht hatte, kam er nur mit Kugelschreiber eins zur Autogrammstunde. Es war ein gewöhnlicher dunkelblauer Kugelschreiber mit seinem Monogramm darauf.
Kugelschreiber eins war plötzlich leer, aber wie Teresa Valier mir sagte, tauschte er ihn gegen den einer Person, deren Buch er gerade signierte. Giles erhielt einen Kugelschreiber, der noch funktionierte und mit dem er weiterschreiben konnte, und die betreffende Person erhielt dafür ein Souvenir mit dem Namen des Autors.
Also hatte Giles jetzt Kugelschreiber zwei und nicht mehr Kugelschreiber eins. Kugelschreiber zwei war ebenfalls dunkelblau, aber er trug kein Monogramm. Dann war Kugelschreiber zwei ebenfalls leer, und Nellie Griswold brachte ihm Kugelschreiber drei, der rot war. Als Giles Kugelschreiber drei entgegennahm, steckte er Kugelschreiber zwei in die Tasche – seine übliche Angewohnheit, leere Kugelschreiber aufzuheben –, also hatte er jetzt beide, Kugelschreiber zwei und drei.
Nach dem Signieren war er so außer sich, daß er Kugelschreiber drei wütend wegwarf. Als er daher mit Ihnen zu seinem Zimmer hinauffuhr, hatte er nur noch Kugelschreiber zwei in seinem Besitz. Ist das klar?«
Sarah nickte. »Ja, und was folgt daraus?«
»Zwei Stunden später, als ich in Giles' Zimmer war, während Giles tot im Badezimmer lag, befand sich ein Kugelschreiber im Zimmer. Er hatte ein Monogramm und war leer. Es muß also Kugelschreiber eins gewesen sein. Kugelschreiber zwei war nirgends zu sehen. Ich habe zu jenem Zeitpunkt auch nicht danach gesucht, weil ich noch nicht wußte, daß er eigentlich da sein müßte. Das Verzeichnis, das die Polizei von Giles' Sachen angefertigt hatte, enthielt auch lediglich den Vermerk: ›ein Kugelschreiber mit Monogramm‹. Ein zweiter Kugelschreiber wurde nicht erwähnt. Und dafür gab es nur eine Erklärung: Nachdem Sie gegangen waren, muß jemand gekommen sein, der Giles Kugelschreiber eins gab und Kugelschreiber zwei dafür mitnahm. Aber die Person, die Kugelschreiber eins hatte, war

diejenige, die während der Signierstunde mit Giles den Kugelschreiber getauscht hatte. Weshalb sollte sie jetzt ein wertvolles Souvenir wieder gegen einen ebenfalls leeren Kugelschreiber eintauschen, den sie kurz zuvor weggegeben hatte?
Ich hätte diese Frage niemals beantworten können, wenn das kleine Häufchen Pulver nicht auf dem Schreibtisch gelegen hätte, von dem ich sicher wußte, daß es Heroin war. Ich begann daraufhin nämlich zu fragen, ob die betreffende Person Giles nicht vielleicht aus Versehen den falschen Kugelschreiber gegeben hatte. Diese Person wollte Giles einen ganz normalen Kugelschreiber geben, hat ihm aber dann in der Aufregung, einen Kugelschreiber mit Giles' Monogramm zu bekommen, einen andern gereicht, dessen Hohlraum so präpariert war, daß nur der vordere Teil mit Farbstoff gefüllt war, der hintere, größere Teil dagegen mit Heroin.
Diese Person muß euch nach oben gefolgt sein und vor dem Zimmer halb wahnsinnig vor Ungeduld und Angst gewartet haben. Wenn sich nämlich herausstellen würde, daß sie durch ihre Nachlässigkeit das ganze Verteilersystem verraten hatte, konnte sie damit rechnen, nicht mehr allzu lange zu leben. Falls sie der Polizei entkommen sollte, würde sie mit Sicherheit von den Anführern der Bande geschnappt. Sie ging, nachdem Sie weg waren, in ihrer Aufregung so schnell zu Giles' Tür, daß Sie sogar noch einen flüchtigen Blick auf sie erhaschten.
Wenn es dem Mörder gelungen wäre, den Tausch auszuführen, wäre alles in Ordnung gewesen. Das Dumme war nur, daß Giles die Angewohnheit hatte, mit den Kugelschreibern herumzuspielen und sie aufzuschrauben. Nachdem Sie ihn verlassen hatten, muß er mit Kugelschreiber zwei gespielt haben, und das Pulver, das darin war, fiel dabei auf den Schreibtisch.
Für Giles war das mit Sicherheit ohne jede Bedeutung. Als jedoch der Mörder hereinkam, um die Kugelschreiber zu vertauschen, hat der Anblick des verstreuten Heroins ihn rasend gemacht. Er stürzte sich auf den armen Giles, der gar nicht wußte, was geschah, und tötete ihn – wie ich annehme – mit einem Schlag ins Genick. Anschließend entkleidete er Giles und versuchte es so aussehen zu lassen, als sei er in der Wanne ausgerutscht.
Natürlich konnte der Mörder nicht wissen, daß er sich dadurch, daß

er Giles' Sachen einfach ins Zimmer warf, einigen Personen gegenüber verriet, und daß ich zu diesen Personen gehörte. Er nahm Kugelschreiber zwei zwar mit, aber er hätte Kugelschreiber eins und die Heroinspuren ebenfalls entfernen müssen. Er muß darauf gebrannt haben, so rasch wie möglich aus dem Zimmer zu kommen. Einem Toten die Kleider auszuziehen – einem so schweren – und ihn ins Badezimmer zu bringen, muß Zeit gekostet haben . . . und, nun, das wäre alles . . .«

»Nein«, entgegnete Sarah. »Das ist noch nicht alles. Woher wußten Sie, daß es Michael Strong war?«

»Ich wußte es nicht. Als das Heroin, das ich vorher gesehen hatte, plötzlich verschwunden war, war ich überzeugt, Marsogliani habe es entfernt, um das Hotel zu schützen – mit dem Mord hatte ich es überhaupt nicht in Verbindung gebracht.

Heute morgen jedoch, als ich die Sache mit den drei Kugelschreibern rekonstruiert hatte und entschied, daß der Mord mit der Drogenszene zusammenhing, habe ich alles noch einmal gründlich durchdacht. Derjenige, der das Heroin entfernt hatte, mußte der Mörder sein, und es mußte Strong sein.

Strong war ein Verehrer von Giles und hatte bei der Signierstunde nach seinem Autogramm angestanden. Es war ziemlich clever von ihm, daß er eine Gelegenheit fand, mir selbst davon zu erzählen. Vermutlich hatte er das Gefühl, daß, wenn ich von allein drauf käme, die bloße Tatsache, daß er es nicht erwähnt hatte, ihn verdächtig machen würde. Wenn er dagegen offen darüber sprach, sah die Sache vollkommen harmlos aus. Und so war es auch. Er zeigte mir das Buch mit der Signatur, und ich hatte keinen Grund, an dem, was er mir sagte, zu zweifeln. Ich habe sogar noch meine eigene Signatur hinzugefügt.

Er korrigierte die Wahrheit nur in einem Punkt, indem er nämlich angab, er sei in der Reihe ganz vorne gestanden, damit es aussah, als sei er während des Vorfalls mit den Kugelschreibern nicht mehr dort gewesen.

Als ich jedoch Strong erst einmal in Betracht zog, fiel mir wieder ein, daß die erste Zeile der Signatur, die gelautet hatte: ›mit den besten Wünschen‹ eine helle Farbe gehabt hatte und der Name darunter eine viel dunklere. Ich hatte dies Giles' Eitelkeit zugeschrieben, aber jetzt schien mir klar, daß an dieser Stelle Kugelschreiber eins leer gewesen war und der Tausch stattgefunden hatte. Der erste Teil war also mit Kugelschreiber eins und der zweite mit Kugelschreiber zwei geschrieben worden. Folglich mußte Strong der Mörder sein.

Es paßte auch zu meinem Eindruck, daß der Mord von jemandem ausgeführt worden war, der die Beherrschung verloren hatte, denn jedesmal, wenn ich mich mit Strong unterhielt, machte er einen äußerst nervösen Eindruck. Strong muß sich nach dem Mord in der Nähe des Zimmers aufgehalten haben, so nah, wie er es wagen konnte. Er mußte sich fragen, wann der Mord wohl entdeckt würde und wie, und er wollte dann als erster dort sein, um sofort einen Unfall festzustellen.

Er muß gesehen haben, wie ich hineinging. Ich hörte kurz danach Schritte im Flur. Ich wette, daß es seine waren. Nachdem ich den Todesfall gemeldet hatte, war er fast augenblicklich bei mir im Zimmer.

Er gab sich große Mühe, mir einzureden, es sei ein Unfall gewesen. Er weigerte sich hartnäckig, die Möglichkeit eines Mordes oder einer Drogengeschichte in Betracht zu ziehen. Ich nahm an, er wollte den Ruf des Hotels schützen, aber natürlich wollte er sich selbst schützen.«

»Aber warum trug er die Kugelschreiber mit Rauschgift noch länger bei sich, nachdem er diesen fatalen Fehler gemacht hatte? Er hatte ja immer noch Heroin bei sich, als Sie ihn stellten.«

»Ich glaube, daß ihm keine andere Wahl blieb, Sarah. Er konnte die andern nicht merken lassen, daß er die ganze Sache verkorkst hatte, oder er war ein toter Mann. Er mußte so weitermachen wie bisher und darauf hoffen, die Sache zu vertuschen, nicht nur vor mir oder der Polizei, sondern auch vor seinen Chefs.

Meinen größten Fehler machte ich, als Strong vor der Diskussion mit Asimov neben mir im Zuschauerraum saß und ich einem momentanen Impuls nachgab und ihn dazu benutzte, Ihre Angaben über das Drogenproblem zu überprüfen. Ich erzählte ihm, daß ich von dem Drogenproblem im Hotel wüßte und daß mir auch bekannt sei, daß Angestellte darin verwickelt seien. Es war ein Schuß ins Dunkel, und aus der Tatsache, daß er dies ganz energisch bestritt, schloß ich, daß Sie gelogen hätten, Sarah – es tut mir leid. Seine offenkundige Angst und Verwirrung schrieb ich wieder seiner Sorge um das Hotel zu, und diese Blindheit hätte mich beinahe das Leben gekostet – und vielleicht Sie auch.

Ich weiß nicht, was er seinen Chefs erzählt hat – auf jeden Fall war es überzeugend genug, daß man mir mit dem Messer den Garaus machen wollte.

Ich weiß, daß die Geschichte, wenn ich sie jetzt so erzähle, ganz überzeugend klingt. Aber wie Eunice Devore etwa sagen würde, würde ein Verteidiger sie vor den Geschworenen in Luft auflösen. Also mußte ich Strong dazu bringen, daß er in Gegenwart von jemand anderem zusammenbrach, jemand, der schlau genug war, die Bedeutung zu erkennen, und außerdem in der Lage, die nötigen Maßnahmen zu ergreifen. Und das war Marsogliani, der, wie Sie mir versicherten, ehrlich war.«

»Woher wußten Sie, daß er zusammenbrechen würde?« fragte sie.

»Ich wußte es nicht. Ich konnte es nur hoffen. Strong war bereits am Rande eines Zusammenbruchs. Als ich ihn mit in Giles' Zimmer nahm, wußte er nicht, worauf er dort wartete, oder was ich vorhaben könnte. Er wußte, daß der Mörder nicht hereinkommen würde, weil der Mörder bereits drin war. Ich beobachtete, wie Panik und Spannung in ihm wuchsen, und setzte darauf, daß zehn Minuten ihn soweit zermürben würden, daß er die Beherrschung verlieren würde, wenn ich plötzlich zuschlug.«

»Eine raffinierte Kalkulation«, sagte sie.

»Sagen Sie lieber, was für ein Glück ich hatte!« erwiderte ich bitter. »Glück, damit zu beweisen, daß ich ein Mörder bin. Daß ich die Kugelschreiber vergessen habe, hat Giles' Tod zur Folge gehabt. Ich hatte gehofft, beweisen zu können, daß die Kugelschreiber nichts damit zu tun hatten.«

»Sicher hatten sie etwas damit zu tun«, sagte Sarah, »aber alles Mögliche andere auch. Wenn Sie nach allem suchen, was man dafür verantwortlich machen kann, dann ist alles schuld, einschließlich des Zufalls und des Opfers selbst. Der einzige Grund, warum Sie unbedingt der Schurke sein wollen, ist . . .«

»Weil ich romantisch bin? Oder weil mich nur Menschen, die Schurken oder Engel sind, interessieren?«

»Nun?«
»Angenommen, ich sagte Ihnen jetzt, daß ich sowohl Schurken wie Engel verabscheue. Und angenommen, ich suchte einfach eine Frau, die ich mag?«
Sie errötete ein wenig. »Nun, nachdem alles vorbei ist ... Gehen Sie jetzt wieder zur Buchmesse zurück?«
»Nein. Heute abend findet das große Festbankett statt, aber ich nehme nicht daran teil. Ich habe etwas Besseres im Sinn. Und was steht auf Ihrem Terminkalender?«
»Nichts. Für die Werbeaktion ist gesorgt, und mein Sohn kommt erst in zehn Tagen zurück. Ich nehme mir mindestens eine Woche lang frei.«
»Ich glaube, ich habe auch ein paar freie Tage verdient. Wieso nehmen wir uns nicht zusammen frei?«
Sie lächelte. »Ab und zu. Warum nicht?«
»Wie wär's mit einem späten Abendessen heute?«
»Mit Vergnügen.«
»Wir könnten nachholen, was wir gestern versäumt haben, wenn Sie mögen?«
»Kann sein, daß ich mag.«

Wir mochten es beide.
Sie sagte: »So ist es viel besser als gestern abend. Wie geht es deinem Kopf?«
»Ich fühle ihn gar nicht«, antwortete ich.
»Darius, was wäre eigentlich passiert, wenn Marsogliani ebenso wie Strong in die Sache verwickelt gewesen wäre? Wenn ich mich in meinem Urteil über ihn geirrt hätte?«
»Dann wäre ich jetzt seit elf Stunden tot. Aber ich hatte keine Minute Angst, es könnte so sein. Nach dem gestrigen Abend hätte ich mein Leben auf dich verwettet.«
»Großer Gott, wenn ich das gewußt hätte!« Dann sagte sie, wobei sie sich an mich schmiegte: »Du bist der größte Mann, den ich kenne.«
»Nein«, sagte ich zufrieden, »das bin ich nicht. Ich bin klein ... aber was macht das schon?«

Leseprobe aus Scherz-classic-Krimi 946

MEINE SCHAUERLICHSTEN GRUSELSTUNDEN 2

von Alfred Hitchcock

Als ich an jenem Morgen, an dem man Rachel Avery tot in der Badewanne entdeckte, herunterkam, fand ich Bane schon am Frühstückstisch. Er hatte nicht gut geschlafen, was an seinen Augen und an seinen heruntergezogenen Mundwinkeln zu sehen war.

»Wir werden heute in die Stadt fahren«, sagte er.

»Es hat während der Nacht geschneit, und Sie sind müde und haben schlecht geschlafen. Wenn Sie sich erkälten – was Sie fast sicher tun werden –, dann werden Sie für Wochen ans Bett gefesselt sein.« Ich wußte, daß er solche Argumente akzeptieren würde. »Und weshalb wollen Sie überhaupt in die Stadt fahren, Sir?«

»Um zu hören, was die Leute sagen.«

»Oh? Was meinen Sie damit?«

»Weil Rachels Mann sie umgebracht hat, Tim. Rachel hätte nie heiraten sollen, schon gar nicht Dean Avery. Er ist ein Mann mit der Seele einer Rechenmaschine, Rachel dagegen war romantisch und musisch veranlagt. Er brachte sie in sein Haus und wollte sie ganz für sich haben. Aber es war ihr nicht gegeben, treu zu sein, weder ihm noch einem anderen. Sie war ein Schmetterling, flatterte umher und genoß ihr Leben. Und jetzt hat er sie getötet.«

Nach einer kurzen Pause, in der er anscheinend einen Gedanken zu Ende dachte, fuhr er fort:

»Ich möchte wissen, wie er es getan hat, und dann entscheiden, was zu tun ist. Vielleicht könnten Sie ohne mich in die Stadt fahren. Sie beobachten sehr gut, Sie spüren und fühlen mehr, als ich anfangs vermutet hatte, fast als ob Sie die Menschen kennen würden wie ich.«

»Sie haben sie gut beschrieben.«

Diese Äußerung amüsierte ihn. »Macht nichts«, sagte er. »Stellen Sie Ihr Licht ruhig unter den Scheffel, wenn Sie unbedingt müssen, aber sehen Sie zu, was Sie erfahren können. Ich werde darüber nachdenken, wie wir die ganze Angelegenheit dann handhaben werden. Ich weiß zwar eine ganze Menge, aber noch nicht genug.«

Bevor ich wegfuhr, fragte ich ihn, wieso er eigentlich seines Verdachts so sicher wäre. Darauf sagte er: »Ich kenne die Stadt und ihre Bewohner. Ich kenne Rachel und Dean Avery. Ich kannte ihre Mutter sehr gut, und ich kannte seine Eltern. Ich wußte, daß sie einander nicht hätten heiraten sollen und daß die Sache schiefgehen würde. Und ich bin absolut sicher, daß sie umgebracht wurde und daß er es war, der es getan hat. Können Sie das verstehen?« . . .

Bitte lesen Sie weiter in Band 946

der Scherz-classic-Krimis:

MEINE SCHAUERLICHSTEN GRUSELSTUNDEN 2

von Alfred Hitchcock

Leseprobe aus Scherz-classic-Krimi 941

SIE KAMEN NACH BAGDAD

von Agatha Christie

»Guten Morgen, Captain Crosbie. Womit kann ich dienen?«

»Ist Mr. Dakin in seinem Zimmer? Schön, ich gehe hinauf.«

Crosbie ging durch eine Tür ein paar sehr steile Stufen hinauf und einen schmutzigen Gang entlang. Er klopfte an die Tür am Ende des Ganges, und eine Stimme rief »Herein«.

Es war ein hohes, kahles Zimmer. Das elektrische Licht brannte, und das Tageslicht war sorgfältig ausgesperrt. An einem schäbigen Schreibtisch saß ein etwas schäbiger Mann mit einem müden, unentschlossenen Gesicht – dem Gesicht eines Mannes, der in der Welt nicht weitergekommen ist, der das weiß und dem nichts mehr daran gelegen ist.

Die beiden Männer, der muntere, selbstsichere Crosbie und der melancholische, müde Dakin blickten einander an. Dakin sagte: »Hallo, Crosbie! Gerade von Kirkuk zurück?«

Der andere nickte und schloß sorgfältig die Tür hinter sich. Es war eine alte, schlecht gestrichene Tür, aber sie besaß einen unerwarteten Vorzug. Sie schloß tadellos, ohne Spalten und ohne Zwischenraum am unteren Rand. Sie war nämlich tatsächlich schalldicht.

Mit dem Schließen der Tür ging im Benehmen der beiden Männer eine ganz leichte Veränderung vor sich. Captain Crosbie wurde weniger aggressiv und selbstsicher, und Mr. Dakins Schultern strafften sich, er wurde weniger unsicher. Wäre ein Lauscher dabei gewesen, hätte er zu seinem Erstaunen gemerkt, daß Dakin der Vorgesetzte war. – »Irgendwelche Neuigkeiten, Sir?«

»Ja.« Dakin seufzte. Er hatte ein Schriftstück vor sich, das er eben dechiffriert hatte. »Sie soll in Bagdad stattfinden.« Er strich ein Zündholz an, zündete das Schriftstück an und sah zu, wie es verbrannte. Als es zu Asche verglommen war, blies er leicht hinein. Die Asche flog auf und zerstreute sich.

»Ja«, wiederholte er. »Sie haben sich für Bagdad entschieden. Am Zwanzigsten des nächsten Monats. Wir sollen es strengstens geheimhalten.«

»Sie sprechen im Souk schon seit drei Tagen davon«, sagte Crosbie.

»In diesem Fall macht das nichts. Wenn die Konferenz in Bagdad stattfindet, wird es bald veröffentlicht werden müssen. Und dann fängt der Spaß – unser Privatspaß – an.«
»Glauben Sie, daß sie überhaupt stattfinden wird, Sir?« fragte Crosbie skeptisch. »Hat Onkel Joe ernstlich die Absicht zu kommen?«
»Ich glaube diesmal ja, Crosbie«, sagte Dakin nachdenklich. »Ja, ich glaube es wirklich. Und wenn sie stattfindet und ungestört verläuft – nun, dann kann sie vielleicht alles retten. Aber wenn diese phantastische Geschichte von Carmichael wahr ist . . .« Er brach ab.
»Sie kann doch nicht wahr sein, Sir. Sie ist zu phantastisch!«
Dakin schwieg einen Augenblick. Er sah sehr klar ein ernstes, kummervolles Gesicht vor sich, hörte eine ruhige, schwer zu beschreibende Stimme phantastische, unglaubliche Dinge sagen. Er sagte sich, wie er sich damals gesagt hatte: »Entweder mein bester, mein verläßlichster Mann ist verrückt geworden, oder die Geschichte ist wahr . . .«
Er sagte mit der gleichen leisen, melancholischen Stimme: »Carmichael glaubte sie. Alles, was er herausbekommen konnte, bestätigte seine Annahme. Er wollte hingehen, um mehr herauszubekommen, um Beweise zu bringen. Ob es klug von mir war, ihn gehen zu lassen, weiß ich nicht. Wenn er nicht zurückkommt, so bleibt nur mein Bericht über das, was Carmichael sagte, was wieder eine Geschichte ist, die jemand *ihm* erzählt hat. Genügt das? Ich glaube kaum. Es ist, wie Sie sagen, eine so phantastische Geschichte . . . Aber wenn der Mann selbst am Zwanzigsten hier in Bagdad ist, um seine eigene Geschichte zu erzählen, die Geschichte eines Augenzeugen, und Beweise zu bringen –«
»Beweise?« fragte Crosbie scharf.
Der andere nickte: »Ja, er hat Beweise.«
»Woher wissen Sie das?« . . .

Leseprobe aus Scherz-classic-Krimi 951

DAS BESTE VOM BÖSEN

von Giorgio Scerbanenco

»Herr Direktor, Herr Direktor, sind Sie es, Herr Direktor?« Lili tauchte am Ende des trüb beleuchteten Korridors auf. Sie hatte den schwarzen Kittel abgelegt und trug ein kurzes, gelbes Kleid, das ihre zarten Rundungen noch mehr betonte.

»Ja, ich bin es. Komm her!« rief er. Im gleichen Augenblick wurde ihm seine Dummheit klar: Er hatte sich bluffen lassen. Während er durch Lili von rechts abgelenkt wurde, sprang ihn von links einer der Ganoven an und schlug ihm ein Bleirohr, das er mit beiden Händen hoch erhoben hatte, mit voller Kraft auf den Schädel. Der Elefant sah aus den Augenwinkeln, wie der Jäger zum Schlag ausholte, aber er hatte keine Zeit mehr auszuweichen. Ohnmächtig brach er zusammen.

Als er nach ein paar Minuten wieder zu sich kam, war er entwaffnet, nackt, und an Händen und Füßen gefesselt. Zwei Gangster richteten ihn auf und stützten ihn. Er schaute sich um: Er befand sich in der Stanzwerkstatt. Die Halle war nur notdürftig beleuchtet, ganz in seiner Nähe stand die größte und stärkste Presse der Fabrik, eine Davidson, die vier übereinandergelegte Stahlbleche mit einem Schlag in vierzigtausend kleine Reißnägel verwandelte. Er selbst hatte die Anschaffung dieser Maschine vorgeschlagen. Noch halb betäubt erkannte er dann das Gesicht des Pockennarbigen und hörte seine Stimme:

»Du bist ein Spitzel und wirst den Tod eines Spitzels sterben, damit alle, die versucht sein sollten, es dir nachzumachen, wissen, was sie erwartet. Die Presse hier, die größte in der Fabrik, wird dich plattdrücken wie eine Flunder, du häßlicher Kleiderschrank!«

Jetzt war dem Elefanten klar, warum sie ihn ausgerechnet in die Fabrik gelockt hatten. Der Elefant ist, wie bereits gesagt, ein neugieriges Tier, das alles genau verstehen will, auch seinen Tod. Aber er wollte auch dem Expeditionsleiter, der diese Safari so genial ausge-

heckt hatte, die ihm gebührende Antwort nicht vorenthalten: Er spuckte ihm in die narbige Visage.
»Du dreckiger Spitzel!« schrie der Pockennarbige und wischte sich das Gesicht ab. »Legt ihn unter die Presse!«
»Nein, das dürft ihr nicht!« schrie Lili aus einer dunklen Ecke der Werkhalle. »Bringt ihn von mir aus um, aber nicht so!«
Man hörte einen unterdrückten Aufschrei, und Lili schwieg, weil sie einen Faustschlag auf den Mund bekommen hatte.
»Legt ihn unter die Presse!« wiederholte der Boss.
Die beiden Gangster hoben ihn unter die Presse. Der Elefant fühlte die ölige Kälte des Metalls auf seinem nackten Bauch und dachte an Assunta. Arme, arme Assunta! Wenn sie die Nachricht von seinem Tod erhielt, würde sie den Verstand verlieren, davon war er überzeugt.
»Roberto, los, wirf die Maschine an!« befahl der Pockennarbige.
Roberto war der Elektrofachmann der Bande und ein echter Ganove. Aber es gibt eben doch Dinge, vor denen auch ein echter Ganove zurückschreckt. Einen Menschen so kaltblütig umzubringen, machte nicht nur Lili angst, sondern ihm auch.
»Ja«, sagte er.
Dem Pockennarbigen zu widersprechen, wagte so leicht niemand. Roberto drückte auf den roten Knopf, aber nichts geschah. Was Roberto übrigens von vornherein gewußt hatte. Um die schwere Davidson-Presse einzuschalten, mußte man vor dem roten Knopf auf den grünen Sperrknopf drücken und dann noch auf den blauen, damit die Schutzvorrichtung für den Arbeiter ausgefahren wurde.
»Was ist los?« fragte der Pockennarbige. »Warum funktioniert sie denn nicht? Laß mal sehen. Hier sind drei verschiedene Knöpfe . . .«